10|18

12, avenue d'Italie – PARIS XIIIe

Du même auteur
dans la collection 10/18

LE BÂTARD RÉCALCITRANT, n° 2704.
LE CRU DE LA COMTESSE, n° 2414.
MÊLÉE OUVERTE AU ZOULOULAND, n° 2074.
PORTERHOUSE, n° 1911.
WILT 1, n° 1912.
WILT 2, n° 1913.
WILT 3, n° 2524.

OUTRAGE PUBLIC A LA PUDEUR

PAR

TOM SHARPE

Traduit de l'anglais
par François DUPUIGRENET-DESROUSSILLES

10|18

« Domaine étranger »
dirigé par Jean-Claude Zylberstein

Si vous désirez être régulièrement tenu au courant
de nos publications, écrivez-nous :
Éditions 10/18
c/o 01 Consultants (titre n° 2075)
35, rue du Sergent Bauchat
75012 Paris

Titre original :

Indecent Exposure

ISBN 2-264-01405-9

1

On était en pleine Fête des Héros à Piemburg, et comme d'habitude la petite capitale du Zoulouland était d'une gaieté incompréhensible. Tout au long des rues les jacarandas fleurissaient avec une belle inconscience devant des jardins tout flamboyants d'azalées, tandis que du haut d'une centaine de mâts Anglais, et Afrikanders proclamaient leur haine mutuelle en déployant l'*Union Jack* ou le *Vierkleur*, ces emblèmes de la guerre des Boers qu'aucun des partis ne pouvait oublier. Les deux communautés blanches commémoraient d'anciennes victoires au cours de cérémonies séparées aux deux bouts de la ville. A la cathédrale anglicane l'évêque de Piemburg rappelait à des ouailles beaucoup plus nombreuses que d'habitude que leurs ancêtres avaient victorieusement défendu la cause de la liberté contre une brochette d'ennemis tels que Napoléon, le président Kruger, le Kaiser et Adolf Hitler. A l'église hollandaise réformée de Verwoerd Street, le révérend Schlachbals exhortait, lui, ses coreligionnaires à ne jamais oublier que les Anglais avaient inventé les camps de concentration, et que vingt-cinq mille femmes et enfants boers y avaient été assassinés. Bref, la Fête des Héros donnait à tout un chacun une bonne occasion d'oublier les affaires présentes et de raviver de vieilles haines. Seuls les Zoulous n'avaient pas le droit de participer à ces commémorations. Ils n'auraient pas eu de héros bien présentables à honorer, et surtout on estimait généralement que leur participation n'aurait conduit qu'à attiser les tensions raciales.

Le commandant Van Heerden, le chef de la police de Piemburg, trouvait que cette fichue fête lui compliquait singulièrement l'existence. Étant l'un des très rares Afrikanders de Piemburg à compter un héros parmi ses ancêtres (les Anglais avaient fusillé son grand-père après la bataille de Paardeberg car il avait refusé de cesser le feu), il se devait de prononcer un discours flamboyant d'héroïsme à la cérémonie nationale du stade Voortrekker. Mais en tant que personnalité municipale éminente, il était bien obligé d'assister à la cérémonie de Settlers Park, où les Loyaux Enfants de l'Angleterre se préparaient à inaugurer un banc public supplémentaire en l'honneur de héros morts pendant les guerres zouloues plusieurs centaines d'années auparavant.

Par le passé, le commandant avait réussi à échapper à ses obligations en plaidant l'impossibilité d'être en deux endroits à la fois. Mais la police venant tout juste de recevoir un hélicoptère flambant neuf, il n'avait plus d'excuse. A intervalles réguliers, tout au long de ce jour mémorable, on put donc entendre vrombir l'hélicoptère au-dessus de la ville. Le commandant, qui détestait l'altitude autant que les discours, fouillait rageusement dans ses notes à la recherche d'une idée à développer lorsqu'il aurait enfin atterri. Malheureusement, il n'avait pas renouvelé ses notes depuis la crise du Congo. Elles étaient non seulement illisibles, mais sans rapport aucun avec les sujets traités. D'où une certaine confusion. Au stade Voortrekker, le discours exalté du commandant Van Heerden assura aux citoyens de Piemburg que la police sud-africaine ne ménagerait aucun effort pour préserver leur cadre de vie britannique. A Settlers Park, son évocation haute en couleur des viols de religieuses au Congo, succédant au plaidoyer passionné d'un missionnaire méthodiste en faveur de l'harmonie entre les races ne fut pas considéré comme étant du meilleur goût. Pour conclure en beauté la journée, il devait passer ses hommes en revue à la caserne de la police montée, où le maire avait accepté de remettre un trophée récompensant un acte de bravoure exceptionnel.

– Ça m'a bien intéressé ce que vous avez dit à propos des religieuses, dit le maire lorsque l'hélicoptère s'éleva au-dessus de Settlers Park, je les avais presque oubliées. C'était il y a quoi, douze ans?

– Je crois qu'il est toujours bon de rappeler que cela pourrait arriver ici, dit le commandant.

– Sans doute. Mais on se demande ce que les nègres peuvent bien leur trouver, à ces braves religieuses. J'aurais cru qu'ils chercheraient quelque chose de plus excitant...

– C'est que ce sont des vierges! expliqua le commandant.

– Comme c'est bien vu de votre part, dit le maire, ma femme sera soulagée de l'apprendre.

Au-dessous d'eux, les toits brillaient sous le soleil de l'après-midi. La petite métropole, qui avait été construite aux beaux jours de l'empire britannique, avait encore grande allure malgré sa déchéance. La mairie, un beau bâtiment gothique en briques rouges, dominait la place du Marché, juste en face de la Cour suprême, d'un classicisme moins inventif. Derrière la gare, Fort Rapier, l'ancien quartier général de l'armée anglaise transformé en hôpital psychiatrique n'avait pas changé d'un iota. Les malades arpentaient la grande place d'armes, où, avant eux, des dizaines de milliers d'hommes avaient paradé avant de partir pour le front. Le palais du gouverneur, lui, avait été transformé en centre de formation pour instituteurs, et les étudiants prenaient des bains de soleil sur ces mêmes pelouses qui avaient vu tant de garden-parties et de réceptions. Le commandant Van Heerden trouvait tout cela aussi étonnant que triste, et il était en train de se demander pourquoi les Anglais avaient abandonné leur Empire aussi facilement quand l'hélicoptère s'immobilisa au-dessus de la caserne et commença sa descente.

– Bel alignement! s'écria le maire en montrant du doigt les policiers au garde-à-vous.

– Sans doute, sans doute, dit le commandant, arraché aux splendeurs du passé par un présent médiocre.

Il jeta un coup d'œil aux cinq cents hommes

rangés devant la caserne bien briquée. Ils n'avaient certainement rien de splendide, pas plus que les six automitrailleuses garées derrière eux. L'hélicoptère finit par atterrir et le commandant conduisit le maire jusqu'à l'estrade. La fanfare policière fit retentir une musique entraînante, et les soixante-neuf chiens policiers se mirent à grincer des crocs et baver d'abondance dans des cages en fer (on en avait retiré pour l'occasion les prisonniers noirs en détention préventive).

– Après vous, dit le commandant au pied des marches qui conduisaient à l'estrade.

Au haut de ces marches se tenait un lieutenant tenant en laisse un énorme doberman dont – le maire ne l'avait pas remarqué sans inquiétude –, la gueule semblait figée en un immuable rictus.

– Non, après vous, dit le maire.

– Mais non j'insiste, après vous, dit le commandant.

– Écoutez, dit le maire, si vous croyez que je vais affronter ce doberman...

Le commandant Van Heerden esquissa un sourire.

– Ne vous en faites pas. Il est empaillé. C'est lui le trophée!

Et il repoussa le doberman du genou. Alors seulement le maire le suivit et fut présenté au lieutenant, qui était grand et maigre.

– Lieutenant Verkramp, chef de la Sécurité, dit le commandant.

Le lieutenant Verkramp sourit lugubrement, et le maire comprit qu'il venait de rencontrer un représentant du BOSS (*Bureau Of State Security*), dont la réputation de tortionnaire n'était plus à faire.

– Je ne ferai qu'une courte déclaration, dit le commandant, et vous pourrez remettre le trophée.

Le maire fit un signe d'assentiment et le commandant se dirigea vers le micro.

– Monsieur le Maire, Mesdames et Messieurs, Officiers de la police sud-africaine! s'égosilla-t-il. Nous sommes rassemblés aujourd'hui pour rendre hommage aux héros de l'histoire sud-africaine, et plus particulièrement pour honorer la mémoire de notre camarade Els dont la mort récente et tragique a privé Piemburg de l'un de ses plus remarquables policiers!

La voix du commandant, amplifiée par les haut-parleurs, résonnait à travers toute la caserne et perdait ainsi toute trace de cette hésitation qu'il avait ressentie en mentionnant le nom de Els. C'était le lieutenant Verkramp qui avait eu l'idée de remettre le doberman empaillé comme trophée, et, heureux de voir enfin le disgracieux objet quitter son bureau, le commandant avait accepté avec joie. Mais à présent qu'il allait devoir faire l'éloge du défunt Els, il n'était plus tout à fait sûr d'avoir pris la bonne décision. Durant sa vie, Els avait tué plus de noirs qu'aucun policier d'Afrique du Sud, et il avait constamment bafoué les lois sur l'immoralité [1]. Le commandant reprit ses notes, son souffle, et continua.

– Un camarade loyal, un parfait citoyen, un chrétien modèle...

Le maire, qui avait tout le loisir de contempler les trognes des policiers alignés devant lui, se

1. Voir *Mêlée ouverte au Zoulouland.*

disait que la mort de Els avait certainement été une grande perte pour la police de Piemburg. Aucune de ces figures patibulaires n'évoquait même de loin l'admirable caractère du *konstabel* Els. Il en était arrivé à la conclusion que leur Q.I. moyen devait se situer dans les 65 maximum, lorsque le commandant acheva son discours en annonçant que le Trophée Els avait été remporté par le *konstabel* Van Rooyen. Le maire se leva et reprit la laisse du doberman empaillé des mains du lieutenant Verkramp.

– Toutes mes félicitations! dit-il au gagnant. Qu'est-ce donc qui vous vaut cette distinction?

Le *konstabel* Van Rooyen rougit et bafouilla quelques mots indistincts à propos d'un mal blanchi et d'une balle entre les deux yeux.

– Il veut dire qu'il a empêché un prisonnier de s'échapper, se hâta d'expliquer le commandant.

– Tout à fait louable, tout à fait, dit le maire en tendant la laisse au *konstabel.*

Sous les acclamations de ses camarades et les applaudissements du public, l'heureux gagnant descendit l'escalier en vacillant, le doberman dans les bras, et la fanfare s'en donna à cœur joie.

– Très bonne, cette idée du trophée, dit le maire, une tasse de thé à la main, lorsqu'ils eurent gagné la tente où des rafraîchissements étaient servis, mais je n'aurais jamais pensé à offrir un chien empaillé. C'est tout à fait original.

– Le défunt Els l'avait tué lui-même, dit le commandant... à mains nues.

– Juste ciel! dit le maire.

Abandonnant le maire à une conversation animée sur l'opportunité de laisser les hommes d'affaires japonais utiliser les piscines réservées aux blancs, le commandant s'éloigna. A l'entrée de la tente le lieutenant Verkramp était en grande discussion avec une blonde walkyrie à la robe turquoise très ajustée. Sous un hollywoodien chapeau rose, le commandant reconnut le mâle visage du docteur Von Blimenstein, l'éminente psychiatre de l'hôpital de Fort Rapier.

– On se fait soigner à l'œil? demanda le commandant d'un air guilleret.

– Le docteur Von Blimenstein m'expliquait comment elle s'y prend avec les maniaco-dépressifs, dit le lieutenant.

Le docteur Von Blimenstein sourit.

– Le lieutenant Verkramp semblait tout à fait intéressé par ma thérapeutique électroconvulsive.

– Je n'en suis pas surpris, dit le commandant avant de se retirer.

Il se demandait si, par le plus grand des hasards, Verkramp n'était pas attiré par la blonde psychiatre. Cela paraissait bien invraisemblable, mais avec le lieutenant Verkramp on ne savait jamais. Depuis longtemps le commandant Van Heerden avait cessé d'essayer de comprendre son second. Il trouva un siège à l'ombre et se mit à contempler la ville. « Mon cœur, ô mon cœur », songea-t-il en parcourant du doigt la longue cicatrice qui lui barrait la poitrine. Depuis le jour de sa greffe, le commandant Van Heerden avait eu l'impression de devenir un homme nouveau. Et de bien des façons. Il avait meilleur appétit, se sentait moins fatigué, et surtout la conviction sans fondement qu'au moins cette partie de son anatomie pouvait remonter à la conquête normande rachetait quelque peu le peu d'estime qu'il avait pour le reste de sa personne. Puisqu'il avait acquis le cœur d'un gentleman anglais, il ne lui restait plus qu'à acquérir les caractéristiques extérieures de l'anglicité. A cette fin, il avait fait l'emplette d'un costume de tweed, d'une veste du Norfolk, et d'une paire de brodequins. On pouvait le voir, les week-ends, arpenter les bois autour de Piemburg dans sa veste à soufflets, tout absorbé dans ses pensées, ou du moins dans ces vagues divagations de l'esprit que le commandant s'imaginait être des pensées. En l'espèce, celles-ci tournaient et retournaient autour des moyens à employer pour devenir un membre à part entière de la communauté anglaise de Piemburg.

Il avait fait un premier pas dans cette direction en posant sa candidature à l'Alexandria Club, le club le plus huppé du Zoulouland, mais en vain. Il avait fallu tous les efforts du président, du trésorier et du secrétaire pour le convaincre que les boules noires dont le décompte lui avait refusé l'accès au club n'avaient aucun rapport avec la couleur de ses organes sexuels ou la race de sa grand-mère. Aussi avait-il fini par entrer au club de golf, où les conditions d'admission étaient moins rigoureuses et où il pouvait rester tranquillement assis au bar à écouter bouche bée des accents dont l'arrogance lui paraissait on ne peut plus anglaise. En revenant de ces séances, il passait ses soirées à perfectionner ses « Par saint Georges! » et « Haut les cœurs! ». Légèrement endormi sur sa chaise, il n'était pas trop mécontent de ses progrès.

Le lieutenant Verkramp trouvait, lui, que les changements observés chez le commandant depuis son opération avaient quelque chose de mystérieux, voire de sinistre. La position dominante qu'assuraient jusqu'alors à Verkramp son éducation supérieure et sa plus grande agilité d'esprit était menacée. Le commandant le traitait désormais avec une bienveillance hautaine qui le rendait fou, et accueillait ses remarques les plus sarcastiques avec un sourire bénin. Pire encore, Verkramp s'aperçut que le commandant s'était mis en tête de contrarier ses efforts pour extirper le communisme, le libéralisme et l'humanisme, sans parler de l'anglicanisme et du catholicisme romain, bref tous les ennemis que l'Afrique du Sud comptait à Piemburg. Lorsque les hommes de Verkramp avaient envahi le temple maçonnique, le commandant Van Heerden avait élevé les plus fortes objections, et lorsque la Sécurité avait arrêté un archéologue de l'Université du Zoulouland dont les recherches suggéraient qu'on pouvait trouver trace d'une industrie métallurgique au Transvaal avant l'arrivée des Hollandais en 1652, le commandant avait insisté pour qu'on le relâchât. Verkramp n'avait pas manqué de protester vigoureusement.

– Il n'y avait pas un seul de ces sales nègres en Afrique du Sud avant l'arrivée des Blancs. C'est de la trahison de prétendre le contraire, dit-il au commandant.

– Je le sais bien, avait répliqué le commandant, mais ce type ne l'a jamais prétendu.

– Mais, si puisqu'il dit qu'il y avait une industrie métallurgique!

– Mais non puisque les noirs sont incapables d'en avoir une, avait fait remarquer le commandant, et l'archéologue, en proie à l'angoisse la plus profonde, avait été transféré à l'hôpital psychiatrique de Fort Rapier.

C'est à cette occasion que Verkramp avait rencontré le docteur Von Blimenstein. Lorsque celle-ci avait retourné le bras du patient pour le forcer à rentrer à l'hôpital, le lieutenant Verkramp, irrésistiblement attiré par ses larges épaules et son puissant fessier, avait compris qu'il l'aimait déjà. Il était allé chaque jour à l'hôpital prendre des nouvelles de l'archéologue, et surtout étudier longuement le beau visage de la doctoresse, ne revenant au commissariat qu'à contrecœur, tel un voyageur de retour de quelque Eldorado sexuel. Il passait alors des heures et des heures à reconstruire dans sa tête une image complète de la jolie psychiatre à partir des morceaux de puzzle glanés pendant ses visites. A chaque voyage il rapportait comme un nouveau morceau d'intimité. Une fois c'était son bras gauche. Une autre, le mignon renflement d'un estomac contenu par une vaste gaine, ou un sein lourd et dur, à peine retenu par le soutien-gorge. Le fin du fin, un jour d'été, avait été un aperçu sur ses cuisses, fossetées et blanches sous une jupe serrée. Ses chevilles, ses genoux, ses mains, ses aisselles même parfois, Verkramp avait appris à les connaître avec une précision intime qui n'aurait pas manqué de surprendre la doctoresse. Mais au fond, peut-être pas.

Sous la tente aux rafraîchissements, le lieutenant Verkramp venait de faire état du changement qu'il avait remarqué chez le commandant.

– Je n'arrive plus à le comprendre, dit-il, en offrant à la doctoresse un autre chou à la crème. Il s'habille d'une façon tellement bizarre...

Le docteur Von Blimenstein le fixa plus intensément.

– Comment ça bizarre?

– Il a une veste de tweed avec des poches à soufflets et une espèce de ceinture derrière. Et puis il porte d'étranges souliers...

– Rien d'extraordinaire, dit le docteur Von Blimenstein. Il ne s'intéresse pas aux parfums ou aux sous-vêtements féminins par hasard?

Le lieutenant Verkramp dut reconnaître que non.

– Même sa façon de parler a changé aussi. Il tient absolument à parler anglais et il a mis une photo de la reine sur son bureau.

– Ça, c'est vraiment bizarre, reconnut la doctoresse.

Verkramp se sentit mieux compris.

– Aucun Afrikander dans son bon sens ne jure par la cavalerie de saint Georges à toute heure du jour, n'est-ce pas?

– Aucun Anglais dans son bon sens non plus, dit la psychiatre. Est-ce qu'il a de fréquentes sautes d'humeur?

– Oui, fit Verkramp de tout son cœur.

– Des poussées de mégalomanie?

– Ah ça oui!

– Très bien, dit le docteur Von Blimenstein, votre commandant m'a tout l'air de souffrir de troubles psychiques. Je vais le surveiller de près.

OUTRAGE PUBLIC À LA PUDEUR

Lorsque la « Journée Portes Ouvertes » de la police s'acheva, le lieutenant Verkramp nageait dans une légère euphorie. L'idée que le commandant Van Heerden était au bord de la dépression ouvrait de beaux espoirs de promotion. Le lieutenant Verkramp commençait à penser que bientôt, ce serait lui qui commanderait la police de Piemburg.

2

Deux jours plus tard, le lieutenant Verkramp rêvait toujours au docteur Von Blimenstein lorsqu'une circulaire du BOSS arriva sur son bureau. Elle était estampillée TOP SECRET et avait donc été avidement lue par plusieurs policiers avant de lui arriver. A son tour, Verkramp dévora littéralement la circulaire qui traitait des violations des lois sur l'immoralité par des membres de la police sud-africaine. Ce n'était qu'un texte de routine envoyé à tous les commissariats d'Afrique du Sud.

« Vous êtes invité par la présente à diligenter toutes enquêtes concernant des liaisons suspectes entre des officiers de police et des femmes bantoues. « Verkramp alla chercher le mot « liaison » dans le dictionnaire. Celui-ci conforta toutes ses espérances. Il lut et relut la circulaire en tous sens. Un avenir radieux s'ouvrait devant lui. « Étant donné la valeur de propagande que constituent pour les ennemis de l'Afrique du Sud les articles de presse concernant les affaires impliquant des officiers de la police sud-africaine et des femmes bantoues, il est d'intérêt national de trouver les moyens de combattre l'attirance des policiers blancs envers les femmes de race noire. Il est également dans le meilleur intérêt de la cohabitation entre les races que soient prévenues par tous moyens les relations sexuelles transraciales. En cas d'activités sexuelles illicites impliquant des membres des forces de police sud-africaines, aucune procédure judiciaire ne devra être engagée sans que le BOSS en ait été averti au préalable. »

Lorsqu'il eut terminé sa lecture, le lieutenant Verkramp ne savait toujours pas au juste ce qu'il devait faire des policiers ainsi pris en faute. Tout ce qu'il avait retenu était qu'il devait enquêter sur « des liaisons suspectes » et qu'il était « d'intérêt national d'y remédier ». Il aimait beaucoup cette idée de faire quelque chose d'intérêt national. Le lieutenant Verkramp décrocha son téléphone, composa le numéro de l'hôpital psychiatrique de Fort Rapier et demanda à parler au docteur Von Blimenstein.

Plus tard dans la matinée, nos deux héros se rencontrèrent donc sur l'ancienne place d'armes de la garnison britannique, qui servait maintenant de terrain de jeux pour les patients de l'hôpital.

– C'est vraiment l'endroit idéal pour vous parler sans témoins, dit Verkramp tandis qu'ils déambulaient entre les patients. Personne ne peut nous entendre.

Cette remarque fit naître chez la psychiatre

l'espoir fou qu'il allait lui faire des avances. Sa phrase suivante fut encore plus engageante.

– Ce dont j'ai à vous parler... c'est... de sexe.

Le docteur Von Blimenstein sourit timidement en contemplant ses souliers taille 45.

– Allez-y, murmura-t-elle, alors que la pomme d'Adam du lieutenant tremblotait d'embarras.

– Bien sûr, je sais bien que ce n'est pas un sujet qu'il convient d'aborder avec une femme, finit-il par bredouiller.

Les espérances du docteur s'évanouirent.

– Mais puisque vous êtes psychiatre...

– Parlez, je vous écoute, fit-elle en reprenant son ton le plus professionnel, dites tout ce que vous avez à dire!

Et Verkramp fit le grand plongeon.

– Voilà de quoi il s'agit. Beaucoup de policiers ont des tendances antisociales. Ils font des choses... interdites.

Il s'interrompit brusquement. Il commençait à regretter d'avoir engagé cette conversation.

– Et quelles sont ces choses interdites que font les policiers?

Le ton de sa voix était maintenant franchement désagréable.

– Les négresses, avoua Verkramp. Ils ne devraient pas se faire des négresses, n'est-ce pas? Le docteur Von Blimenstein avait tout le visage plus qu'empourpré, presque violet, et les veines de son cou saillaient comme des cordes.

– Ne devraient pas se les faire? s'écria-t-elle. Plusieurs malades coururent se réfugier dans le bâtiment principal.

– Ne devraient pas se les faire? Et c'est pour ça

que vous m'avez amenée ici, pour me dire que vous avez baisé des sauvages?

Le lieutenant Verkramp comprit qu'il avait commis une grosse erreur. On pouvait entendre la doctoresse à plus de cinq cents mètres.

– Pas moi, plaida Verkramp. Il ne s'agit pas de moi! J'ai juste voulu dire que d'autres officiers de police le font et que j'aurais besoin de vos conseils pour les en empêcher.

– Mais pourquoi ne les arrête-t-on pas pour infraction aux lois sur l'immoralité, comme tout le monde?

Verkramp fit non de la tête.

– Eh bien, d'abord ce sont des policiers et il ne serait pas facile de les arrêter. De toute façon, il faut éviter le scandale à tout prix.

Le docteur Von Blimenstein ne put dissimuler son dégoût.

– Est-ce là une pratique répandue?

Verkramp dut reconnaître que oui.

– En ce cas, il faudrait des peines plus sévères, dit la doctoresse. Sept ans de prison et dix coups de fouet, ce n'est pas dissuasif. A mon avis, tout blanc ayant eu des rapports sexuels avec une négresse devrait être châtré.

– Je suis bien d'accord, dit Verkramp avec enthousiasme, ça leur ferait beaucoup de bien.

Le docteur Von Blimenstein le regarda avec suspicion, mais rien dans le visage de Verkramp ne suggérait qu'il avait parlé avec humour. Il la contemplait béatement, plein d'admiration. Ainsi encouragée, la doctoresse continua.

– Je suis tellement opposée au mélange des races que je serais tout à fait prête à effectuer l'opération moi-même. Quelque chose qui cloche?

Le lieutenant Verkramp était pâle comme la mort. L'idée d'être châtré par la belle doctoresse correspondait si parfaitement à ses propres fantasmes masochistes qu'il n'y tenait plus.

– Non... Pas du tout, bafouilla-t-il, tout en essayant de chasser de son esprit l'image de la doctoresse masquée s'approchant de lui sur la table d'opération. Il fait juste un peu chaud...

Le docteur Von Blimenstein le prit par le bras.

– Pourquoi ne pas continuer notre discussion chez moi? Il y fait plus frais et nous pourrions boire un bon thé.

Le lieutenant Verkramp se laissa conduire jusqu'au pavillon de la doctoresse. Comme le reste de l'hôpital, il datait du début du siècle, quand il servait de logement pour les officiers. Une véranda dominait les collines vers le sud, et à l'intérieur il faisait frais et sombre.

Tandis que le docteur Von Blimenstein préparait le thé, Verkramp prit place au salon. Il se demandait s'il avait été bien avisé d'aborder des sujets scabreux avec une femme aussi décidée.

– Pourquoi ne retirez-vous pas votre veste? demanda la doctoresse quand elle revint avec le plateau.

Verkramp secoua vigoureusement la tête. Il n'avait pas l'habitude de prendre le thé avec des dames qui lui demandaient de retirer sa veste, et d'ailleurs il craignait que ses bretelles ne jurassent par trop avec le décor raffiné de la pièce.

– Allez, allez, dit la doctoresse, pas de formalités entre nous. Je ne vais pas vous manger.

Venant tout juste après le plaidoyer de la doctoresse en faveur de la castration, l'idée d'être en prime dévoré par elle, fut plus que n'en pouvait supporter Verkramp. Il se dépêcha de s'asseoir.

– Ça va très bien comme ça, dit-il, mais le docteur Von Blimenstein n'était pas convaincu.

– Voulez-vous que je vous la retire? demanda-t-elle en se levant brusquement, ce qui dévoila la plus grande surface de jambes que le lieutenant Verkramp ait jamais vue jusqu'alors.

– J'ai l'habitude, dit-elle avec un bon sourire.

Verkramp ne demandait qu'à la croire.

– A l'hôpital...

Tel un petit loir fasciné par un boa constrictor, Verkramp resta cloué sur sa chaise lorsqu'elle s'approcha.

– Debout, marin! dit la doctoresse.

Et Verkramp se mit debout. Des doigts habiles déboutonnèrent sa veste et, l'instant d'après, repoussèrent celle-ci par-dessus ses épaules, en sorte qu'il pouvait à peine bouger les bras.

– Et voilà, dit-elle tendrement, le visage tout près du sien, c'est plus confort, n'est-ce pas?

Confortable n'était vraiment pas le mot que le lieutenant Verkramp aurait choisi pour décrire ce qu'il éprouvait. Au fur et à mesure que les doigts encore froids de la doctoresse défaisaient sa cravate, Verkramp passait imperceptiblement du monde du fantasme à celui de la satisfaction presque insupportable de son désir. Feulant de plus en plus faiblement, le lieutenant Verkramp s'effondra contre la doctoresse qui ne dut qu'à sa robuste constitution de ne pas s'effondrer. Tout perdu dans sa chevelure, il l'entendit murmurer « Là, là, mon chéri. » Et le lieutenant Verkramp s'évanouit.

Vingt minutes plus tard, tout roide de remords et d'embarras, il se demandait ce qu'il allait faire si jamais elle lui demandait s'il désirait une autre tasse de thé. Dire non, c'était l'inviter à lui reprendre sa tasse pour de bon, dire oui, le priverait du seul moyen de dissimuler la preuve de son manque de maîtrise de soi. Le docteur Von Blimenstein était en train de lui expliquer qu'un sentiment de culpabilité était toujours à la base des problèmes sexuels. Pour Verkramp son argument ne tenait pas la route, mais il était trop préoccupé par la question du thé pour reprendre la conversation avec l'enthousiasme nécessaire.

Il finit par décider que le mieux à faire était de dire « oui, merci », et de croiser rapidement les jambes en même temps. A peine était-il parvenu à cette conclusion que le docteur Von Blimenstein remarqua sa tasse vide.

– Une autre tasse de thé? demanda-t-elle en tendant la main vers la tasse.

Le plan soigneusement ourdi du lieutenant Verkramp était par terre avant même sa mise en œuvre. Il pensait qu'elle allait lui prendre la tasse des mains et non attendre qu'il la lui tende.

Obéissant au souci contradictoire de la décence et des bonnes manières, il croisa les jambes et se leva en même temps, ce qui répandit sur son entrejambe le petit reste de thé qu'il avait gardé dans sa tasse au cas où il aurait décidé de dire non. Les gouttes de thé s'y mélangèrent aux traces précédemment répandues de son manque de savoir-faire. Le lieutenant Verkramp décroisa ses jambes et contempla les dégâts avec honte et embarras. La doctoresse fut plus pratique. Elle ramassa la tasse par terre, arracha la soucoupe des mains de Verkramp, se précipita hors de la pièce et revint un moment après avec un chiffon mouillé.

– Nous n'allons pas tacher notre bel uniforme, n'est-ce pas? roucoula-t-elle avec un accent maternel qui fit littéralement fondre d'émotion Verkramp, au point qu'il ne se rendit pas compte de la complicité qu'impliquait l'emploi de ce « nous ». Avant qu'il se soit rendu compte de quoi que ce soit, la belle doctoresse frottait énergiquement sa braguette, avec le chiffon mouillé.

Le lieutenant Verkramp réagit au quart de tour. Une fois, d'accord, mais deux, bonjour les dégâts. Plié en deux sous le choc, il s'arracha aux mains tentatrices de la doctoresse.

– Non, pas ça! hurla-t-il en se réfugiant derrière le fauteuil.

Sa réaction prit le docteur Von Blimenstein par surprise.

– Comment pas ça? demanda-t-elle, toujours agenouillée sur le plancher. Pas ça... quoi?

– Mais rien, dit Verkramp qui creusait désespérément sa cervelle confuse à la recherche d'une certitude quelconque.

– Rien? dit le docteur en se redressant de toute sa taille. Que voulez-vous dire?

Verkramp se mit à regarder fixement par la fenêtre.

– Vous n'auriez pas dû, dit-il.
– Dû quoi?
– Vous savez bien, dit Verkramp.
– Qu'ai-je donc fait?

Le lieutenant Verkramp secoua la tête d'un air misérable et se tut.

– Comme vous êtes bécasson, continua la doctoresse. Il n'y a pas de quoi avoir honte. A l'hôpital, nous en voyons tous les jours des émissions involontaires!

Verkramp se retourna vers elle, tel un taureau furieux.

– Mais ce sont des fous! dit-il, horrifié par son détachement tout médical. Les gens sains n'en ont pas, des...

Il s'arrêta brusquement, car il sentait vaguement que son exemple était mal choisi.

– Mais bien sûr qu'ils en ont, dit la doctoresse d'un air tendre. C'est tout à fait naturel... entre... des hommes et des femmes passionnés.

Le lieutenant Verkramp résista à l'appel de la sirène.

– Ce n'est pas naturel. C'est de la perversion!

Le docteur Von Blimenstein rit doucement.

– Ne riez pas, cria Verkramp.
– Et vous ne criez pas! dit la doctoresse.

Son ton d'autorité fit trembler Verkramp des pieds à la tête.

– Venez pas ici, continua-t-elle.

Verkramp traversa nerveusement la pièce. Le docteur Von Blimenstein posa ses mains sur ses épaules.

– Regardez-moi, lui dit-elle.

Verkramp fit ce qu'elle lui demandait.

– Me trouvez-vous attirante?

Verkramp fit signe que oui.

– J'en suis contente, dit la doctoresse et, l'instant d'après, elle saisisait entre ses battoirs le lieutenant stupéfait et l'embrassait passionnément sur la bouche.

– Et maintenant je vais vous préparer un gentil déjeuner, dit-elle en s'arrachant à ses bras.

Avant que Verkramp ait pu dire quoi que ce fût, elle se trouvait en pleine cuisine. Pour une femme de sa taille, elle s'y mouvait avec une dextérité surprenante. Derrière elle, sur le pas de la cuisine, le lieutenant Verkramp était en proie aux plus vives émotions. Il était furieux après lui-même, après elle, et surtout après la situation dans laquelle il se trouvait. Ses yeux inquisiteurs semblaient chercher un responsable. Le docteur Von Blimenstein, sentant son embarras, vint à son secours.

– A propos de ce problème, dit-elle, en se baissant de la plus séduisante façon afin de retirer une casserole du placard sous l'évier, je crois que finalement je pourrais vous aider.

– Quel problème? demanda brusquement Verkramp.

Il lui semblait qu'elle l'avait bien assez aidé comme ça.

– A propos de vos hommes et des négresses, dit la doctoresse.

– Oh ça...

Verkramp avait complètement oublié la raison de sa venue.

– J'y ai pas mal pensé. Il n'y a qu'une façon de s'en sortir.

– Oh vraiment, dit Verkramp en songeant qu'il devait en exister bien plus sans avoir le courage d'y penser.

– Au fond, il s'agit d'une question d'ingénierie psychique, continua la doctoresse. C'est ainsi que j'appelle les expériences que je pratique à l'hôpital avec certains de mes patients.

Le lieutenant Verkramp dressa l'oreille. Les expériences, il avait toujours adoré.

– Mon traitement a déjà eu d'excellents résultats, expliqua-t-elle en émincant une carotte d'une main sûre. Il a marché avec les alcooliques, les travestis, les homosexuels... pourquoi ne marcherait-il pas dans les cas de perversion comme les relations sexuelles entre blancs et noirs?

L'intérêt de Verkramp était maintenant bien éveillé. Il était tout ouïe.

– Comment vous y prendriez-vous? demanda-t-il avidement.

– Eh bien, la première chose à faire, ce serait de déterminer quel trait de personnalité domine chez ceux de vos hommes qui sont attirés par cette perversion. Ce ne devrait pas être trop difficile. Je pourrai vous donner une liste de traits caractéristiques. Au fond, ce ne serait peut-être pas mal que vos hommes remplissent un questionnaire.

– A propos de leur vie sexuelle? demanda Verkramp.

Il n'imaginait que trop bien la façon dont serait reçu un questionnaire de ce type au commissariat de Piemburg.

– A propos de sexe, et d'autres choses aussi.

– Quelles autres choses, demanda Verkramp soupçonneux.

– Oh, comme d'habitude. Les relations avec la mère. Si la mère était une figure dominante à la maison. S'ils aimaient leur nourrice noire. Leurs premières expériences sexuelles. La routine, quoi.

Verkramp ravala sa salive. Ce qu'il venait d'entendre n'avait pour lui rien de routinier.

– Une analyse soigneuse des réponses devrait nous permettre de dresser le portrait-robot des policiers susceptibles de bénéficier d'un pareil traitement, expliqua le docteur Von Blimenstein.

– Voulez-vous dire que vous serez en mesure rien qu'en lisant leurs réponses de savoir si un de mes hommes veut coucher avec une négresse?

Le docteur Von Blimenstein fit non de la tête.

– Pas exactement mais c'est un point de départ. Une fois que nous aurons trié les individus suspects, je pourrai m'entretenir avec eux, de façon strictement confidentielle bien sûr et voir si le traitement leur conviendrait.

Verkramp n'en croyait pas ses oreilles. Aucun d'entre eux ne reconnaîtra qu'il aime baiser les négresses, dit-il.

La doctoresse sourit.

– Vous seriez étonné d'entendre certaines des choses que les gens me confient, dit-elle.

– Et qu'est-ce que vous feriez après? demanda Verkramp.

– Il y a des choses plus urgentes, dit le docteur Von Blimenstein, qui n'ignorait pas combien il est important de maintenir un homme sur le gril. Allons déjeuner sous la véranda.

Elle prit le plateau, et Verkramp la suivit docilement.

Lorsque le lieutenant Verkramp quitta la villa, il avait en poche le brouillon d'un questionnaire à soumettre à tous les hommes du commissariat de Piemburg. La doctoresse lui avait garanti qu'après avoir reçu son traitement pendant une semaine, aucun homme ne serait plus seulement tenté de regarder les négresses. Et le lieutenant Verkramp était tout prêt à la croire.

De plus, il se faisait maintenant une idée beaucoup plus précise du type d'hommes susceptibles d'avoir une sexualité transraciale. Selon le docteur Von Blimenstein, les signes distinctifs de cette perversion étaient le goût de la solitude, les changements d'humeur, les sentiments de culpabilité, une histoire familiale troublée, et bien entendu une vie sexuelle peu satisfaisante. Le lieutenant Verkramp passa en revue mentalement les officiers et les policiers de Piemburg et une figure se détacha irrésistiblement. Le lieutenant Verkramp se dit qu'il avait peut-être commencé de percer le secret du changement qu'il avait remarqué chez le commandant Van Heerden.

Une fois revenu dans son bureau, il relut attentivement les directives du BOSS, juste pour s'assurer qu'il avait bien les pouvoirs nécessaires pour entreprendre ce qu'il avait en tête. C'était écrit en toutes lettres. « Nous vous ordonnons par les présentes de diligenter toutes enquêtes sur les affaires de liaisons suspectes entre des officiers de police et des femmes bantoues. » Verkramp mit le document à l'abri et envoya chercher le sergent Breitenbach.

– Je veux qu'on le surveille jour et nuit, dit-il aux hommes de la Sécurité rassemblés dans son bureau. Je veux un rapport sur tout ce qu'il fait, les endroits qu'il fréquente, les gens qu'il rencontre, en un mot tout ce qui semble sortir de sa routine habituelle. Photographiez tous ses serviteurs. Posez des micros dans toutes les pièces et enregistrez toutes les conversations. Mettez son téléphone sur écoute, et enregistrez tous les appels. Est-ce que c'est clair? Je vous demande de sortir le grand jeu!

Verkramp parcourut la pièce des yeux, et tous les hommes firent oui de la tête. Seul le sergent Breitenbach émit quelques réserves.

– Est-ce que c'est bien régulier? demanda-t-il. Après tout, c'est le commandant qui commande, non?

Le lieutenant Verkramp devint rouge de colère.

– Vous croyez ça, dit-il en brandissant la lettre du BOSS, ce sont des ordres de Pretoria qui m'intiment l'ordre de procéder à cette enquête. Bien entendu – et sa voix se fit soudain pleine d'onction – j'espère, et je suis sûr que vous l'espérez aussi, que le commandant Van Heerden sortira de notre enquête blanc comme neige, mais les ordres sont les ordres! Pas besoin de vous rappeler que le plus grand secret doit entourer toute cette opération. Rompez!

Lorsque les hommes de la Sécurité eurent quitté la pièce, le lieutenant Verkramp ordonna de photocopier le questionnaire et de le tenir prêt à être distribué le lendemain.

Mrs. Roussouw, qui surveillait les prisonniers noirs que la prison de Piemburg envoyait tous les jours faire le ménage du commandant, fut interrompue en pleine action, le jour suivant, par un coup de sonnette à la porte d'entrée principale. Un groupe d'employés municipaux lui expliqua péremptoirement que la conduite de gaz sous la cuisine était endommagée, il y avait une panne de secteur au salon, et que le réservoir d'eau du grenier fuyait.

Étant donné que la maison ne recevait pas le gaz de ville que le four électrique de la cuisine fonctionnait à la perfection, et qu'il n'y avait pas non plus de signes d'humidité au plafond de la chambre, Mrs. Roussouw fit tout ce qu'elle put pour détromper les employés qui semblaient prêts à accomplir leur devoir avec un mélange de conscience professionnelle et d'inexpérience qu'elle trouva fort étonnant.

– Est-ce que vous ne devriez pas débrancher l'électricité d'abord? demanda-t-elle à l'employé qui tirait des lignes électriques dans la chambre du commandant.

– Peut-être bien que oui, répondit-il placidement.

Et il descendit l'escalier. Quand dix minutes plus tard elle s'aperçut qu'il y avait toujours de la lumière dans la cuisine, Mrs. Roussouw décida de prendre l'affaire en main et alla couper l'électricité dans le placard sous l'escalier. On entendit un cri étouffé en provenance du grenier où les employés de la compagnie des eaux avaient branché une lampe pour chercher la fuite inexistante.

– Ce doit être l'ampoule, dit l'un d'entre eux, qui descendit l'échelle pour aller chercher une autre ampoule dans la chambre du commandant.

Avant qu'il ait pu regagner l'obscurité du grenier, l'électricien avait assuré à Mrs. Roussow qu'il n'y avait aucune nécessité de couper l'électricité.

– Après tout, c'est vous le spécialiste, avait dit Mrs. Roussouw, l'air pas très convaincu.

– Je vous assure que tout va bien maintenant, avait dit l'employé.

Mrs. Roussouw était donc retournée sous l'escalier et avait remis l'électricité. Un hurlement retentit dans le grenier où l'employé de la compagnie des eaux avait les doigts pris dans la douille de la lampe, bientôt suivi par un grand bruit de plâtre effondré, qui venait de la chambre à coucher. Mrs Roussouw alla couper une fois de plus l'électricité, et monta l'escalier.

– Mais qu'est-ce que le commandant va dire quand il verra ce que vous avez fait? demanda-t-elle à la jambe qui s'agitait mollement dans le trou du plafond.

Un grognement indistinct se fit entendre.

– Tout va bien? demanda Mrs. Roussouw.

La jambe s'agita plus vigoureusement.

– Je vous avais bien dit qu'il fallait la couper, dit Mrs. Roussouw à l'électricien d'un air de reproche.

Au grenier, cette remarque provoqua une bordée d'injures et la jambe fut agitée de convulsions violentes. L'électricien alla voir ce qui se passait.

– Qu'est-ce qu'il dit, demanda-t-il juché sur le haut de l'échelle.

– Il dit qu'il ne veut pas qu'on le coupe, répondit une voix.

– Comme vous voulez, dit Mrs. Roussouw qui

alla de ce pas remettre l'électricité. Ça va mieux comme ça? demanda-t-elle en baissant la manette.

Dans la chambre du commandant, la jambe eut une dernière convulsion puis s'immobilisa.

– Reste tranquille je vais te tirer par en dessous, dit l'électricien en montant sur le lit.

Mrs. Roussouw sortit du placard et revint à l'étage. Elle commençait à en avoir assez de monter et descendre l'escalier. Elle venait d'arriver en haut des marches lorsqu'un nouveau cri, plus terrible que les précédents, parvint à ses oreilles. Elle se précipita dans la chambre et trouva l'électricien prostré sur le lit du commandant au milieu des gravats.

– Qu'est-ce qui se passe maintenant? demanda-t-elle.

L'homme se frotta la figure et regarda la jambe d'un air de reproche.

– Il faut couper, finit-il par dire.

– Non, pas ça... murmura une voix dans le grenier.

– Alors, qu'est-ce que je fais? dit Mrs. Roussouw.

– Coupez, mais coupez donc! dit l'électricien.

Mrs. Roussouw redescendit l'escalier en maugréant.

– C'est la dernière fois, dit-elle à l'électricien, j'en ai ma claque de monter et descendre l'escalier.

Pour finir, les prisonniers noirs les aidèrent à transporter l'employé de la compagnie des eaux, toujours inconscient, et l'électricien tenta de persuader Mrs. Roussouw de pratiquer sur lui le bouche-à-bouche dans le salon.

– Faites d'abord sortir tous ces nègres, répondit-elle, je ne vais pas faire du bouche-à-bouche devant eux. Ça pourrait leur donner des idées.

L'électricien fit donc sortir tous les prisonniers et l'homme des eaux finit par se sentir assez bien pour rentrer au commissariat.

– Bougre d'imbéciles! éclata Verkramp lorsqu'ils vinrent au rapport. Je vous avais dit de poser des micros, pas de mettre la maison sens dessus dessous.

Lorsque le commandant Van Heerden revint chez lui, ce soir-là, il trouva sa maison en grand désordre, et dépourvue des commodités habituelles de la vie. Il essaya de préparer du thé, mais le robinet était à sec. Il mit au moins vingt minutes à trouver l'obturateur, et vingt autres minutes à découvrir la clé qui s'y adaptait. Il remplit sa bouilloire-minute, et attendit une bonne demi-heure qu'elle voulût bien bouillir. « Mais qu'est-ce qui se passe? » se demandait-il en remplissant une casserole. Vingt minutes plus tard, il farfouillait toujours sous l'escalier, essayant désespérément de trouver la boîte de fusibles. Ils les sortit les uns après les autres avant de se rendre compte que la manette du disjoncteur était baissée. Avec un soupir de soulagement, il abaissa celle-ci. Il se fit alors un grand bruit et la lumière qui était momentanément revenue dans l'entrée s'éteignit de nouveau. Il fallut encore une demi-heure au commandant pour trouver le fil, mais il n'avait plus d'allumettes. Dégoûté de tout, il sortit dîner dans un restaurant grec au bas de la rue.

Lorsqu'il rentra, le commandant Van Heerden était dans une rage noire. A l'aide d'une torche achetée dans un garage, il se rendit à l'étage où il decouvrit l'étrange aspect de sa chambre à coucher. Il y avait un grand trou au plafond et le lit était couvert de plâtre. Le commandant s'assit au bord du lit, et braqua sa torche sur le trou du plafond. Finalement, il prit le téléphone de sa table de chevet et composa le numéro du commissariat. Il commençait à se demander pourquoi le sergent de garde mettait si longtemps à lui répondre lorsqu'il se rendit compte, en regardant par la fenêtre, que ce qui paraissait être l'ombre du jacaranda de l'autre côté de la rue fumait une cigarette. Le commandant reposa le combiné et se rendit à la fenêtre pour mieux y voir. Scrutant l'obscurité, il fut stupéfait de remarquer une autre ombre sous un autre arbre. Il était en train de se demander quel intérêt pouvaient avoir deux ombres à contempler sa maison lorsque le téléphone se mit à croasser derrière lui. Le commandant se précipita, trébucha, et ne put décrocher le combiné que pour entendre le sergent de garde reposer le sien. Il recomposa rageusement le numéro, changea d'avis, et passa dans la salle de bains, dont la fenêtre ouvrait sur son jardin derrière la maison. Il ouvrit la fenêtre et une légère brise fit frissonner les rideaux. Le commandant regarda intensément les alentours. Juste au moment où il se disait que ce jardin-là au moins n'avait pas été envahi, un buisson d'azalées alluma une cigarette. Très alarmé, le commandant revint précipitamment dans sa chambre et recomposa le numéro du commissariat.

– Il y a quelqu'un qui m'observe, dit-il au sergent de garde lorsque celui-ci voulut bien décrocher le téléphone.

– Vraiment, dit le sergent qui avait l'habitude des cinglés qui l'appelaient régulièrement au milieu de la nuit pour lui raconter qu'on les observait. Et qui vous observe?

– Je n'en sais rien, murmura le commandant. Il y a deux hommes devant la maison et un autre devant le jardin.

– Pourquoi murmurez-vous? demanda le sergent.

– Mais parce qu'on m'observe. Pourquoi voulez-vous que je murmure sans cela? s'écria *sotto voce* le commandant.

– Je n'en sais rien, dit le sergent. Je vais prendre bonne note de tout ça. Vous dites donc que vous êtes observé par deux hommes dans le jardin de devant et un autre dans celui de derrière. Est-ce bien cela?

– Non, dit le commandant qui perdait rapidement patience.

– Vous venez de dire...

– J'ai dit qu'il y avait deux hommes devant ma maison et un autre dans le jardin, derrière, dit le commandant, essayant de calmer ses nerfs.

– Deux... hommes... dans le... jardin... devant... la... maison..., dit le sergent qui prenait tout son temps. Je mets tout cela par écrit, dit-il au commandant lorsque celui-ci lui demanda ce que diable, il pouvait bien foutre.

– Eh bien, vous feriez mieux de vous dépêcher! hurla le commandant, complètement hors de lui. Il y a un foutu trou dans le plafond au-dessus de mon lit et ma maison a été cambriolée, continua-t-il, et il eut la joie d'entendre le sergent de garde informer Dieu sait qui qu'il avait encore un autre cinglé au bout du fil.

– Bon. Maintenant, vous me direz si je me trompe, dit le sergent avant que le commandant ait pu lui reprocher son insubordination, vous dites donc qu'il y a trois hommes qui observent votre maison, qu'il y a un foutu trou dans votre plafond et que votre maison a été cambriolée? C'est bien cela? Vous n'avez rien oublié?

Dans sa chambre, le commandant Van Heerden était au bord de l'apoplexie.

– Juste une chose! hurla-t-il dans le téléphone, je suis votre commandant, le commandant Van Heerden. Et je vous ordonne d'envoyer une voiture de patrouille dans la minute qui suit.

Un silence plein de scepticisme accueillit ces vociférations.

– Vous m'entendez?

A l'évidence le sergent de garde ne l'avait pas entendu. Bien qu'il eût la main sur le récepteur, le commandant pouvait l'entendre fort distinctement expliquer à un de ses collègues que le type au bout du fil débloquait à mort. Le commandant reposa violemment le combiné et se demanda ce qu'il allait faire. Finalement il revint à la fenêtre. Les sinistres guetteurs étaient toujours là. Le commandant alla à pas de loup fouiller dans ses tiroirs, et réussit à extraire du tiroir à chaussettes son pistolet de service. Il s'assura qu'il était bien chargé puis, observant que le trou dans le plafond rendait sa chambre indéfendable, s'apprêtait à redescendre lorsque le téléphone se mit à sonner.

Un instant, le commandant se dit qu'il ferait mieux de le laisser sonner, lorsqu'il se dit que ce devait être le sergent de garde qui rappelait. Lorsqu'il décrocha le combiné, la sonnerie s'arrêta. Le commandant Van Heerden composa le numéro du commissariat.

– C'est vous qui venez de m'appeler? demanda-t-il au sergent de garde.

– Ça dépend qui vous êtes, répondit le sergent.

– Je suis votre commandant! hurla le commandant.

Le sergent réfléchit un bon moment.

– D'accord, finit-il par dire, nous allons vous rappeler.

Le commandant regarda le téléphone d'un air sauvage.

– Écoutez, vous, mon numéro est le 54-88. Vous pouvez vérifier. J'attends.

Cinq minutes plus tard des voitures de patrouille venues de tout Piemburg convergèrent vers la maison du commandant Van Heerden, et le sergent de garde se demanda ce qu'il allait bien pouvoir dire au commandant le lendemain matin.

3

Le lieutenant Verkramp se posait exactement la même question. La nouvelle du fiasco de ses hommes lui était parvenue par le sergent Breitenbach, qui avait passé toute la soirée à écouter le téléphone du commandant et avait eu la présence d'esprit d'ordonner aux agents en faction de quitter la maison avant l'arrivée des voitures de patrouille. Malheureusement, les micros qui avaient été répandus dans toute la maison étaient toujours là, et le lieutenant Verkramp se rendit bien compte que leur présence inopportune n'allait certainement pas améliorer ses relations avec son supérieur hiérarchique.

– Je vous avais bien dit que ça allait foirer dit le sergent Breitenbach.

Verkramp n'était pas d'accord.

– Pourquoi fait-il tant d'histoires s'il n'y a rien à cacher? demanda-t-il.

– Le trou dans son plafond, par exemple, dit le sergent avec bon sens.

Mais le lieutenant Verkramp n'en démordait pas.

– Ça pourrait arriver à n'importe qui, dit-il. De toute façon il se plaindra à la compagnie des eaux et tout finira là.

– Je serais très étonné qu'ils admettent d'être responsables, dit le sergent.

– Plus ils nieront, plus il sera convaincu de leur responsabilité, dit Verkramp qui s'y connaissait en psychologie. De toute façon je m'arrangerai pour expliquer l'histoire des micros, ne vous tracassez pas.

Il renvoya le sergent, se rendit au commissariat et passa la moitié de la nuit à concocter un mémorandum qu'il déposerait sur le bureau du commandant le lendemain matin.

Mais il n'eut pas besoin de s'en servir. Le commandant Van Heerden arriva au commissariat bien décidé à faire payer quelqu'un, il ne savait pas encore qui, pour les dégâts causés à sa propriété. Il ne savait pas exactement à quel corps de métier il devait s'en prendre, et les explications de Mrs. Roussouw n'avaient pas clarifié les choses.

– Quelle tête vous avez, dit-elle lorsque le commandant descendit prendre son petit déjeuner après s'être rasé à l'eau froide.

– Et ma foutue maison, elle n'a pas l'air bizarre? dit le commandant en se tapotant la joue avec un crayon antiseptique.

– Surveillez vos expressions, répliqua Mrs. Roussouw.

Le commandant Van Heerden la regarda de travers.

– Seriez-vous assez bonne pour m'expliquer ce

qui s'est passé? quand je suis revenu hier soir. L'eau était coupée, il y avait un grand trou au plafond de ma chambre, et l'électricité était éteinte partout.

– C'est la faute de l'employé des eaux, expliqua Mrs. Roussouw. J'ai dû lui faire du bouche-à-bouche pour le remettre sur pied.

Le commandant frissonna à cette seule idée.

– Et alors?

– Mais le trou dans le plafond, enfin! dit Mrs. Roussouw.

Le commandant essaya de visualiser la série d'événements qui avait amené Mrs. Roussouw à faire du bouche-à-bouche à l'employé des eaux puis, subséquemment, à le faire tomber à travers le plafond.

– Dans le grenier? demanda-t-il un peu sceptique.

– Mais non, gros bêta, dit Mrs. Roussouw. Il cherchait la fuite dans la citerne lorsque j'ai branché l'électricité...

Le commandant était trop estomaqué pour la laisser continuer.

– Mrs. Roussouw, dit-il, d'un ton las, dois-je comprendre... Et puis tant pis, j'appellerai la compagnie des eaux lorsque je serai au commissariat.

Il prit son petit déjeuner, tandis que Mrs. Roussouw ajoutait encore à la confusion en expliquant que c'était la faute de l'électricien, en fait, puisqu'il avait laissé l'électricité branchée.

– Ah, c'est pour ça qu'il y a tout ce fatras là-bas, dit le commandant en regardant l'évier endommagé.

– Ah, mais non, ça c'était le type du gaz, dit Mrs. Roussouw.

– Mais on n'a pas le gaz ici, dit le commandant.

– Je sais bien, c'est ce que je lui ai dit mais il m'a répondu qu'il y avait une fuite dans la conduite.

Le commandant termina son petit déjeuner et se rendit au commissariat dans un état de grande perplexité. En dépit du fait que les voitures de patrouille n'avaient pu trouver aucun indice prouvant que sa maison ait été surveillée, le commandant était bien certain d'avoir été mis sous surveillance. Il eut même le sentiment pénible d'être suivi jusqu'au commissariat, mais lorsqu'il regarda par-dessus son épaule au coin de la rue, il ne vit personne.

Une fois dans son bureau, il passa une bonne heure au téléphone à haranguer les directeurs des compagnies du gaz, de l'électricité et des eaux, afin d'aller, comme il disait, au fond des choses. Il fallut les efforts combinés des trois directeurs pour le convaincre que leurs employés n'avaient jamais été autorisés à entrer chez lui, que son approvisionnement en eau et en électricité se faisait sans problème aucun, qu'on n'avait décelé aucune fuite de gaz dans un rayon d'un mile autour de la maison, et qu'enfin ils ne pouvaient en rien être tenus pour responsables des dégâts causés à sa propriété. Le commandant, tout en réservant son opinion sur ce dernier point, dit qu'il consulterait son avocat. Le directeur de la compagnie des eaux lui dit que de toute façon ce n'était pas sa compagnie qui réparait les citernes, à quoi le commandant répondit qu'alors il se demandait bien qui était chargé de percer des trous dans le plafond de sa chambre, et qu'il n'était pas prêt à payer pour le privilège d'être le seul à en avoir.

Ayant, grâce à cet échange de courtoisies, fait monter sa tension à un niveau bien dangereux, le commandant envoya chercher le sergent de garde au fond de son lit afin qu'il tentât d'expliquer sa conduite de la nuit.

– J'ai cru que c'était une farce, dit-il au commandant, c'est votre façon de murmurer...

Le commandant ne murmurait plus, pour sûr. On pouvait entendre sa voix dans les cellules deux étages au-dessous.

– Une farce? Vous avez bien dit une farce?

– Oui, mon commandant, on reçoit une demi-douzaine d'appels de ce genre-là toutes les nuits.

– Quel genre, demanda le commandant.

– Eh bien, des gens qui téléphonent pour dire qu'on les a cambriolés, qu'on les a violés ou des trucs comme ça. Surtout les femmes.

Le commandant Van Heerden se souvint de l'époque où il avait été sergent de garde, et il dut convenir que beaucoup des appels qu'il recevait la nuit étaient de fausses alarmes. Aussi renvoya-t-il le sergent après une simple réprimande.

– La prochaine fois que je vous appelle, je ne veux pas de discussion. Compris?

Le sergent comprit. Il s'apprêtait à quitter le bureau, lorsque le commandant se ravisa.

– Et qu'est-ce que vous croyez que vous allez faire maintenant? aboya le commandant.

Le sergent dit que puisqu'il avait été de service toute la nuit, il allait se recoucher. Mais le commandant avait d'autres plans pour lui.

– Je vous charge de l'enquête sur le cambriolage de ma maison, dit-il. Je veux un rapport complet sur mon bureau dès cet après-midi.

– Oui mon commandant, dit le sergent, et il quitta le bureau.

Dans l'escalier il croisa le lieutenant Verkramp qui avait l'air pas mal éreinté lui aussi.

– Il veut un rapport complet cet après-midi, dit le sergent.

Le lieutenant poussa un soupir, monta quelques marches et frappa à la porte du commandant.

– Entrez! hurla le commandant.

Le lieutenant Verkramp entra.

– Qu'est-ce qui vous arrive, Verkramp? Vous avez l'air d'avoir passé la nuit sur un toit.

– Oh, juste une bise de colloque, bredouilla Verkramp, décontenancé par la perspicacité du commandant.

– Une quoi?

– Une crise de colique, dit Verkramp, essayant de se rattraper. J'ai glissé... je veux dire... j'ai fourché.

– Pour l'amour de Dieu, lieutenant, reprenez-vous, dit le commandant.

– Oui mon commandant, dit Verkramp.

– Pourquoi désiriez-vous me voir?

– A propos de ce qui est arrivé chez vous, mon commandant dit Verkramp, j'ai reçu des informations qui pourraient vous intéresser.

Le commandant Van Heerden soupira. Il se doutait bien que Verkramp devait avoir trempé dans cette histoire et pas qu'un peu.

– Eh bien?

Le lieutenant Verkramp ravala nerveusement sa salive.

– A la Sécurité, nous avons reçu une information selon laquelle on allait essayer de poser des micros chez vous.

Il s'arrêta pour voir comment le commandant prendrait la nouvelle. Et le commandant Van Heerden répondit à son attente. Il sauta sur ses pieds et regarda Verkramp les yeux révulsés.

– Bon sang de bonsoir! Vous ne voulez quand même pas dire...

– Malheureusement si, mon commandant, dit Verkramp. C'est pourquoi j'ai dû mettre votre maison sous surveillance vingt-quatre heures sur vingt-quatre...

– Vous voulez dire...

– Exactement, mon commandant continua Verkramp. Vous avez sans doute remarqué qu'on surveillait votre maison.

– C'est exact, dit le commandant, je les ai vus la nuit dernière...

Verkramp fit oui de la tête.

– C'étaient mes hommes, mon commandant.

– Dans la rue et dans mon jardin?

– Exactement, mon commandant, nous avions pensé qu'ils pourraient revenir.

Le commandant commençait à perdre le fil de la conversation.

– Comment ça revenir?

– Mais les saboteurs communistes, mon commandant.

– Les saboteurs communistes? Qu'est-ce que des saboteurs communistes pourraient bien fiche dans ma maison?

– Mettre des micros, mon commandant, dit Verkramp. Après l'échec de leur tentative d'hier j'ai pensé qu'ils pourraient revenir.

Le commandant Van Heerden fit un gros effort sur lui-même.

– Est-ce que je dois comprendre que tous ces employés du gaz, et de l'électricité étaient en fait des saboteurs communistes?...

– Des saboteurs déguisés, mon commandant. Heureusement, grâce aux efforts de mes agents, leur entreprise a échoué. Un des communistes est tombé à travers le plafond.

Le commandant Van Heerden se carra dans sa chaise avec un soupir de soulagement. Il avait enfin trouvé le responsable du trou.

– Alors, c'était votre faute? dit-il.

– Complètement, dit Verkramp, et nous veillerons à ce que les réparations soient faites immédiatement.

Cette nouvelle avait délivré le commandant d'une partie, mais d'une partie seulement de ses soucis.

– Ce que je n'arrive pas à comprendre, c'est pourquoi ces communistes voulaient mettre des micros chez moi. D'ailleurs, qui sont-ils?

– Je crains de ne pas pouvoir révéler leur identité. Pour le moment du moins. Ordre du BOSS.

– Mais enfin pourquoi des micros dans ma maison? demanda le commandant qui n'était pas assez fou pour mettre en cause les ordres du BOSS. Je ne dis jamais rien d'important là-bas.

Verkramp l'approuva.

– Ils ne pouvaient pas le savoir, mon commandant, dit-il. D'ailleurs les informations en notre possession suggèrent qu'ils espéraient se procurer des documents qui leur permettraient de vous faire chanter.

Il observa le commandant Van Heerden de près afin de scruter ses réactions. Celui-ci était atterré.

– Dieu du Ciel! fit-il en s'essuyant le front de son mouchoir.

Verkramp poussa son avantage sans plus attendre.

– S'ils pouvaient trouver quelque chose sur vous, quelque chose de compromettant, de sexuel...

Il hésita. Le commandant suait d'abondance.

– ... Ils vous tiendraient à leur merci.

Le commandant songea que tout cela était bel et bien vrai, mais qu'il n'allait quand même pas le reconnaître devant le lieutenant Verkramp. Il parcourut rapidement le catalogue de ses petites habitudes nocturnes et parvint rapidement à la conclusion qu'il en était un certain nombre dont il préférait qu'elles restassent ignorées du reste du monde.

– Le porc, bredouilla-t-il, et il regarda Verkramp avec une nuance de respect.

Le lieutenant n'était peut-être pas un imbécile après tout.

– Qu'allez-vous faire? demanda-t-il.

– Deux choses, dit Verkramp. La première c'est d'égarer les soupçons des communistes en faisant semblant de ne rien comprendre à ce qui s'est passé chez vous. Laissons-les croire que nous ignorons tout de leur plan. Prenons-nous-en à la compagnie du gaz... à celle des... eaux.

– Ça, c'est déjà fait, dit le commandant.

– Très bien. Ce qu'il faut comprendre c'est que cet incident fait partie d'une vaste conspiration destinée à déstabiliser la police sud-africaine tout entière. Il est essentiel de ne pas agir prématurément.

– Extraordinaire, dit le commandant. Jamais je n'aurais cru qu'il y avait autant de communistes en circulation. Je croyais qu'on avait épinglé tous ces salauds il y a longtemps.

– Vous savez, ils poussent comme le chiendent, lui expliqua Verkramp.

– Sans doute, sans doute, dit le commandant qui n'avait jamais envisagé le problème sous cet angle.

Le lieutenant Verkramp continua.

– Après l'échec de leur dernière campagne, ils ont tous pris le maquis.

– Bien sûr, bien sûr, dit le commandant, la tête toujours au chiendent.

– Ils se sont réorganisés et préparent une nouvelle offensive. Dans un premier temps, ils essaient de nous saper le moral et lorsque cela sera fait, ils vont lancer une grande vague d'attentats.

– En somme, ils cherchent des documents ou des indices pouvant être utilisés pour faire chanter des officiers de police dans tout le pays?

– Exactement, mon commandant, dit Verkramp. J'ai des raisons de penser qu'ils sont tout particulièrement intéressés par la vie sexuelle des officiers de police.

Le commandant songea tristement à sa vie sexuelle, ce qui ne le mena pas très loin. A l'inverse, celle des hommes qu'il commandait était assez mouvementée.

– Eh bien, finit-il par dire, heureusement que le *konstabel* Els n'est plus parmi nous. Il est mort juste à temps, à ce qu'il paraît.

Verkramp sourit.

– Cette pensée m'a traversé l'esprit, avoua-t-il. Les exploits du *konstabel* Els dans le domaine des coïts transraciaux étaient légendaires dans le commissariat de Piemburg.

– Cependant, je ne vois toujours pas ce que vous allez faire pour arrêter cette campagne infernale, continua le commandant. Els mis à part, il ne manque pas de policiers dont la vie sexuelle devrait être reprise en main...

Le lieutenant Verkramp était aux anges.

– Voici justement ce que j'ai imaginé, dit-il en tirant le questionnaire du docteur Von Blimenstein de sa poche. J'ai travaillé cette question avec un membre éminent de la profession psychiatrique, et je crois que nous avons abouti à quelque chose qui pourrait nous servir à repérer les officiers et les policiers les plus vulnérables.

– Vraiment? dit le commandant qui avait une petite idée sur l'identité du membre éminent de la profession psychiatrique.

Le lieutenant Verkramp lui tendit le questionnaire.

– Avec votre assentiment, mon commandant, je souhaiterais que ces questionnaires soient distribués à tous les hommes du commissariat. Leurs réponses devraient nous permettre de repérer les victimes éventuelles d'un chantage.

Le commandant Van Heerden jeta un coup

d'œil au questionnaire qui était assez innocemment intitulé ENQUÊTE DE PERSONNALITÉ et portait le label STRICTEMENT CONFIDENTIEL. Il parcourut les premières questions et ne trouva rien de bien méchant. On demandait la profession du père, l'âge, et le nombre des frères et sœurs. Avant qu'il pût continuer, Verkramp lui expliqua qu'il avait reçu des ordres de Pretoria au sujet de cette enquête.

– Le BOSS? demanda le commandant.

– Le BOSS, dit Verkramp.

– Dans ce cas, vous avez carte blanche, dit le commandant.

– Je vous en laisse un à remplir, dit Verkramp, et il quitta le bureau ravi par le tour que prenaient les événements.

Il donna au sergent Breitenbach l'ordre de distribuer les questionnaires et téléphona au docteur Von Blimenstein pour lui faire savoir que tout se déroulait non pas conformément à son plan, car il n'en avait aucun, mais conformément à ses souhaits. Le docteur Von Blimenstein fut heureuse de l'entendre, et avant que Verkramp eût bien compris ce qui lui arrivait, elle l'avait invité à dîner pour le soir même. Il reposa le téléphone, tout ahuri de sa bonne fortune. Jamais il n'avait songé que le tas de mensonges qu'il avait raconté au commandant à propos des maîtres chanteurs communistes ne correspondait à aucune réalité hors de son imagination délirante. Son devoir était de traquer les ennemis de l'État sud-africain, et le détail précis de leurs activités importait peu. Comme il l'avait expliqué un jour à un tribunal, c'était le principe de la subversion qui était important, pas les détails de procédure.

Si Verkramp était très satisfait du tour des événements, le commandant Van Heerden, assis à son bureau avec le questionnaire en face de lui, ne l'était guère. L'histoire du lieutenant était assez convaincante. Le commandant ne doutait absolument pas que des agitateurs communistes fussent à l'œuvre au Zoulouland – c'était bien la seule explication de l'agitation des Zoulous du bidonville lorsqu'on avait récemment augmenté les tickets de bus. Mais l'intrusion de saboteurs déguisés en employés du gaz dans sa propre maison indiquait qu'une nouvelle phase de cette campagne de subversion était commencée. Le rapport du sergent de garde indiquant qu'on avait découvert un micro sous l'évier ne fit que convaincre davantage le commandant de la perspicacité du lieutenant Verkramp. Après avoir ordonné au sergent de laisser les gars de la Sécurité mener l'enquête, le commandant envoya à Verkramp une note concise : « Cf. notre discussion ce matin. Présence micro dans cuisine confirme rapport. Suggère prenez mesures immédiates. Van Heerden. »

Pleinement rassuré quant aux capacités de son second, le commandant s'apprêta à affronter le questionnaire que Verkramp lui avait donné. Il répondit aux premières questions d'un air guilleret, et ce n'est qu'après avoir tourné la page qu'il se rendit compte qu'on l'entraînait dans une confession sexuelle générale où chaque réponse l'enfonçait un peu plus.

« Aviez-vous une nourrice noire ? », cela semblait assez innocent, et le commandant inscrivit

« Oui » sans hésitation, avant de découvrir que la question suivante était : « Taille des seins. Gros. Moyens. Petits. » Après un moment d'hésitation, et non sans alarme, il remplit la case « Gros », et passa au problème suivant : « Dimension des mamelons. Grands. Moyens. Petits. » « Drôle de façon de combattre le communisme », pensa-t-il, essayant de se remémorer la dimension des tétons de sa nourrice. Finalement il écrivit « Grands » et dut se demander « Votre nourrice noire titillait-elle vos parties sexuelles? Souvent. Quelquefois. Rarement? » Le commandant chercha désespérément un « Jamais », mais n'en trouva aucun. Il finit par remplir « Rarement », et passa à la question suivante. « Âge de la première éjaculation : trois ans, quatre ans, plus...? » « Pas beaucoup de choix » songea le commandant, qui eut du mal à choisir entre six ans, ce qui était faux mais semblait moins devoir saper son autorité que seize ans, qui était plus près de la vérité. Il mit donc : « Huit ans », solution de compromis qui correspondait à une émission involontaire qu'il avait eue à dix ans en s'apercevant qu'il avait marché la nuit sur un piège à rats. La question suivante était : « Âge de la première pollution nocturne. » Cette fois la liste commençait à dix ans. Lorsqu'il eut effacé sa réponse à la première question pour la rendre cohérente avec une pollution nocturne à onze ans, le commandant était d'une humeur de dogue. Il décrocha le téléphone et appela le bureau de Verkramp. C'est le sergent Breitenbach qui répondit.

– Où est Verkramp? demanda la commandant.

Le sergent dit que celui-ci était sorti, mais que peut-être il pouvait l'aider.

– C'est ce satané questionnaire, dit-il au sergent. A qui est-il destiné?

– Au docteur Von Blimenstein, dit le sergent. C'est elle qui l'a concocté, je crois.

– Ah oui? hurla le commandant. Allez dire au lieutenant Verkramp que je n'ai pas l'intention de répondre à la question vingt-cinq!

– Laquelle est-ce?

– « Combien de fois vous masturbez-vous par jour? » Vous pouvez dire à Verkramp que c'est une intrusion dans ma vie privée!

– Oui, mon commandant, dit le sergent Breitenbach, étudiant les réponses du questionnaire qui allaient de cinq à vingt-cinq fois.

Le commandant reposa nerveusement le téléphone, mit le questionnaire dans un tiroir de son bureau, et partit déjeuner dans les pires dispositions d'esprit. « Une belle salope... imaginer des trucs pareils! », songeait-il en montant l'escalier, et il maugréait encore lorsqu'il acheva son repas à la cantine du commissariat.

– Je serai au golf, si on me demande, dit-il au sergent de garde, et il quitta le commissariat.

Après deux heures d'efforts infructueux, il finit par revenir au Club House avec le sentiment bien net d'être dans un jour sans.

Il commanda un double brandy et emporta son verre sur la terrasse afin de contempler à loisir des joueurs plus expérimentés qu'il ne l'était. Absorbant à pleins poumons cette atmosphère très anglaise, il essayait à toute force de se débarrasser du sentiment déplaisant que son cadre de vie était menacé par des forces mystérieuses, lorsqu'un crissement de graviers devant le Club House le fit se retourner. Une Rolls Royce venait de se garer, et ses occupants étaient en train d'en descendre. Un instant, le commandant eut le sentiment étrange d'être revenu aux années vingt. Les deux hommes qui descendirent des places avant étaient vêtus des knickerbockers et arboraient des chapeaux dont la mode avait passé cinquante ans plus tôt, tandis que leurs deux compagnes étaient affublées de costumes de carnaval avec des chapeaux cloche. Mais c'étaient moins les vêtements, ou la Rolls immaculée, que les voix de ces personnages qui étonnaient le commandant. Leurs voix haut perchées et languissamment arrogantes semblaient provenir du tréfonds de l'Angleterre. A les entendre, on ne pouvait qu'être certain que tout était pour le mieux dans le meilleur des mondes, en dépit de tout. La graine de servilité toujours présente chez le commandant Van Heerden s'épanouit tout soudain en une floraison extatique, lorsque le groupe passa près de lui sans lui accorder le moindre regard, sans lui accorder le moindre droit à l'existence. C'était précisément ce total égoïsme, ce sentiment immuable et absolu vous égalant aux Dieux, que le commandant Van Heerden avait toujours espéré trouver chez les Anglais. Et voilà qu'il l'avait enfin rencontré, au Golf Club de Piemburg, sous la forme de quatre hommes et femmes d'âge moyen, dont le gazouillis léger prouvait bien qu'en dépit des guerres, des désastres, et de la révolution imminente, il n'y avait aucune raison de s'inquiéter. Le commandant admira tout particulièrement, l'élégance avec laquelle l'un d'entre eux, un florissant quinquagénaire, fit claquer ses doigts pour appeler le caddie noir.

– Ma chère vraiment, c'est impayable! pépilla l'une des dames.

– J'ai toujours dit que Boy l'avait bien cherché, déclara le florissant quinquagénaire lorsqu'ils passèrent près du commandant.

Celui-ci les regarda s'éloigner, puis revint en toute hâte vers le bar où il entreprit le barman.

– C'est les fêlés du Dornford Yates Club, dit le barman. Ne me demandez pas ce que ça veut dire. Ils font tout ce tralala en l'honneur d'une boîte, la *Berry and Co.*, qui a fait faillite il y a quelques années. Le rougeaud là-bas, c'est le colonel Heathcote-Kilkoon, c'est celui qu'ils appellent Berny. La grassouillette à côté, c'est sa bourgeoise. L'autre mec c'est le major Bloxham, on l'appelle Boy. Tu parles, il a quarante-huit berges bien tassées. La maigrichonne, je ne sais pas qui c'est.

– Est-ce qu'ils habitent par ici? demanda le commandant.

Il ne pouvait approuver l'attitude plutôt désinvolte du barman vis-à-vis de ses supérieurs, mais il avait trop envie d'en savoir plus à leur sujet.

– Le colonel a une piaule près du Pilt Dawn Hotel, mais ils passent le plus clair de leur temps dans une ferme d'Underville. Elle a un nom bizarre, quelque chose comme la Femme Blanche, un truc comme ça. On m'a dit qu'il s'en passait de belles, là-bas.

Le commandant se fit servir un autre brandy et

alla s'asseoir à une table de la terrasse pour attendre le retour des quatre héros. Le barman s'était installé sur le pas de la porte, l'air profondément las.

– Cela fait longtemps que le colonel est membre du Club? demanda le commandant.

– Deux ans, dit le barman, puisqu'ils sont tous venus de Rhodésie, ou du Kenya, ou je ne sais trop d'où. Tous pleins aux as!

Sous le regard intrigué du barman, le commandant acheva son verre et s'en alla inspecter la Rolls Royce.

– Une Silver Ghost 1925, dit le barman qui l'avait suivi. En excellent état...

Le commandant grommela. Il commençait à en avoir sa claque du barman. Il tourna de l'autre côté de la voiture, mais le barman était toujours derrière lui.

– Vous voulez des tuyaux? lui demanda ce dernier d'un air conspirateur.

– Et qu'est-ce qui vous fait croire ça? demanda le commandant.

– Faites comme si je n'avais rien dit, dit le barman, qui s'éclipsa en murmurant quelque chose comme « Motus et bouche cousue, compris chef ».

Laissé à lui-même, le commandant acheva d'inspecter la voiture, et il s'apprêtait à revenir sur ses pas, lorsqu'un objet gisant sur le siège arrière attira son attention. C'était un livre sur la couverture duquel le portrait d'un homme semblait le dévisager. Avec ses pommettes saillantes, ses paupières légèrement tombantes, son nez impeccablement droit et sa moustache bien taillée, ce visage semblait contempler, très au-delà du commandant, un avenir radieux. En le regardant à travers la fenêtre, le commandant sentit aussitôt qu'il avait abordé une nouvelle étape dans sa quête inlassable du cœur de l'Angleterre. Là devant lui, sur le siège arrière de la Rolls, se trouvait exposée l'image même de l'homme qu'il aurait voulu être. Le livre s'intitulait *Est-ce ainsi que les hommes vivent?* par Dornford Yates. Le commandant sortit son carnet et nota soigneusement le titre.

Lorsque le colonel Heathcote-Kilkoon et ses amis revinrent au Club House, le commandant était déjà parti. Il n'avait pu attendre plus longtemps pour se précipiter à la bibliothèque la plus proche, certain d'y apprendre enfin, grâce à ce mystérieux Dornforth Yates comment devenir un parfait gentleman anglais.

Lorsque le lieutenant Verkramp quitta le commissariat, ce soir-là, il était au comble du bonheur. La facilité avec laquelle il avait détourné les soupçons du commandant, les réponses qu'il commençait à recevoir à ses questionnaires, la perspective enfin de passer une soirée avec le docteur Von Blimenstein, tout contribuait à le pousser vers l'extase. Sutout, le fait que la maison du commandant fût encore sous écoute, lui permettant d'entendre depuis son lit les moindres mouvements de son chef, ajoutait à la satisfaction de Verkramp une note pimentée. Tout comme le commandant, le lieutenant Verkramp se sentait à la veille d'une grande découverte qui changerait le cours de sa vie en lui permettant de donner toute sa mesure.

Tandis que son bain moussant se remplissait, le lieutenant Verkramp régla le récepteur dans sa chambre à coucher et vérifia que le magnétophone était bien branché. Bientôt, il put entendre le commandant aller et venir, ouvrir et fermer les placards. Lorsqu'il fut bien certain que tout fonctionnait de façon satisfaisante, Verkramp débrancha l'appareil et alla prendre son bain. Il sortait à peine de la baignoire, lorsque la sonnette retentit.

– Merde, dit Verkramp en attrapant une serviette.

Qui pouvait lui rendre visite à un moment pareil?

Il répandit de l'eau partout, et ouvrit la porte d'un air rogue.

– Je n'ai besoin de rien..., commença Verkramp, mais il comprit bien vite qui lui faisait l'honneur d'une visite.

– Sûr de n'avoir besoin de rien, mon chéri? dit le docteur Von Blimenstein à haute et intelligible voix, tout en découvrant sous son manteau d'ondatra une robe moulante qui brillait de mille feux. Vraiment sûr?...

– Enfer et damnation, bredouilla Verkramp, le regard affolé. Ses voisins étaient si respectacles, et le docteur Von Blimenstein si peu à cheval sur les principes... Et le spectacle qu'ils offraient, lui avec sa serviette de bain autour des reins, la doctoresse avec l'espèce de chose qui lui enveloppait le haut et le bas des reins, n'était pas des plus édifiants.

– Vite, vite, entre! croassa-t-il.

Un peu déçu par la froideur de cet accueil, le

docteur Von Blimenstein rajusta son manteau sur ses épaules et pénétra dans l'appartement. Verkramp s'empressa de s'enfermer dans la salle de bains.

– Je ne t'attendais pas si tôt, hulula-t-il tendrement. J'allais te chercher à l'hôpital...

– Je ne pouvais pas attendre, hurla la doctoresse en retour. Je voulais te faire une petite surprise!

– Pour ça, c'est réussi, murmura Verkramp, à la recherche d'une chaussette baladeuse.

– Qu'est-ce que tu dis? Je n'entends pas bien.

Verkramp finit par trouver la chaussette sous l'évier.

– Je dis que tu m'as fait une belle surprise.

Il se cogna la tête contre l'évier en se relevant, et étouffa un juron.

– Tu n'es pas fâché au moins? demanda la doctoresse.

Dans la salle de bains, Verkramp s'assit au bord de la baignoire et entreprit de mettre sa chaussette. Elle était trempée.

– Mais non, pas du tout.

– C'est bien vrai? Parce que tu sais je ne voudrais surtout pas que tu croies... surtout pas... que je m'impose continua la doctoresse.

Verkramp, toujours protestant qu'il serait au comble du bonheur chaque fois qu'elle passerait le voir, découvrait que les vêtements qu'il avait si amoureusement disposés sur le siège des toilettes, étaient maintenant tout trempés. Lorsqu'il émergea enfin, le lieutenant Verkramp ne se sentait vraiment pas à son aise, et en tout cas nullement préparé au spectacle qui s'offrit à ses yeux. Le docteur Von Blimenstein avait retiré son manteau d'ondatra et trônait sur le sofa de provocante façon, si serrée dans le rouge brillant de la robe, que Verkramp se demanda comment elle avait bien pu la mettre.

– Ça te plaît? demanda la doctoresse en s'étirant voluptueusement.

Verkramp ravala sa salive et dit que oui, oui beaucoup.

– C'est très branché, tu sais, le nylon extensible.

Verkramp ne pouvait détacher son regard de ses seins pigeonnants, et commençait à se rendre compte qu'il allait se montrer en public avec une femme arborant une combinaison écarlate à demi transparente. La réputation du lieutenant Verkramp était en jeu. N'était-il pas l'un des membres les plus assidus de l'Église Réformée de Verwoerd Street? Tout en roulant vers le Pilt Dawn Hotel, il se consola en pensant que la robe était si étroite qu'elle ne pourrait pas danser avec. De toute façon, le lieutenant Verkramp ne dansait pas. Pour lui, c'était un péché mortel.

Lorsque le portier s'avança vers eux, la timidité de Verkramp, déjà exacerbée par le spectacle de sa Volkswagen rangée à côté d'une Cadillac, atteignit son paroxysme.

– La *bras-si-ère*, je vous prie, dit Verkramp.

– La quoi, Monsieur? dit le portier l'œil rivé sur la poitrine du docteur Von Blimenstein.

– La *bras-si-ère?*, dit Verkramp.

– Nous n'avons pas cet article, Monsieur, dit le portier.

Le docteur Von Blimenstein vola au secours du lieutenant.

– Nous voulons dire la *bras-se-rie*, dit-elle.

– Oh, vous voulez dire le gril, dit le portier, et il les guida jusqu'au Bar Tropical.

Les lumières tamisées ravirent Verkramp. Personne ne pourrait le voir dans le renfoncement où on les avait installés. De son côté, le docteur Von Blimenstein avait commandé deux Dry Martini sans se soucier de l'air de mépris du garçon devant les efforts que déployait Verkramp pour se familiariser avec la liste des vins. Après trois Martini, Verkramp se sentit un peu mieux.

Le docteur Von Blimenstein avait entrepris de tout lui dire sur son traitement convulso-révulsif.

– Au fond, c'est très simple, disait-elle. Le patient est solidement attaché sur un lit pendant qu'on projette des diapositives perverses sur un écran géant. S'il s'agit d'un homosexuel, on lui montre des diapositives d'hommes nus.

– Vraiment? dit Verkramp. Comme c'est intéressant. Et qu'est-ce que vous faites?

– Au moment même où nous lui montrons la diapositive, nous lui administrons une décharge électrique.

Verkramp était fasciné.

– Et ça marche? demanda-t-il.

– En fin d'exercice, le patient montre des signes d'anxiété à chaque diapo, dit la doctoresse.

– Ça pour sûr, dit Verkramp pour qui la gégène n'avait aucun secret.

– Il faut continuer le traitement pendant six jours au moins pour obtenir des résultats, mais vous seriez étonné du nombre de patients que nous avons guéris de cette façon.

Verkramp répondit qu'il n'en doutait pas. Pendant le repas, le docteur Von Blimenstein expliqua qu'elle songeait à employer une variante de son traitement avec les policiers de Piemburg. Verkramp, l'esprit un peu embrumé à cause du gin et du vin, avait du mal à comprendre.

– Je ne vois pas bien... commença-t-il.

– Des négresses nues, dit la doctoresse, souriant de toutes ses dents. Vous projetez des diapos de négresses nues et vous lancez les électrochocs en même temps.

Verkramp ne put dissimuler son admiration.

– Magnifique, fit-il. Merveilleux. Tu es géniale...

Le docteur Von Blimenstein roucoula.

– Ce n'est pas moi qui l'ai inventé, fit-elle modestement, mais j'ai su l'adapter aux besoins de l'Afrique du Sud.

– C'est un immense pas en avant. *Le* grand pas en avant.

– Je voudrais le croire, murmura la doctoresse.

– Portons un toast, dit Verkramp en levant son verre. Je bois à tes succès.

– A nos succès, chéri, à nos succès!

Ils burent, et en buvant Verkramp se dit que pour la première fois de sa vie, il était totalement heureux. Ne dînait-il pas dans un hôtel chic, avec une femme splendide qui venait de lui donner le moyen d'entrer dans l'histoire par la grande porte? Plus jamais les dirigeants de l'Afrique du Sud blanche n'auraient à craindre de voir le pays se transformer en un royaume nègre. Avec le docteur Blimenstein à ses côtés, Verkramp se sentait prêt à couvrir la République de cliniques où les pervers blancs seraient guéris de leurs désirs malsains. Il pencha vers ses seins enjôleurs et prit la main de la doctoresse.

– Je t'aime, dit-il avec simplicité.

– Je t'aime aussi, murmura la doctoresse, le dévorant du regard comme un grand prédateur.

Verkramp regarda nerveusement autour de lui et ne fut pas peu soulagé de constater que personne ne les regardait.

– Je t'aime avec tendresse, dit-il après un moment de réflexion.

Le docteur Von Blimenstein découvrit ses belles dents carnassières.

– L'amour n'est pas tendre, mon chéri, dit-elle. Il est sombre et violent, il est passionné et cruel.

– Oui, enfin... bon..., dit Verkramp qui n'avait jamais songé à l'amour de cette façon. Je veux dire que l'amour est pur... Mon amour en tout cas.

Un feu nouveau embrasa le regard de la doctoresse.

– L'amour est désir, dit-elle.

Gorgés comme des outres, ses seins déferlèrent sur la table en une menace quasi maternelle que Verkramp trouva fort dérangeante. Il croisa et décroisa ses petites jambes sous la table et essaya de trouver quelque chose à dire.

– Je te veux, feula la doctoresse en enfonçant ses ongles vermillonnés dans la paume de Verkramp. Je te veux au plus profond...

Le lieutenant Verkramp frissonna involontairement. Sous la table les larges genoux du docteur Von Blimenstein avaient pris sa jambe en tenaille.

– Je te veux, répéta-t-elle.

Verkramp s'entendit répondre « Veux-tu rentrer? » avant de se rendre compte que la doctoresse allait sans doute donner un sens bien précis à son soudain désir de quitter la quiétude du restaurant.

Lorsqu'ils sortirent de la brasserie, le docteur Von Blimenstein prit Verkramp par le bras et le tint serré contre elle. Il lui ouvrit la porte de la voiture, et elle se glissa sur le siège dans un frou-frou nyloneux. Verkramp, que les avances de la doctoresse mettaient mal à l'aise, la rejoignit en traînant les pieds.

– Tu ne comprends pas, dit-il, en faisant démarrer la voiture, je ne veux rien faire qui puisse gâcher la pureté de cette soirée.

Dans l'obscurité, la main du docteur Von Blimenstein se referma tendrement sur la jambe de Verkramp.

– Ne te sens pas coupable, murmura-t-elle.

Verkramp passa abruptement la marche arrière.

– Je te respecte trop, dit-il.

Le manteau d'ondatra se souleva doucement lorsqu'elle pose la tête sur son épaule. Un parfum entêtant flottait dans toute la voiture.

– Mon grand timide, dit-elle.

Verkramp sortit du parking et prit la route de Piemburg. Loin en contrebas, les lumières de la ville vacillèrent puis s'éteignirent. Il était minuit. Verkramp conduisait lentement. Il craignait d'être arrêté pour conduite en état d'ivresse, et tremblait à l'idée de ce qui l'attendait lorsqu'ils seraient chez lui. Deux fois déjà le docteur Von Blimenstein avait insisté pour qu'il s'arrête, et par deux fois Verkramp s'était trouvé emberlificoté dans ses bras, tandis que les lèvres de la doctoresse cherchaient avidement les siennes.

– Détends-toi, chéri, lui dit-elle lorsque Verkramp commença à se tortiller. Le sexe, ça s'apprend.

Verkramp ne put qu'acquiescer.

Ils reprirent la route et le docteur Von Blimenstein commença à expliquer qu'il était tout à fait normal d'avoir peur du sexe. Lorsqu'ils arrivèrent chez Verkramp, l'euphorie qui avait gagné le lieutenant en entendant le traitement qu'elle entendait réserver aux policiers pervers l'avait complètement abandonné. Le mélange étrange de passion animale et l'objectivité clinique avec lequel la doctoresse parlait de sexe avait provoqué chez le lieutenant une aversion totale pour ce sujet.

– Eh bien, ce fut une charmante soirée, fit-il avec espoir en rangeant sa voiture près de celle de la doctoresse, mais celle-ci n'avait pas l'intention d'abandonner la partie.

– Tu ne me demandes pas de prendre un dernier verre? demanda-t-elle. De toute façon je crois avoir oublié mon sac à main chez toi. Il faut que je monte le chercher.

Verkramp grimpa l'escalier à pas de loup.

– Je ne veux pas déranger les voisins, expliqua-t-il dans un murmure.

D'une voix de stentor le docteur Von Blimenstein dit qu'elle serait tranquille comme une petite souris et entreprit de le couvrir de baisers pendant qu'il cherchait ses clefs. Une fois à l'intérieur, elle se débarrassa de son manteau et s'installa sur le divan avec un déploiement de jambes à fouetter les désirs les plus profondément assoupis. Sa chevelure se répandit sur les coussins, et elle leva les bras vers lui. Verkramp dit qu'il allait faire du café et passa à la cuisine. Lorsqu'il revint, le docteur Von Blimenstein avait éteint le plafonnier et tripotait la radio.

– Je cherche à mettre un peu de musique, dit-elle.

Au-dessus du divan, un haut-parleur se mit à crachoter. Verkramp posa les tasses de café et allait régler la radio, mais le docteur Von Blimenstein n'était plus du tout intéressé par la musique. Elle se tint devant lui avec ce même sourire que Verkramp avait tant aimé le jour où il l'avait rencontrée pour la première fois à l'hôpital, et avant qu'il ait pu s'échapper la jolie doctoresse l'avait cloué sur le divan d'un mouvement expert. Ses lèvres étouffèrent des protestations de pur principe, et le lieutenant Verkramp perdit tout sentiment de culpabilité. Il se sentait perdu, éperdu, comblé. Il n'y avait plus rien à faire.

4

Le commandant Van Heerden sortit de la bibliothèque de Piemburg, son exemplaire de *Est-ce ainsi que les hommes vivent?* sous le bras, dans le même état d'excitation expectative qu'il connaissait, enfant, lorsqu'il achetait ses illustrés à la sortie du cinéma le samedi matin. Il marchait à grands pas, jetant des regards furtifs à la couverture qu'ornait un cartouche avec l'effigie du grand homme, et chaque fois qu'il baissait les yeux sur ce visage aux paupières légèrement tombantes, à la moustache bien coupée, il se sentait tout entier envahi par ce sentiment d'adoration hiérarchique auquel son âme aspirait. Tous les doutes à propos de l'existence du bien et du mal qui l'avaient tourmenté pendant ses vingt-cinq années de service dans la police sud-africaine s'évanouissaient soudain devant la mâle assurance que dégageait ce portrait. Non que le commandant eût jamais mis en doute l'existence du mal. C'était l'inexistence de son contraire qu'il trouvait si inconfortable. Et comme le commandant n'était pas homme à penser par concepts, le bien qu'il recherchait devait, pour qu'il y crût, se manifester concrètement. Ou plutôt, il devait se personnifier, s'incarner. Le mâle visage qui ornait la quatrième de couverture de *Est-ce ainsi que les hommes vivent?* était une preuve tangible de l'existence bien réelle des grandes valeurs telles que l'honneur et le courage, auxquelles le commandant Van Heerden rendait un culte jusque-là tout privé.

Une fois chez lui, solidement carré dans un fauteuil, une théière bien remplie et sa tasse préférée à portée de main, il ouvrit le livre sacré et commença à lire. « Eve Malory Carew inclina légèrement son menton délicat », déchiffra-t-il, et au fur et à mesure qu'il lisait, l'univers de crimes, de meurtres, d'agressions, de tromperies, de lâchetés et de mensonges avec lequel sa profession le mettait journellement en contact, se trouvait petit à petit remplacé par un monde nouveau où belles dames et beaux messieurs évoluaient avec la grâce, l'assurance et l'esprit qui conduisent inévitablement à des dénouements heureux. Tout au long des aventures de Jeremy Broke et du capitaine Toby Rage, pour ne rien dire d'Oliver Pauncefote et de Simon Beaulieu, le commandant se sentit rassuré, apaisé. Le lieutenant Verkramp, le sergent Breitenbach, les six cents hommes qu'il commandait, tous avaient complètement disparu au fil des heures, et le commandant, dont le thé était maintenant froid, lisait toujours. De temps à autre il lisait à haute voix, en faisant un sort à chaque mot, un passage particulièrement émouvant. A une heure du matin, il jeta un coup d'œil à sa montre et fut stupéfait d'avoir passé autant de temps à lire. Mais qu'importait, il n'avait pas besoin de se lever tôt le lendemain matin, et le passage qu'il avait sous les yeux était trop palpitant. « Les perles que George m'a offertes pâliront de rage muette », lut-il en essayant de contrefaire une voix féminine, « mais je ne pouvais plus les porter. Ce ne sont pas ces perles que je veux autour de mon cou, ce sont vos bras puissants ».

Si le commandant Van Heerden éprouvait un merveilleux soulagement à échapper au monde réel grâce aux sortilèges de la pure fiction, le lieutenant Verkramp faisait l'expérience exactement inverse. A présent que les fantasmes débridés auxquels il s'était abandonné des nuits entières allaient enfin devenir réalité, Verkramp trouvait la situation insupportable. D'abord, les somptueux appâts qu'avait déployés le docteur Von Blimenstein dans ses rêves manquaient cruellement. Il n'avait plus devant lui qu'une femme solidement bâtie, avec d'énormes seins et des jambes musculeuses, dont il ne souhaitait nullement rassasier la frénésie. Ensuite, les murs de son appartement étaient si minces que ses voisins pouvaient tout entendre. Tout! En plus, la doctoresse était ivre. En une tentative de provoquer en elle l'équivalent féminin d'une impuissance alcoolique, Verkramp l'avait gorgée d'un scotch spécial qu'il gardait pour les grandes occasions. Il avait été horrifié par la capacité de sa compagne à absorber les liqueurs fortes, et plus encore par leurs effets aphrodisiaques. Afin de renverser la vapeur, il se précipita à la cuisine pour préparer du café noir. Mais à peine avait-il allumé le gaz qu'un bruit strident le fit sursauter. Le docteur Von Blimenstein venait de brancher le magnétophone.

« Moi, je veux une p'tite maison, un p'tit jardin et un p'tit millionnaire », minauda Eartha Kitt. Le docteur Von Blimenstein, qui l'accompagnait à la tierce, était plus modeste. *« Je veux t'aimer toute la nuit, être à toi, rien qu'à toi »*, braillait-elle plusieurs décibels au-dessus des limites légales.

– Bon Dieu de Bon Dieu, dit Verkramp en tentant de débrancher le magnétophone, tu vas réveiller tout le voisinage!

Dans l'appartement du dessus, des grincements de sommier paraissaient montrer que les voisins en question prenaient bonne note de la requête de la doctoresse, même si le lieutenant ne semblait pas en faire grand cas.

– Je veux t'aimer toute la nuit, mon gros, mon beau, mon gros chaton, continua la doctoresse en serrant Verkramp dans ses bras.

Pendant ce temps, Eartha Kitt ajoutait à l'embarras du lieutenant en proclamant à la face du monde son désir d'avoir des « puits d'pétrole » en plus du « p'tit jardin » et, plus grave encore, en révélant le goût de Verkramp pour les chanteuses de couleur.

– Il a du chagrin mon gros bébé? demanda la doctoresse. Verkramp se montra particulièrement irrité par ce babil d'enfançon.

– Oui, dit-il d'un ton qu'il voulait apaisant. Si tu veux bien...

– *Nous sommes seuls, oh seuls, si seuls au monde*, clama la doctoresse.

– Pour l'amour du Ciel, s'écria Verkramp, que cette idée glaçait.

– Je vous signale que vous n'êtes pas tout seuls, fit une voix venue de l'appartement du dessus. Il y a des gens qui dorment ici!

Encouragé par cette intervention, Verkramp se dégagca de l'étreinte de la doctoresse et retomba sur le divan.

– *« Donne, donne, donne-moi ce que je veux si fort »*, reprit la doctoresse.

– On veut dormir, hurla l'homme du dessus, évidemment écœuré par le répertoire varié de la doctoresse.

Dans l'appartement d'à côté où vivait un professeur de religion, on se mit à taper contre le mur.

Rampant sur le divan, Verkramp tendit la main vers le magnétophone.

– Je vais lui fermer son clapet, à cette négresse! s'écria-t-il.

Eartha Kitt en était aux diamants maintenant.

– Laisse la négresse tranquille. Tu m'as ouvert l'appétit, et j'en ai beaucoup, tu sais! hurla le docteur Von Blimenstein tout en plaquant Verkramp aux jambes.

Dominant aisément la mêlée, elle se pressa contre lui avec une telle intensité que la fermeture de son porte-jarretelles pénétra dans la bouche du lieutenant pendant qu'elle farfouillait dans les boutons de sa braguette. En un mouvement de révulsion qu'expliquait son ignorance de l'anatomie féminine, Verkramp s'empressa de recracher l'objet intrus, mais ce fut pour découvrir un spectacle plus répugnant encore. Voyant son horizon borné par un amas de cuisses, de jarretelles, et de ces mêmes portions du corps de la doctoresse qui tenaient une place essentielle dans ses fantasmes, Verkramp cherchait désespérément à reprendre sa respiration.

C'est alors que le commandant Van Heerden intervint dans le débat. Monstrueusement amplifiée par l'installation électronique de Verkramp, la voix de fausset du commandant vint se mêler au contralto d'Eartha Kitt et aux objurgations répétées du docteur Von Blimenstein.

– « Simon », susurra le commandant sans se rendre compte qu'on l'écoutait avec attention un kilomètre plus loin, « la nuit dernière nous avons enterré vivant notre amour, notre glorieuse passion blessée ».

– Kéksékça? demanda le docteur Von Blimenstein, que son délire alcoolique avait rendu sourd aux précédents appels de Verkramp.

– Je veux m'en aller, hurla Verkramp que l'allusion du commandant aux enterrés vifs avait touché au plus profond.

– Écoute, on assassine quelqu'un à côté, dit la femme du professeur de religion.

– « J'étais comme folle, j'ai cru qu'il pouvait mourir », continua le commandant.

– Kéksékça? répéta le docteur Von Blimenstein, essayant de distinguer les hurlements frénétiques de Verkramp de la confession passionnée du commandant.

Sa tentative de décodage était fort compliquée par l'allègre récit que faisait Eartha Kitt de ses aventures en Turquie (semblait-il). Dans le couloir le voisin d'à côté menaçait de défoncer la porte.

Au centre de ce maelström de bruit et de fureur, le lieutenant Verkramp fixait d'un air égaré les rondeurs vermeilles qu'enfermaient les panties du docteur Von Blimenstein. Saisi de panique à l'idée qu'il était sur le point d'être châtré, il mordit dans la masse.

Poussant un hurlement qu'on entendit à plus d'un kilomètre à la ronde, ce qui stoppa net la lecture du commandant, le docteur Von Blimenstein s'élança à travers la pièce, entraînant derrière elle un lieutenant Verkramp à demi-fou, la tête toujours prise dans le porte-jarretelles.

Les minutes qui suivirent donnèrent au lieutenant Verkramp un avant-goût de l'Enfer. Derrière lui son voisin, certain d'être le témoin de quelque crime affreux, se précipitait tête baissée contre la porte. Devant lui le docteur Von Blimenstein, convaincue d'avoir enfin réussi à réveiller les appétits de son amant timide, mais inquiète de les voir s'exprimer d'une façon si peu orthodoxe, essayait de se remettre sur le dos. Lorsque la porte s'effondra, Verkramp jeta un coup d'œil à travers les panties en loques. Son angoisse métaphysique égalait celle du poulet à qui on vient de couper le cou. Dans l'entrée son voisin semblait médusé par le spectacle.

– Viens, chéri, viens, maintenant! hurlait le docteur Von Blimenstein en proie à des contorsions extatiques. Verkramp se releva d'un bond.

– Qui vous a permis d'entrer? gronda-t-il, tentant hardiment de transformer son embarras en colère de voisin outragé.

– Coïtus interruptus! s'écria le docteur Von Blimenstein, coïtus interruptus!

Verkramp, qui trouvait que l'expression avait un air vaguement médical, sauta sur l'occasion.

– C'est une épileptique, expliqua-t-il tandis que la doctoresse continuait à se tordre au sol. Elle vient de Fort Rapier!

– Par le Christ notre Sauveur! dit le voisin du dessus.

La femme du professeur de religion choisit ce moment pour faire son entrée.

– Là, là, dit-elle à la doctoresse, ça va aller. Nous sommes là maintenant...

Dans la confusion, Verkramp courut s'enfermer dans la salle de bains. Blême d'humiliation et de dégoût, il y resta prostré jusqu'à l'arrivée de l'ambulance. Dans le salon, le docteur Von Blimenstein continuait à vociférer d'une voix pâteuse.

Verkramp attendit que tout le monde fût parti pour sortir de sa cachette. Son salon était tout sens dessus dessous, mais il se consolait en pensant que les soupçons qu'il avait nourris à propos du commandant s'étaient révélés fondés. Verkramp essayait de se souvenir des éructations de cette horrible voix de fausset. Il s'agissait, lui semblait-il, d'enterrer quelqu'un vivant. Plutôt bizarre, mais la soirée que venait de passer le lieutenant Verkramp l'avait préparé à voir les individus les plus respectables se comporter de façon extrêmement bizarre. Une chose était sûre en tout cas : de sa vie entière il ne voulait revoir le docteur Von Blimenstein.

Lorsque le commandant Van Heerden arriva à son bureau le lendemain matin, très décidé à se comporter en toutes circonstances comme un vrai gentleman, il était à peu près dans les mêmes dispositions d'esprit. Le questionnaire du docteur Von Blimenstein avait déclenché une tempête de protestations au commissariat de Piemburg.

– Il fait partie de notre campagne pour l'extermination du communisme, expliqua le commandant au sergent de Kok qui était venu lui exposer les doléances de ses hommes.

– En quoi les boîtes à lait des négresses servent-elles le mouvement communiste international? voulut savoir le sergent.

Le commandant Van Heerden convint que la liaison n'était pas des plus claires.

– Allez le demander au lieutenant Verkramp. C'est lui qui a mis ce truc sur pied. En ce qui me concerne personne n'est forcé de répondre à ce torchon. En tout cas pas moi.

– Oui, mon commandant. Merci mon commandant dit le sergent qui s'empressa d'annuler les ordres de Verkramp.

Dans l'espoir d'apercevoir les membres du Dornford Yates Club, le commandant revint au golf cet après-midi-là. Après avoir expédié quelques balles au fond des bois, il retourna bien vite au Club House. En approchant de la véranda, il aperçut la Rolls millésimée qui remontait lentement l'allée et venait se garer au-dessus du parcours. C'est Mrs. Heathcote-Kilkoon qui conduisait. Elle portait un gilet et une jupe bleus, avec des gants assortis. Elle resta un moment dans la voiture, puis en sortit comme un diable de sa boîte. Elle contourna le capot d'un air décidé qui toucha le commandant au plus profond.

– Excusez-moi, demanda-t-elle en se penchant sur le radiateur avec un geste élégant que le commandant n'avait précédemment observé que dans les journaux féminins les plus dispendieux. Peut-être pourriez-vous m'aider.

Le pouls du commandant Van Heerden s'accéléra brusquement.

Il dit qu'il en serait enchanté bien sûr.

– Je suis tellement ignorante, continua Mrs. Heathcote-Kilkoon, et je ne connais absolument rien aux voitures. Pourriez-vous jeter juste un petit coup d'œil pour me dire si tout va bien.

Sans tenir compte de son ignorance absolue de tout ce qui touchait aux voitures en général et aux Rolls Royce de collection en particulier, le commandant ouvrit le capot et entreprit une enquête méthodique sur les raisons qui avaient forcé la voiture à cesser brutalement de fonctionner au sommet de l'allée menant au golf. Derrière lui, Mrs. Heathcote-Kilkoon l'encourageait de mille sourires indulgents, entrecoupant son doux babil.

– Je me sens tellement perdue dès qu'il s'agit de mécanique, assura-t-elle, et le commandant, qui partageait pleinement ce sentiment, plongea avec bonheur le doigt dans le carburateur.

Le doigt n'alla pas très loin, ce qui lui parut de bon augure. Mais lorsqu'il eut inspecté la jauge d'huile et le circuit de refroidissement, allant ainsi au bout de ses connaissances automobiles, il dut abandonner un combat trop inégal.

– Je suis désolé, dit-il, mais je ne vois vraiment pas ce qui cloche.

– Mais suis-je bête! peut-être n'y a-t-il plus d'essence, dit Mrs. Heathcote-Kilkoon en souriant aux anges.

Le commandant Van Heerden regarda la jauge

d'essence et constata que l'aiguille était sur le V de VIDE.

– Exactement, dit-il.

Mrs. Heathcote-Kilkoon se répandit en excuses.

– Vous vous êtes donné tellement de mal..., commença-t-elle mais le commandant Van Heerden était trop heureux pour ressentir aucun mal.

– Tout le plaisir était pour moi, dit-il en rougissant, et il s'apprêtait à se laver les mains lorsque Mrs. Heathcote-Kilkoon l'arrêta net.

– Vous avez été si gentil. Je veux absolument vous offrir un verre.

Le commandant essaya de dire que ce n'était pas la peine, mais elle ne voulut rien entendre.

– Je vais téléphoner au garage pour qu'ils apportent de l'essence, dit-elle. Je vous rejoindrai sous la véranda.

Et c'est ainsi que le commandant se trouva à siroter un gin-fizz tandis que Mrs. Heathcote-Kilkoon qui suçotait le sien à travers une paille, lui posait mille questions sur son travail.

– Ce doit être merveilleux d'être détective. Mon mari est à la retraite, vous savez.

– Je ne le savais pas, dit le commandant.

– Bien sûr il s'occupe toujours de ses actions, et cetera, poursuivit-elle, mais ce n'est pas la même chose, n'est-ce pas?

Le commandant dit que certainement pas en effet bien qu'il n'en sût trop rien. Il buvait littéralement des yeux son interlocutrice, depuis les chaussures en crocodile jusqu'au sac à main assorti, et au discret collier de perles. Jusqu'à sa façon de croiser les jambes, tout en elle avait, pour le commandant Van Heerden, un charme irrésistible.

– Votre famille est-elle originaire d'ici? demanda Mrs. Heatcote-Kilkoon.

– Mon père avait une ferme dans le Karoo, dit le commandant. Il élevait des chèvres.

Humble extraction, certes, mais d'après ce qu'il savait des Anglais ceux-ci tenaient les propriétaires terriens en haute estime. Mrs. Heathcote-Kilkoon poussa un soupir.

– Comme j'aime la campagne! C'est pour cela que nous sommes venus au Zoulouland. Mon mari a pris sa retraite à Umtali après la guerre, vous savez, et nous nous y plaisons beaucoup. Mais le climat n'était pas bon pour lui et nous sommes descendus ici. Nous avons choisi Piemburg parce que nous en adorons l'atmosphère. C'est tellement *fin de siècle* [1], vous ne trouvez pas?

Le commandant, qui ne savait pas ce que *fin de siècle* voulait dire, répondit qu'il aimait Piemburg parce que la ville lui rappelait le bon vieux temps.

– Vous avez tout à fait raison, dit Mrs. Heathcote-Kilkoon. Mon mari et moi sommes des nostalgiques impénitents. Si seulement on pouvait revenir en arrière... A ces jours d'élégance, de charme, de courage, qui sont morts à jamais.

Elle poussa un nouveau soupir et le commandant, pensant avoir enfin trouvé l'âme sœur, soupira avec elle.

1. En français dans le texte.

Lorsque le barman vint annoncer que le garage était venu faire le plein de la Rolls, le commandant se leva.

– Je ne veux pas vous retenir, dit-il poliment.

– Vous m'avez aidé si gentiment, dit Mrs. Heathcote-Kilkoon en lui tendant sa main gantée.

Le commandant la saisit et, pris d'une inspiration soudaine qui provenait directement de la page 49 de *Est-ce ainsi que les hommes vivent?*, la pressa contre ses lèvres.

– Votre serviteur, murmura-t-il.

Et il tourna les talons avant que Mrs. Heathcote-Kilkoon ait rien pu dire. Il se sentait étrangement heureux et léger. Ce soir-là, il alla emprunter *Berry and Co* à la bibliothèque et revint vite chez lui s'abreuver à cette nouvelle source d'inspiration.

– Où étais-tu? demanda le colonel Heathcote-Kilkoon lorsque sa femme fut revenue.

– Hé bien, j'ai rencontré un Boer pur sang. Un Boer de Boer. Pas la version édulcorée, un vrai de vrai. Juste sorti de l'arche de Noé. Il m'a même baisé la main en partant.

– C'est dégoûtant, dit le colonel qui se retira au jardin vérifier l'état de ses azalées.

Ce qu'il détestait le plus au monde après les fourmis blanches et les nègres insolents, c'était bien les Afrikanders. Au salon, le major Bloxham était plongé dans la lecture de *Country Life.*

– Ils ne peuvent pas *tous* se conduire comme des porcs, fit-il gracieusement, lorsque Mrs. Heathcote-Kilkoon lui parla de sa rencontre avec le commandant, bien que tous ceux que j'ai connus m'aient paru appartenir à cette noble espèce. J'ai connu un nommé Botha autrefois au Kenya. Il ne se lavait jamais. Il se lave, votre ami?

Mrs. Heathcote-Kilkoon tordit le nez et remonta dans sa chambre. Dans le calme de cette fin d'après-midi que troublait seul le frais bruissement du jet d'eau, elle se prit d'une vague nostalgie pour sa vie d'autrefois. Elle était née à Croydon, mais avait servi comme auxiliaire féminine dans la R.A.F., ce qui l'avait amenée jusqu'à Nairobi où elle avait décroché un mari plein aux as. Depuis cette époque heureuse, elle avait descendu une à une les marches du continent noir, toujours plus au sud, au rythme progressif de la décolonisation. Chaque nouvelle latitude avait ajouté à ses prétentions exquises qui faisaient les délices du commandant Van Heerden, mais elle était bien lasse à présent. Tout son snobisme, indispensable à Nairobi, était dispensé en pure perte dans la très petite bourgeoisie de Piemburg. Elle se sentait encore déprimée lorsqu'elle s'habilla pour dîner.

– A quoi bon faire semblant d'être de la haute quand tout le monde s'en fiche ici, se languit-elle.

Le colonel Heathcote-Kilkoon la dévisagea sans aménité.

– Il faut tenir bon! comme en 14! aboya-t-il.

– Haut les cœurs, ma vieille amie, dit le major Bloxham, dont la grand-mère tenait un étal de poissons à Brighton.

Mais Mrs. Heathcote-Kilkoon ne savait plus à quel monde elle appartenait. Celui dans lequel elle était née avait disparu, et celui qu'elle s'était construit s'en allait à vau-l'eau. Après avoir rabroué le domestique zoulou pour avoir servi la soupe du mauvais côté, Mrs. Heathcote-Kilkoon se leva de table et alla boire son café dans le jardin. Tout en arpentant silencieusement le gazon sous le ciel étoilé, elle se souvint du commandant. « Il est tellement authentique », songea-t-elle. Tout en sirotant leur porto, le colonel Heathcote-Kilkoon et le major refaisaient pour la énième fois les plans du débarquement en Normandie. Il n'y avait rien d'authentique en eux. Même le porto venait d'Australie.

5

Les jours suivants, le commandant Van Heerden, très loin de se douter de l'intérêt que lui portaient, pour des raisons bien différentes, le lieutenant Verkramp et Mrs. Heathcote-Kilkoon, reprit son pèlerinage littéraire avec une ferveur accrue. Chaque matin, suivi à la trace par les hommes que Verkramp avait chargés de le surveiller, il se rendait à la bibliothèque de Piemburg où il empruntait un nouveau volume de Dornford Yates, et chaque soir il revenait dans sa maison sous écoute reprendre son étude. Lorsqu'il finissait par se mettre au lit, il répétait dans le noir comme une litanie : « Je serai chaque jour davantage à ton image et ressemblance, Berry, Berry, Berry. » Cette formule magique n'eut pas d'effet direct sur le comportement du commandant, mais elle rendit comme fous les policiers chargés de sa surveillance.

– Qu'est-ce qu'il veut dire? demanda le sergent Breitenbach en écoutant pour la quatre-vingt-dix-neuvième fois l'enregistrement de ces vaticinations nocturnes.

– Béribéri, mais c'est une maladie ça, dit le sergent sans grande conviction.

– Un nom de code, peut-être, dit Verkramp. Mais pourquoi diable le répète-t-il sans cesse?

– On croirait une prière, dit le sergent Breitenbach. J'avais une tante qui était atteinte de délire religieux. Elle disait ses prières tout le temps...

Mais le lieutenant Verkramp n'avait pas envie d'entendre parler de la tante du sergent Breitenbach.

– Surveillance renforcée, dit-il. Au premier signe suspect, prévenez-moi!

– Pourquoi ne demandez-vous pas à cette psycho-machin..., demanda le sergent, aussitôt interrompu par un chapelet d'injures. Il quitta le bureau avec l'impression très nette que le lieutenant Verkramp ne souhaitait pas, ne voulait pas, et à aucun prix, qu'on évoquât le docteur Von Blimenstein.

Laissé à lui-même, Verkramp essaya de se concentrer sur le cas du commandant Van Heerden en analysant les rapports concernant ses déplacements. « Allé à la Bibliothèque. Allé au commissariat. Allé au Club de Golf. Allé à la maison. » La régularité de ces habitudes innocentes était décourageante, et pourtant cette routine devait dissimuler le terrible secret de l'assurance à toute épreuve du commandant et de son sourire maléfique. A peine celui-ci avait-il montré quelque émotion en apprenant que sa maison avait été mise sous écoute par les communistes, et il se comportait comme si rien ne s'était passé. Il avait interdit le questionnaire du docteur Von Blimenstein, mais depuis que Verkramp connaissait plus intimement la doctoresse, il devait reconnaître que cela avait été une sage décision. Le lieutenant se rendait compte qu'il avait été à deux doigts d'exposer les préférences sexuelles de tous les policiers de Biemburg à une femme qui n'entendait point en faire un usage théorique. Il frémit à cette seule pensée, et entreprit de réexaminer par lui-même la difficile question des relations sexuelles transraciales. Il se rendit donc à la bibliothèque, d'abord pour voir s'il existait des livres sur la révulso-thérapie, et aussi parce que la bibliothèque figurait en bonne place dans les itinéraires familiers du commandant Van Heerden. Une heure plus tard, serrant sous son bras un exemplaire de *Faits et fictions en psychologie* par H. J. Eysenck, il revint au commissariat. Persuadé de détenir le dernier cri en matière de traitement des déviances il n'avait en revanche pas progressé d'un pouce dans son enquête sur le commandant. Ayant habilement prétendu offrir à celui-ci un livre pour Noël, il n'avait pu en tirer qu'une seule information, et peu concluante : le commandant Van Heerden aimait les romans sentimentaux. Cela ne l'aidait guère. Le docteur Eysenck, à l'inverse, lui était d'un grand secours. Grâce à une utilisation habile de l'index, le lieutenant Verkramp réussit à esquiver les chapitres qui l'auraient rebuté, et se concentra sur les traitements à l'apomorphine et aux électrochocs. Il s'intéressa tout particulièrement à l'affaire du Routier Travesti et de l'Ingénieur Corseté, qui avaient l'un et l'autre reconnu leurs erreurs grâce à des injections répétées d'apomorphine et à des séries d'électrochocs appliqués avec discernement. Le traitement, au fond, était assez simple, et Verkramp ne doutait pas qu'il fût en mesure de l'administrer si besoin était. Aucun problème pour les électrochocs. Le commissariat de Piemburg regorgeait de gégènes dans tous les coins. Quant à l'apomorphine, Verkramp était bien sûr que le médecin de la police serait capable d'en fournir. Le seul obstacle véritable restait le commandant Van Heerden dont le conservatisme indécrottable avait tant gêné le lieutenant Verkramp par le passé. « Si seulement ce vieil imbécile pouvait prendre des vacances », songea Verkramp avant de passer à l'affaire du Comptable Impuissant qui le déçut beaucoup car le pauvre garçon avait été soigné sans apomorphine ni électrochocs. Heureusement, l'Homme aux Poussettes semblait plus prometteur.

Le docteur Von Blimenstein essayait désespérément de se rappeler la soirée que Verkramp faisait tant d'efforts pour oublier. Elle se souvenait seulement être arrivée aux urgences de l'hôpital de Piemburg, et avoir été classée, sur le témoignage du chauffeur de l'ambulance, comme épileptique. Une fois ce malentendu éclairci, on avait diagnostiqué qu'elle était ivre morte, et elle se souvenait vaguement d'un lavage d'estomac après lequel on l'avait fourrée dans un taxi et renvoyée à Fort Rapier où son arrivée tonitruante avait provoqué, le lendemain matin, un entretien fort déplaisant avec le directeur de l'hôpital. Depuis elle avait téléphoné plusieurs fois à Verkramp, dont la ligne semblait perpétuellement occupée. Elle avait fini par y renoncer, trouvant indigne d'une dame de le relancer. « Il me reviendra » se répétait-elle avec confiance. « Jamais il ne m'oubliera. » Chaque soir après son bain, elle admirait la marque laissée par les dents de Verkramp, et mettait ses panties déchirés sous son oreiller. « Il a besoin de moi », songeait-elle avec bonheur et ses seins se soulevaient, comme portés par une vague heureuse et anticipatrice.

Mrs. Heathcote-Kilkoon était trop grande dame pour se demander même si la poursuite de ses relations avec le commandant Van Heerden pourraient choquer les convenances. Chaque après-midi, la Rolls de collection descendait l'allée menant au club et Mrs. Heathcote-Kilkoon jouait pendant une heure un excellent golf jusqu'à l'arrivée du commandant. Elle avait le tact exquis de ne pas lui imposer le maniement d'un club de golf, et entamait immédiatement la conversation.

– Vous devez trouver mon comportement bien étrange murmura-t-elle une après-midi sous la véranda.

Le commandant dit qu'il ne pensait rien de la sorte.

– Sans doute est-ce parce que je connais si peu le monde réel, continua-t-elle, que vous me fascinez. Vous avez ce *je ne sais quoi* [1].

– Je ne sais de quoi vous voulez parler, dit le commandant d'un air modeste.

Mrs. Heathcote-Kilkoon pointa vers lui un doigt ganté et presque accusateur.

– Vous ne manquez pas d'esprit non plus, dit-elle sans que le commandant y comprît goutte.

1. En français dans le texte.

On ne s'attend pas qu'un homme aussi chargé de responsabilités puisse avoir le sens de l'humour, et commander la police d'une ville telle que Piemburg doit être un lourd fardeau. Les soucis ne vous empêchent pas de dormir la nuit, parfois?

Le commandant songea qu'il avait récemment connu un certain nombre de nuits sans sommeil, mais il n'était pas prêt à l'admettre.

– Quand je me couche, dit-il, je dors. Je ne me complique pas la vie.

Mrs. Heathcote-Kilkoon le regarda avec admiration.

– Comme je vous envie. Moi je souffre d'horribles insomnies. Je reste éveillée toute la nuit à penser à tout ce qui a changé dans ma vie, à ces beaux jours du Kenya, avant que les horribles Mau-Mau ne viennent tout gâcher. Et maintenant vous voyez à quel état les noirs ont réduit ce pays. Il n'y a même plus de courses à Thomson's Falls.

Elle poussa un soupir et le commandant se lamenta avec elle.

– Vous devriez essayer de lire au lit, suggéra-t-il. Certaines personnes trouvent que c'est fort utile.

– Mais quoi lire? demanda Mrs. Heathcote-Kilkoon. J'ai lu tous les livres...

– Dornford Yates, dit le commandant sans la moindre hésitation tout heureux de voir Mrs. Heathcote-Kilkoon sursauter.

C'était exactement ce qu'il souhaitait.

– Vous aussi? s'écria-t-elle. Vous en êtes donc?

Le commandant fit signe que oui-oui-oui.

– N'est-il pas merveilleux? continua Mrs. Heathcote-Kilkoon sans reprendre haleine. N'est-il pas brillant? Mon mari et moi l'adorons. Au sens propre. C'est une des raisons qui nous avait fait choisir Umtali. Pour être près de lui. Respirer le même air et vivre dans la même ville que le grand homme.

Elle s'arrêta un instant dans son exposé des beautés littéraires d'Umtali, ce qui permit au commandant de dire qu'il était surpris d'apprendre que Dornford Yates avait vécu en Rhodésie.

– J'ai toujours cru qu'il avait vécu en Angleterre, dit-il, oubliant que toujours, dans son cas, voulait dire une semaine au plus.

– Il est venu pendant la guerre, expliqua Mrs. Heathcote-Kilkoon. Ensuite il est retourné dans sa maison d'Eaux-Bonnes dans les Pyrénées, mais les Français avaient tellement changé, tellement, tellement, ils étaient si affreux qu'il n'a pas pu le supporter et est resté à Umtali jusqu'à sa mort.

Le commandant dit qu'il était désolé d'apprendre sa disparition. Il aurait beaucoup aimé le connaître.

– C'était un rare privilège, approuva Mrs. Heathcote-Kilkoon. Un rare privilège de connaître un homme qui a tant apporté à la littérature anglaise.

Elle resta un instant pensive avant de continuer.

– C'est bizarre que vous l'aimiez. Vous voyez, j'ai toujours cru... eh bien... j'ai toujours pensé que seuls les Anglais l'appréciaient vraiment et rencontrer un véritable Afrikander qui l'aime...

Elle ne finit pas sa phrase, de peur de l'offenser,

mais le commandant Van Heerden lui assura que Dornford Yates était de ces Anglais que les Afrikanders savaient admirer.

– Vraiment? dit Mrs. Heathcote-Kilkoon, vous m'étonnez. Il aurait été heureux de vous l'entendre dire. Il méprisait tellement les étrangers.

– Et avec raison! dit le commandant. Ce ne sont pas des gens comme il faut.

Lorsqu'ils se séparèrent, Mrs. Heathcote-Kilkoon avait déclaré que le commandant devait absolument rencontrer son mari, et le commandant répondit qu'il en serait très honoré.

– Vous viendrez passer quelques jours chez nous, aux Dames Blanches, dit Mrs. Heathcote-Kilkoon quand le commandant ouvrit la porte de sa Rolls.

– Quelles dames blanches? demanda le commandant.

Mrs. Heathcote-Kilkoon lui tapota l'oreille d'un air taquin.

– Méchant garçon, dit-elle ravie, méchant et polisson garçon.

Et elle s'en alla, laissant le commandant tout chose.

– Tu as fait quoi? demanda le colonel Heathcote-Kilkoon manquant s'étrangler lorsqu'elle lui dit qu'elle avait invité le commandant à séjourner chez eux. Aux Dames Blanches! Un sale Boer? Je ne veux même pas en entendre parler. Dieux du ciel! Pourquoi pas un indien ou un nègre. Je me fiche de ce que tu penses, jamais je ne recevrai un cochon pareil dans ma maison!

Mrs. Heathcote-Kilkoon se tourna vers le major Bloxham.

– Expliquez-lui, Boy, il vous écoutera.

Et elle se retira dans sa chambre, prétextant une migraine. Le major Bloxham rejoignit le colonel parmi ses azalées, et fut impressionné par son teint encore empourpré.

– Doucement, vieux camarade, dit-il. Attention à votre tension.

– Que voulez-vous que je fasse quand cette femelle me dit qu'elle a invité une espèce de singe mal dégrossi aux Dames Blanches? éclata le colonel tout en décrivant de vastes moulinets avec ses bras.

– Elle a un peu exagéré, dit le major d'un ton conciliant.

– Un peu? C'est tout simplement inouï.

Et il disparut derrière un buisson.

– Il paraît que c'est un inconditionnel du Maître, dit le major à la cantonade.

– Hum, fit le colonel, j'ai déjà entendu cette chanson. Il dit ça pour se faufiler dans le club, et bientôt on ne verra plus que lui et ses semblables.

Le major Bloxham dit qu'il comprenait parfaitement ce point de vue, mais que le commandant lui paraissait sincère. Le colonel n'était pas d'accord.

– Ils agitaient le drapeau blanc par-devant, et tiraient sur nos officiers par-derrière, s'écria-t-il. Langues de vipère et foies de génisse, voilà les Boers!

– Mais... dit le major qui avait autant de peine à suivre l'incarnation charnelle du colonel – que la pensée évanescente de celui-ci.

– Y'a pas de mais! hurla le colonel derrière un

hortensia. Ce type est une ordure. Il a du sang de couleur, d'ailleurs. Comme tous les Afrikanders. Tout le monde le sait. Je ne veux pas de nègre chez moi. Pas de nègre!

Et sa voix s'enflait, au rythme insistant du sécateur. Lorsque le major Bloxham revint à la maison, Mrs. Heathcote-Kilkoon, dont la migraine était passée, prenait l'apéritif sous la véranda.

– Parfaitement intransigeant, ma chère, dit le major en passant devant le chihuahua allongé à ses pieds. Intransigeant au dernier degré!

Tout fier de son communiqué polysyllabique et diplomatique, le major se versa un double scotch en prévision d'une rude soirée.

– C'est la saison du renard, dit le colonel tout en tapotant son avocat de sa petite cuiller. Il y a longtemps que j'attends ça!

– Est-ce que le renard est en forme? demanda le major.

– Joliecœur fait tout ce qu'il faut pour ça. Dix miles de trot tous les matins. C'est un bon garçon, ce Jolicœur. Il connaît son métier.

– Sacré bon piqueux, dit le major.

A l'autre bout de la table d'acajou, Mrs. Heathcote-Kilkoon contemplait son avocat d'un air plein de reproches.

– Jolicœur est un forçat. C'est le pénitencier de Weezen qui te l'a proposé.

– Un braconnier devenu garde-chasse, dit le colonel qui ne réussissait pas à se faire à l'habitude qu'avait récemment prise sa femme à mettre Dieu sait quelles réalités dans son univers de total artifice. Ce sont les meilleurs. Et il sait y faire avec les toutous.

– La meute, dit Mrs. Heathcote-Kilkoon sans aménité. La meute, mon cher, pas les toutous.

Le colonel se cramoisit encore davantage.

– Après tout, continua Mrs. Heathcote-Kilkoon avant que le colonel ait pu concocter une réplique bien ficelée, tant qu'à prétendre que nous chassons à courre depuis des générations, autant le faire comme il faut.

Le colonel Heathcote-Kilkoon regarda sa femme comme un cobra blessé à mort.

– Tu t'oublies, ma chère, finit-il par déclarer.

– Tu as raison, répondit Mrs. Heathcote-Kilkoon, je me suis oubliée, oui. Je crois que nous nous sommes tous oubliés.

Elle se leva de table et quitta la pièce.

– Quelle conduite extraordinaire! dit le colonel. Qu'est-ce qui se passe? Je ne l'ai jamais vue dans cet état.

– Elle est peut-être en chaleur, suggéra le major.

– En chaleur?

– Je veux dire qu'elle doit avoir chaud, se hâta d'expliquer le major. Les gens deviennent irritables quand il fait chaud.

– C'était une vraie fournaise à Nairobi, et elle s'en souciait comme d'une guigne. Comprends pas pourquoi ça lui tourne la boule ici.

Ils achevèrent leur repas en silence, puis le colonel alla prendre le café dans son bureau, où il écouta les nouvelles de la Bourse. Les mines d'or montaient toujours, nota-t-il avec satisfaction. Il appellerait son agent de change dans la matinée pour lui faire vendre du West Driefontein. La radio éteinte, il entreprit pour la quatre-vingt-troisième fois la lecture de *Berry & Co.* Après quelques minutes il finit par mettre le livre de côté et rejoignit le major Bloxham sur la terrasse. Celui-ci, un verre de scotch à la main, contemplait les lumières de la ville lointaine.

– Qu'est-ce que vous faites là, mon vieux Boy? demanda le colonel avec quelque chose comme de l'affection dans la voix.

– J'essaie de me souvenir du goût des bigorneaux, dit le major. Il y a si longtemps que je n'en ai pas mangé...

– J'aime mieux les huîtres, dit le colonel.

Ils restèrent un long moment silencieux. On entendait des Zoulous chanter dans le lointain.

– Sale affaire, dit le colonel, rompant le silence. Je ne veux pas que Daphné prenne la mouche. Pas question non plus d'inviter un type pareil. Je ne sais pas quoi faire.

– On devrait le décourager de venir, dit le major.

– Le décourager?

– On n'a qu'à lui dire qu'on a attrapé la dysenterie, dit le major, dont la carrière avait été ponctuée d'excuses du même tonneau.

Le colonel Heathcote-Kilkoon réfléchit un grand moment avant de décider que ça n'irait pas.

– Ça ne leur fait pas peur.

– A qui?

– Aux Boers. Tant que ce n'est pas le choléra!

Les deux hommes recommencèrent à scruter la nuit.

– Sale histoire, répéta le colonel, et il alla se coucher, laissant le major Bloxham rêver à ses bigorneaux.

Dans sa chambre, Mrs. Heathcote-Kilkoon n'arrivait pas à trouver le sommeil. Elle écoutait le chant des Zoulous et le murmure des voix sous la véranda avec une amertume grandissante. « Ils vont l'humilier s'il vient », pensa-t-elle, se souvenant de ce qu'elle avait enduré en son jeune âge, lorsque l'argenterie était vraiment d'argent et qu'on servait le champagne dans des flûtes. La vision du commandant humilié, se saisissant du couteau à poisson pour couper sa viande, finit par décider Mrs. Heathcote-Kilkoon. Elle ralluma la lumière, et se dirigea vers son secrétaire. Sur son joli papier mauve à bordure ajourée, elle troussa un petit billet pour ce mal léché de commandant.

– Vous descendez en ville, Boy? demanda-t-elle au Major le matin suivant. Jetez cela au commissariat, je vous prie.

– Bien entendu, dit le major Bloxham.

Il n'avait jamais eu l'intention de se rendre à Piemburg, mais le rôle qu'il jouait dans la maison lui commandait de faire ce sacrifice.

– Tu l'as décommandé? demanda le colonel.

– Bien sûr que non, dit Mrs. Heathcote-Kilkoon de son air le plus grande dame. J'ai trouvé un compromis. Tu sais bien, cet art typiquement anglais. J'ai dit que la maison était malheureusement pleine...

– Magnifique, ma chère, l'interrompit le colonel.

– ... Et je lui ai demandé s'il accepterait de s'installer à l'hôtel. Il prendra ses repas avec nous, et j'ose espérer que tu le traiteras comme il le mérite.

– Cela me convient, dit le colonel.

– Très bien! fit le major en écho.

– C'est le moins que je pouvais faire, étant donné les circonstances, dit Mrs. Heathcote-Kilkoon. Je lui ai dit que tu réglerais l'hôtel évidemment.

Elle se leva comme un automate et alla passer ses nerfs sur les domestiques noirs.

Au commissariat de Piemburg, le commandant Van Heerden était en pleins préparatifs. Il s'était procuré une carte de la région de Weezen, une canne à pêche avec ses mouches, une paire de chaussures de marche, un chapeau tyrolien, un fusil de calibre 12, des cuissardes et un petit volume modestement intitulé *Le Savoir-vivre à la portée de tous*. Grâce à cet attirail, il était certain que son séjour chez les Heathcote-Kilkoon allait constituer une étape décisive de sa transformation en parfait gentleman. Il avait été jusqu'à faire l'emplette de deux paires de pyjamas et d'une paire de chaussettes neuves car les vieilles étaient constellées de raccommodages. Une fois acquis ces divers oripeaux, le commandant s'était exercé au bégaiement britannique en répétant « ab-b-so-l-lument » et « ef-f-r-ayant » avec l'accent le plus authentique, ou du moins le plus sincère. A la tombée de la nuit, il descendait dans son jardin avec sa canne à pêche et lançait inlassablement ses mouches vers un seau d'eau disposé au milieu du gazon. Aucune mouche n'arriva jamais jusqu'au seau, mais plusieurs douzaines de dalhias furent cruellement décapités.

– S'exerce à quoi? demanda le lieutenant Verkramp incrédule lorsque ses hommes vinrent au rapport.

– A pêcher dans un seau, dirent les hommes de la Sécurité.

– Il débloque à mort, dit Verkramp.

– Et puis il parle tout seul. Il répète sans arrêt « F-f-as-s-cinant » et « Ravi de faire votre connaissance, sir ».

– Je sais, dit Verkramp qui avait déjà écouté le monologue du commandant sur sa radio.

– Voici la liste de ce qu'il a acheté : cuissardes, chapeau tyrolien...

– Je sais, je sais... qui est cette femme qu'il rencontre au club de golf? demanda-t-il.

Jamais il n'avait abandonné son idée primitive. Le commandant devait certainement être plongé dans une histoire sentimentale illicite au plus haut degré.

– Ils font la causette tous les jours, lui répondit-on. C'est une petite boulotte. Elle se teint les cheveux et doit avoir dans les cinquante-cinq ans. Elle se promène dans une vieille Rolls.

Verkramp donna l'ordre de rassembler un dossier complet sur Mrs. Heathcote- Kilkoon et revint à *Faits et fictions en psychologie.* A peine avait-il repris sa lecture que le téléphone sonna. Le commandant désirait le voir un instant. Verkramp reposa le livre et traversa le couloir qui menait au bureau de son supérieur.

– Ah, Verkramp, dit le commandant. Je prends deux semaines de vacances à partir de vendredi. En mon absence, vous prenez le commandement.

Le lieutenant Verkramp était aux anges.

– J'en suis vraiment navré, mon commandant, dit l'hypocrite. Vous allez nous manquer.

Le commandant leva des yeux pleins de mauvaiseté. Non, il savait pertinemment qu'il ne manquerait pas à Verkramp, surtout si celui-ci prenait le commandement.

– Où en êtes-vous avec vos terroristes? demanda-t-il.

– Mes terroristes? dit Verkramp, un instant désarçonné. Oh, c'est une affaire de longue haleine. Il faudra du temps avant d'avoir des résultats.

– Bien entendu, dit le commandant heureux d'avoir si peu que ce soit entamé la confiance de Verkramp. Eh bien, en mon absence, je souhaite que vous vous consacriez surtout aux affaires courantes. Le maintien de l'ordre doit être une priorité absolue. Pas question de découvrir à mon retour que les viols, les agressions et les assassinats ont augmenté en mon absence. Compris?

– Oui, mon commandant.

Verkramp jubilait en rentrant dans son bureau. L'occasion qu'il avait attendue pendant si longtemps se présentait enfin. Il s'assit à sa table de travail et réfléchit aux multiples possibilités que lui offraient ses nouvelles fonctions.

– Quinze jours, répétait-il. Quinze jours pour faire la preuve de mes capacités!

Le lieutenant Verkramp ne perdit pas de temps. Le départ du commandant lui permettait enfin de mettre en route l'opération DÉSASTRE ROUGE. Il alla chercher dans son coffre la chemise où se trouvaient consignés tous les détails de l'opération. Depuis des mois il avait préparé son plan dans le plus grand secret. Le temps était maintenant venu de le mettre en pratique. Lorsque le commandant rentrerait de vacances, le lieutenant Verkramp était certain d'avoir découvert le réseau de terroristes qui, il en était convaincu, opérait à Piemburg.

Pendant la matinée Verkramp passa un grand nombre de coups de fil. Par toute la ville des employés qui ne recevaient jamais d'appels pendant leurs heures de travail furent appelés au téléphone. Le même scénario se déroula chaque fois.

– Le Mamba a frappé, disait Verkramp.

– Le Cobra frappera, répondait l'agent secret.

Cette façon de communiquer avec ses agents n'avait pas que des avantages.

– Qu'est-ce que ça veut dire? demanda une collègue de bureau de l'agent 74 53 96 lorsque celui-ci raccrocha le téléphone après sa courte conversation.

– Mais rien du tout, se hâta de répondre 74 53 96.

– Vous avez dit « Le cobra a frappé », reprit sa collègue, je vous ai parfaitement entendu. C'est vous, le cobra?

Dans tout Piemburg les mots de passe de Verkramp suscitaient intérêt et commentaires variés.

Cet après-midi-là, le lieutenant Verkramp se déguisa en mécanicien. Au volant d'une camionnette de dépannage il quitta la ville pour son premier rendez-vous. Une demi-heure plus tard, sur un bas-côté de la route de Vlockfontein, il se penchait sur le moteur de la voiture de l'agent 74 53 96. Pour faire plus vrai, il réparait la tête du delco tout en donnant ses instructions.

– Faites-vous renvoyer, dit Verkramp à l'agent.

– C'est déjà fait, dit 74 53 96 qui avait quitté son travail sans permission.

– Très bien, dit Verkramp qui se demandait comment diable il allait pouvoir remettre en place la tête du delco. Vous allez travailler à plein temps maintenant.

– Pourquoi faire?

– Infiltrer les mouvements révolutionnaires du Zoulouland.

– Je commence par où, chef?

– Le Café Florian et le Bar Colonial. C'est plein d'étudiants et de cocos. Ils se retrouvent aussi au restaurant universitaire, expliqua Verkramp.

– Je sais, dit 74 53 96. La dernière fois que j'y suis allé je me suis fait balancer.

– Mais la dernière fois vous n'aviez rien fait sauter encore, dit Verkramp. Cette fois vous ne vous contenterez pas de dire que vous êtes un terroriste, vous pourrez le prouver.

– Comment?

Verkramp fouilla sous le siège de sa camionnette et tendit un petit paquet à son agent.

– De la gélignite et des détonateurs, expliqua-t-il. Samedi soir vous ferez sauter le transformateur sur la route de Durban. Vous réglerez le mécanisme sur onze heures et vous rentrerez en ville avant que tout pète. Ça mettra quinze minutes.

74 53 96 n'en croyait pas ses yeux.

– Doux Jésus... Vous êtes sûr de votre affaire?

– Évidemment! aboya Verkramp. J'ai beaucoup pensé à tout cela, et c'est le seul moyen d'infiltrer les terroristes. Personne ne mettra en doute l'attachement au parti communiste d'un homme qui fait sauter des transformateurs.

– Non, sans doute, fit l'agent 74 53 96 d'un air nerveux. Et qu'est-ce que je fais si on m'arrête?

– On ne vous arrêtera pas, dit Verkramp.

– C'est ce que vous avez dit quand j'ai passé des messages dans les toilettes des hommes à Market Square, dit l'agent 74 53 96, et on m'a embarqué pour racolage.

– Mais c'était différent. A l'époque, c'est la police en tenue qui vous avait embarqué.

– Pourquoi ne recommencerait-elle pas?

– Parce qu'à partir de vendredi, c'est moi le commandant, expliqua Verkramp. D'ailleurs, qui avait payé votre amende?

– Vous, dut reconnaître l'agent 74 53 96, mais cette histoire m'a démoli. Vous n'imaginez pas ce que c'est de travailler dans un bureau où on croit que vous faites des propositions déshonnêtes aux vieux sales dans les toilettes publiques. Il m'a fallu des mois pour m'en sortir, et j'ai déménagé cinq fois...

– Nous devons tous faire des sacrifices pour défendre la race blanche, ce qui me rappelle que vous devrez changer de domicile tous les jours. Tous les terroristes le font.

– Bon, je fais sauter le transformateur. Et après?

– Faites-vous connaître des étudiants et des gauchistes. Laissez entendre que vous êtes un dur de dur. Vous verrez qu'ils vous tomberont dessus comme mouches à miel.

L'agent 74 53 96 n'était pas convaincu.

– Comment leur prouver que j'ai fait sauter le transformateur?

Verkramp réfléchit un instant.

– Vous avez raison, dut-il concéder, il faudrait que vous puissiez leur en montrer un peu.

– Très bien, fit l'agent 74 53 96 d'un air sarcastique, et où vais-je en trouver? Je n'en garde pas dans ma baignoire, vous savez.

– A l'armurerie du commissariat, dit Verkramp. Je vous ferai faire une clef, et vous pourrez vous en servir quand vous voudrez.

– Et si je trouve les vrais saboteurs je fais quoi?

– Débrouillez-vous pour qu'ils fassent sauter quelque chose et faites-le moi savoir assez tôt pour qu'on puisse épingler ces ordures, dit Verkramp.

Après avoir convenu d'une cache pour le dépôt de la clef de l'armurerie, il prit royalement cinq cents rands sur les fonds secrets et les remit à l'agent 74 53 96 et laissa celui-ci se débrouiller avec la tête du delco.

– Surtout n'oubliez pas de leur faire commettre quelques attentats avant qu'on les arrête, dit Verkramp avant de partir. Il faut absolument que nous ayons la preuve du sabotage pour pouvoir les pendre. Pas de procès pour associations de malfaiteurs, ce coup-ci! Je veux des têtes...

Et il se précipita vers son prochain rendez-vous. Pendant les deux jours qui suivirent, douze agents secrets quittèrent leur travail et se préparèrent à détruire divers objectifs stratégiques autour de Piemburg. Douze clefs de l'armurerie du commissariat furent distribuées, et Verkramp sentit qu'il allait frapper un grand coup. La liberté et la civilisation occidentales avaient trouvé leur meilleur défenseur, ce qui ne manquerait pas d'avancer la carrière de ce dernier. De retour dans son bureau, le lieutenant Verkramp passa en revue tous les détails de l'opération avant de brûler le dossier DÉSASTRE ROUGE pour se prémunir contre les fuites. Il était particulièrement fier de son réseau d'agents secrets payés sur les fonds alloués par le BOSS à la rémunération des indicateurs. Chaque agent se servait d'un nom de guerre, et Verkramp ne le connaissait que par son numéro. Rien ne pouvait donc révéler ses liens avec le BOSS. Tout aussi sophistiquée était sa manière de communiquer avec ses agents. Des messages codés étaient déposés dans des caches où les gars de la Sécurité allaient les récupérer. A chaque jour correspondaient un code et une cache différentes, aussi les policiers ne rencontraient-ils jamais les agents secrets, dont ils connaissaient pourtant vaguement l'existence. La complexité du système, et l'existence de sept codes et sept caches par agent – pour un total de douze agents –, n'amenait pourtant pas une trop lourde charge de travail. La subversion communiste était, à Piemburg, des plus discrètes. Verkramp n'avait jamais reçu plus d'un message par semaine, et toujours dépourvu du moindre intérêt. Il se préparait à recevoir un torrent d'informations nouvelles.

Une fois lancée l'opération DÉSASTRE ROUGE, le lieutenant Verkramp consacra toute son activité à sa deuxième campagne – contre les policiers sexuellement peu sûrs. Il lui avait donné comme nom de code BLANC DE BLANC. Par déférence envers le docteur Eysenck, il avait décidé d'employer à parts égales les injections d'apomorphine et les électrochocs. Le sergent Breitenbach fut donc envoyé chez un grossiste en produits pharmaceutiques. Il avait ordre de se procurer cent seringues hypodermiques et dix litres d'apomorphine.

– Dix litres demanda le pharmacien incrédule.

– Tout à fait, dit le sergent Breitenbach.

– Et une centaine de seringues?

– Parfaitement, insista le sergent.

– Mais c'est impossible! Qu'allez-vous faire de ces dix litres?

Verkramp avait fait la leçon au sergent Breitenbach.

– C'est pour soigner les alcooliques, dit-il.

– Dieu du ciel, dit le pharmacien, je ne pensais pas qu'il y avait autant d'alcooliques dans ce pays.

– Ça les rend malades, expliqua le sergent.

– Je n'en doute pas, murmura le pharmacien. Avec dix litres vous pourriez aussi bien les expédier tous ad patres. Il resterait de quoi boucher les canalisations de toute la ville. De toute façon je ne peux pas vous les donner!

– Pourquoi?

– Premièrement parce que je n'en ai pas dix litres sous la main et que je ne sais pas où me les procurer, deuxièmement, parce qu'il vous faudrait une ordonnance et qu'aucun docteur ne prescrira dix litres d'apomorphine à qui que ce soit.

Le sergent Breitenbach dut rapporter ce fier refus au lieutenant Verkramp.

– Il faut une ordonnance, expliqua-t-il.

– Le médecin du commissariat vous la fera aux petits oignons, répondit Verkramp.

Le médecin était alors à la morgue où il autopsiait un Africain qui avait été battu à mort pendant son interrogatoire.

– Mort naturelle, écrivit-il sur le certificat de décès avant de s'occuper du sergent Breitenbach.

– Il y a certaines choses que je ne peux pas faire, dit le médecin dans un sursaut de conscience professionnelle. Le serment d'Hippocrate me défend absolument de prescrire les dix litres que vous demandez. Mille centimètres cubes, c'est tout ce que je peux faire, et si Verkramp veut leur tirer les vers du nez il n'aura qu'à leur chatouiller les pieds avec une plume d'autruche.

– Vous êtes sûr que ça suffira?

– Avec des doses à trois centimètres cubes, vous êtes sûr de les faire gerber, dit le médecin. N'exagérez pas quand même. Je commence à en avoir marre de signer des certificats de mort naturelle.

– La vieille ordure, dit Verkramp lorsque le sergent Breitenbach revint de la pharmacie avec vingt seringues hypodermiques et mille centimètres cubes d'apomorphine. Maintenant, il nous faut des diapositives représentant des négresses à poil. Vous demanderez au photographe du commissariat de les prendre dès que le commandant sera parti.

Tandis que son substitut se livrait à ces divers préparatifs, le commandant rêvait à ses vacances. Il allait quitter le commissariat lorsque le major Bloxham arriva.

– Un message pour le commandant Van Heerden, dit le major au bureau d'accueil.

Le commandant revint sur ses pas.

– Lui-même, dit-il. Ravi de faire votre connaissance.

Et il serra vigoureusement une main moite.

– Bloxham, major Bloxham, dit le major nerveusement.

Les commissariats lui faisaient toujours un sale effet. Le commandant ouvrit l'enveloppe mauve et jeta un coup d'œil à la lettre.

– A l'ouverture de la chasse, c'est toujours pareil, dit le major alarmé par l'afflux de sang qu'il observait dans les joues du commandant.

Celui-ci se hâta de fourrer la lettre dans sa poche.

– Oui, en effet. Hum, finit-il par articuler.

– Dois-je donner une réponse?

– Non. Enfin, oui. J'irai à l'hôtel, dit le commandant en tendant la main pour prendre congé.

Mais le major Bloxham avait déjà quitté le commissariat au pas de course. Le commandant remonta dans son bureau et relut la lettre dans un état d'agitation frénétique. Ce n'était pas le genre de lettre qu'il se serait attendu à recevoir de la part de Mrs. Heathcote-Kilkoon. « Van chéri, commençait-elle, je suis sûre que vous comprendrez. Les maris sont des empêcheurs de tourner en rond, et Henry se comporte bizarrement en ce moment. J'aurais tellement voulu vous avoir à la maison, mais il vaudrait mieux pour vous et pour moi que vous restiez à l'hôtel. Tout vient de ce fichu club, et de sa maudite obstination. Mais je suis sûre que vous vous plairez beaucoup là-bas, et que vous viendrez déjeuner et dîner chez nous. Je vous en prie, acceptez et ne m'en veuillez pas. Votre Daphné qui vous aime. »

Tout cela enveloppé dans un nuage de parfum.

Le commandant n'était pas habitué à recevoir des lettres parfumées, ni des lettres sur papier mauve, ni des lettres écrites par la femme d'un autre. Mais c'est surtout le contenu de la lettre qu'il avait du mal à comprendre. Que voulait dire Mrs. Heathcote-Kilkoon en l'appelant « Van chéri », et en traitant son mari d'empêcheur de tourner en rond. En revanche, il ne comprenait que trop bien la bizarrerie de Henry. Avec une femme capable d'écrire de telles lettres, le colonel avait tous les droits d'être bizarre, et le commandant frissonna en se remémorant la remarque sybylline du major. L'ouverture de quelle chasse?

D'un autre côté, l'idée qu'il avait enfin plu à Mrs. Heathcote-Kilkoon flattait ses instincts chevaleresques. Non, il ne lui en voudrait pas. Pas du tout. Après avoir consulté *Le Savoir-vivre à la portée de tous* sans rien y trouver qui servît à répondre aux lettres d'amour d'une femme mariée, le commandant esquissa une réponse. Il ne put se décider en moins de dix minutes à choisir entre « Très chère », « Ma chère », ou tout simplement « Chère ». Aussi passa-t-il un temps considérable à écrire sa lettre qui aboutit à ceci : « Très chère Daphné, le commandant Van Heerden a le plaisir d'accepter l'aimable invitation du colonel et de Mrs. Heathcote-Kilkoon à séjourner à l'hôtel. Il a également le plaisir d'accepter votre invitation à dîner. Votre affectionné Van. » Le commandant trouva qu'il y avait là un heureux mélange de politesse et de familiarité qui ne saurait offenser personne. Il fit porter son épître chez les Heathcote-Kilkoon, puis se mit à étudier la route de Weezen. Au pied des montagnes Aardvark, cette petite ville avait été autrefois une ville d'eau réputée, mais tout comme Piemburg, son heure de gloire était passée. Les gens préféraient passer leurs vacances dans les gratte-ciel et les motels de la côte.

6

Le commandant se leva tôt le vendredi matin pour prendre la route de Weezen. La veille il avait rempli à ras bords le coffre de sa voiture, choisissant d'étrenner sa veste de chasse neuve et ses chaussures de marche. Au sortir de Piemburg, il contempla les toits de la ville sans le moindre regret. Il n'avait pas pris de vacances depuis longtemps, et il avait un tel désir de connaître enfin de l'intérieur les us et coutumes de l'aristocratie britannique! Au lever du soleil, le commandant quitta la route nationale à Leopard's River, et commença à tressauter sur les nids-de-poule de la route de montagne. Autour de lui le paysage changeait en fonction de la race des occupants. Aux gras pâturages des zones blanches succédèrent, le long du Voetsak, les terres rongées par l'érosion du Pondoland – une réserve noire où des chèvres grignotaient les maigres arbrisseaux. Le commandant esquissa un sourire tout britannique à l'intention des noirs qu'il apercevait sur le bas-côté de la route, mais ceux-ci se montrèrent peu réceptifs et il finit par laisser tomber. A Sjambok il prit un café qu'il mit son point d'honneur à commander en anglais et non en afrikaans. Il fut ravi d'entendre le serviteur indien lui demander diplomatiquement s'il était un touriste étranger.

Le cœur battant, il atteignit une heure plus tard le col de Rooi Neck, d'où il contempla le paysage auquel il avait tant rêvé récemment. La réalité dépassait toutes ses espérances. Weezen était nichée au centre d'un cercle de collines verdoyantes entre lesquelles serpentaient de petits ruisseaux qui rejoignaient bientôt le cours paresseux qu'on voyait scintiller dans le lointain. Çà et là, un bouquet d'arbres venait moucheter d'émeraude le flanc d'une colline, se détachait en bordure de rivière, ou bien ombrageait une ferme isolée. A l'horizon les montagnes s'élevaient en un large croissant que surplombait un ciel d'un bleu intense. Au sortir des étendues désolées qui menaient au col, le paysage semblait rassembler tous les charmes de la verte Angleterre.

– On croirait la photo sur les boîtes de biscuits, murmura le commandant en extase.

Il rejoignit le siège brûlant de sa voiture et descendit les lacets de la route défoncée qui menait à Weezen. Là non plus, il ne fut pas déçu. La petite ville, un gros village en fait, était restée intacte. L'église bâtie en pierre de taille, la mairie avec ses gargouilles de métal rouillé, et une suite de boutiques à arcades, entouraient un square au centre duquel trônait augustement une reine Victoria quelque peu offusquée à la vue du grand noir endormi sur le banc qu'on avait installé à ses pieds. Bien des choses avaient changé en Afrique du Sud depuis son Jubilé. Pas Weezen. Le commandant, pour qui l'Empire britannique avait gardé toute sa séduisante majesté, se réjouit en son cœur. « Ce n'est pas ici qu'on trouverait des fumeurs de marijuana traînant autour des juke-boxes », songea-t-il avec bonheur. Il arrêta sa voiture, entra dans une jolie boutique qui sentait bon le cuir et le cirage, et demanda à un grand maigre où se trouvait l'hôtel.

– Pour boire ou pour dormir? demanda l'homme avec une économie de mots que le commandant jugea du meilleur effet.

– Dormir! dit le commandant.

– Alors, c'est le Saule Pleureur, répondit l'homme. A cinq cents mètres. Il y a un écriteau.

Le commandant sortit et continua sa route. AUBERGE DU SAULE PLEUREUR, disait en effet l'écriteau, aussi le commandant s'engagea-t-il dans une étroite allée bordée de caoutchoucs bleus qui menait à un bâtiment bas, couvert de stuc, dont l'allée rappelait moins un hôtel qu'une station-service abandonnée ou un barrage fantôme. Le commandant hésita quelque peu avant de garer sa voiture. Il ne s'attendait pas à ça. Au-dessus du porche, il arriva tout juste à déchiffrer une inscription délavée qui annonçait THERMES DE WEEZEN ET SOCIÉTÉ PHILOSOPHIQUE. Il monta les marches du petit perron et jeta un coup d'œil par la porte à tambour où trois grosses mouches prises au piège bourdonnaient à qui mieux mieux. Le commandant poussa quand même la porte, et inspecta le vestibule. Un plafonnier éclairait faiblement la réception, et le commandant fit tinter la sonnette de cuivre qui ornait le marbre du bureau. « Je me suis trompé d'endroit », songea-t-il, un peu décontenancé par la plaque DOUCHE N° 1 au-dessus d'une des portes. Il allait retourner en ville lorsqu'une porte battit dans le lointain, bientôt suivie par le bruit de pantoufles glissant le long du couloir, puis l'apparition d'un petit vieillard.

– Je suis bien au Weezen Hotel? demanda le commandant.

– Nous ne servons pas d'alcool, dit le vieillard.

– Je ne veux pas d'alcool, dit le commandant, je dois passer quelques jours au Weezen Hotel. Mrs. Heathcote-Kilkoon a retenu une chambre pour moi.

Le vieillard contourna le bureau et alla chercher un gros registre.

– Signez ici, dit-il en présentant le registre au commandant. Nom, adresse, âge, profession et maladies.

Le commandant Van Heerden contemplait le registre avec une inquiétude croissante.

– Je me suis sûrement trompé d'endroit, dit-il.

– C'est le seul hôtel de Weezen, dit le vieillard. Si vous voulez boire quelque chose vous devrez aller en ville. Nous n'avons pas de licence.

Le commandant signa le registre en soupirant.

– Mais je ne suis pas malade, dit-il lorsqu'il en fut à « Maladies ».

– Alors mettez obésité. Il faut toujours mettre quelque chose. Vous avez de la famille?

– J'ai un vague cousin à Wakkerstrom, dit le commandant.

– Ça ira très bien. Vous prendrez IRRITATION DU COLON, c'est le N° 6.

– Mais pour l'amour de Dieu, dit le commandant, je n'ai pas le colon irrité! Je vais très bien...

– GORGE-OREILLES est libre aussi, mais la vue est moins bonne, dit l'ancêtre en le guidant le long du couloir.

Le commandant le suivit à contrecœur, passant en revue des chambres dont les plaques allaient de THÉRAPIE GALVANIQUE N° 8 à INHALATIONS N° 12. Au bout du couloir le vieillard s'arrêta pile devant IRRITATION DU COLON N° 6 et ouvrit la porte.

– Attention au robinet d'eau froide, dit-il. Il est un peu chaud.

Le commandant le suivit dans la chambre. Un lit blanc était dressé dans un coin. En face, une grande armoire soutenait un miroir craquelé et taché de noir. Plus conforme à la plaque de la porte était une série d'abreuvoirs, de bassines et de récipients divers qui occupaient l'autre partie de la pièce, à côté d'un réseau de robinets et de tubes de cuivre dont le commandant préférait ne pas connaître la destination. Pour ajouter à l'inhospitalité clinique de la chambre, les murs étaient recouverts de carreaux blancs émaillés.

– Il y a du soleil le matin, dit le vieux. Et la vue est jolie.

– Sans doute, dit le commandant en jetant un coup d'œil aux doubles vitrages. Mais d'où vient cette odeur?

– Du soufre dans l'eau. Voulez-vous jeter un coup d'œil à GORGE-OREILLES?

– J'aimerais mieux, dit le commandant.

Ils prirent un passage dérobé.

– Vous feriez mieux de prendre IRRITATION DU COLON, insista le vieillard, introduisant le commandant dans une petite chambre sombre qui, si elle ne contenait pas d'équipements sinistres, n'en était pas moins saturée d'une odeur de soufre encore plus entêtante. Le commandant Van Heerden hocha la tête.

– Je prendrai la première chambre, dit-il, ne réussissant pas à utiliser lui-même des mots qui pourraient prêter à contresens. Je suis venu en touriste.

– Eh bien, si je peux quelque chose pour vous, appelez-moi, dit le vieillard. On servira le déjeuner dans une demi-heure.

Le commandant s'assit au bord de son lit, au comble du découragement. Après un moment de méditation il alla quérir un porteur. Ne trouvant personne, il finit par monter tout son barda dans sa chambre et disposa du mieux qu'il put ses sacs et ses cannes à pêche en sorte qu'ils dissimulassent les tubes et les tuyaux qui l'inquiétaient tant. Puis il ouvrit la fenêtre et, juché sur une bassine, contempla le spectacle de la nature. Le vieillard n'avait pas menti. La vue était splendide. Des pentes verdoyantes menaient à une rivière que ne bordaient pas, des saules, comme le poteau indicateur le suggérait, mais des arbres avec lesquels le commandant manquait de familiarité. Mais ce ne fut pas le voisinage immédiat de l'hôtel qui retint, son attention, pas même l'énorme tuyau d'évacuation des eaux usées, partiellement dissimulé par un jardin de rocailles, qui se jetait directement dans la rivière, mais les montagnes. Vues depuis le col de Rooi Neck, elles étaient impressionnantes; depuis IRRITATIONS DU COLON, majestueuses. Leurs pentes inférieures couvertes d'un manteau de clayonnages et de caoutchoucs, elles s'élevaient impérieusement au-dessus des pâturages, puis d'éboulis où quelques chèvres mâchonnaient inlassablement malgré leur précaire équilibre.

« Il doit y avoir des babouins là-haut », songea le commandant en descendant de sa bassine, non sans avoir noté qu'elle était due à l'industrie de FISONS & FILS, de Hartlepool, FABRICANT DE SANITAIRES DEPUIS 1820.

Puis il se mit en quête de la salle à manger. Celle-ci était installée dans une vaste pièce au centre de laquelle une fontaine de marbre gazouillait incessamment, répandant alentour cette même odeur que le commandant avait trouvée si inhabituelle dans sa chambre. Mais là, mêlée à l'odeur de chou en provenance de la cuisine, elle paraissait moins minérale que végétale. Le commandant prit un siège près de la fenêtre donnant sur la terrasse. Trois autres tables étaient occupées dans la salle qui avait été conçue pour en contenir une bonne centaine. Deux dames d'un certain âge, aux cheveux coupés courts, parlaient à voix basse dans un coin discret, tandis qu'un homme que le commandant prit pour un voyageur de commerce était assis à une table près de la fontaine.

Personne ne lui adressa la parole, et le commandant, après avoir commandé son déjeuner au serveur noir, essaya d'entrer en conversation avec le commis voyageur.

– Vous venez souvent ici? demanda-t-il, la voix

à moitié couverte par le gargouillis de la fontaine.

– Flatulence! dit le jeune homme en indiquant les deux dames.

– Vraiment? dit le commandant.

– C'est la première fois que vous venez? demanda le commis voyageur.

Le commandant fit signe que oui.

– Quand ça vous prend, ça vous prend bien, dit l'homme.

Peu désireux d'en entendre davantage, le commandant acheva son repas en silence et sortit de la pièce pour téléphoner.

– Il faudra que vous alliez au village, dit le vieillard.

– Pourriez-vous me dire où habitent les Heathcote-Kilkoon?

– Oh, ces gens-là... fit le vieillard avec une moue de dédain. Impossible de leur téléphoner. Ils sont trop snobs pour ça. On leur a offert de partager une ligne, mais ils ont refusé. Ils veulent rester entre eux, pour sûr. Et si on croit ce qu'on dit, ça vaut mieux pour tout le monde. Il disparut dans une pièce marquée MASSAGES laissant le commandant à ses interrogations.

A Piemburg, l'absence du commandant Van Heerden avait déjà amené pas mal de changements. Le lieutenant Verkramp était arrivé de bonne heure, et avait pris possession du bureau commandantesque.

– Je veux tous ces hommes au rapport, et que ça saute! dit-il au sergent Breitenbach en lui tendant une liste où s'étalaient les noms de dix policiers dont l'inconduite était notoire. N'oubliez pas de préparer les cellules du dernier étage! Un lit par cellule, et les murs passés à la chaux!

Lorsque les hommes se présentèrent, Verkramp les reçut un par un.

– *Konstabel* Van Heinnegen, dit-il au premier, vous couchez avec des négresses! Ne dites pas non! Je le sais!

Le *konstabel* Van Heinnegen eut l'air stupéfait.

– Ben, mon commandant... commença-t-il, mais Verkramp l'arrêta net.

– Très bien! aboya-t-il, je suis heureux que vous ayez spontanément passé des aveux complets! Nous allons maintenant vous soumettre à un traitement qui vous guérira définitivement de cette honteuse maladie.

Van Heinnegen n'avait jamais trouvé que violer des noires fût une maladie, juste un des petits côtés agréables d'un métier sous-payé.

– Vous êtes d'accord? demanda Verkramp d'un ton rogue. Bien! Alors signez ici.

Il tendit au *konstabel* stupéfait un formulaire-type tout en lui fourrant un feutre entre les doigts. Et Van Heinnegen signa.

– Merci beaucoup. Au suivant!

Au bout d'une heure, le lieutenant Verkramp avait fait subir aux dix policiers le même interrogatoire express et disposait de dix déclarations signées faisant état de leur accord pour subir le traitement révulso-convulsionnaire du docteur Von Blimenstein.

– Ça marche au poil, dit Verkramp au sergent Breitenbach, on devrait demander à tous les gars du commissariat de signer.

Le sergent n'y mettait qu'une condition.

– Ne pensez-vous pas qu'il faudrait en exclure les sous-officiers, mon lieutenant?

Verkramp réfléchit un bon moment.

– Vous avez raison. Il faut quelqu'un pour faire les piqûres et manipuler la gégène...

Pendant que le sergent distribuait les formulaires, Verkramp monta examiner les cellules où devait se dérouler la cure.

Dans chacune d'elles, un lit avait été disposé en face du mur blanchi à la chaux, et à côté de chaque lit se trouvait une petite table portant un projecteur de diapositives. Il ne manquait plus que les photos. Verkramp revint dans son bureau et envoya chercher le sergent Breitenbach.

– Prenez deux paniers à salade, allez au bidonville, et ramenez-moi une centaine de bamboulas. Des girondes! Notre photographe leur tirera le portrait. A poil!

Le sergent Breitenbach se rendit donc à Adamville, le bidonville noir à la sortie de Piemburg, pour exécuter un ordre qui paraissait plutôt simple. Dans la pratique, ce ne fut pas si facile. Le temps que ses hommes rassemblent une douzaine de filles et les bouclent dans le panier à salade, une foule en colère s'était rassemblée et le bidonville tout entier était en émoi.

– Rendez-nous nos femmes! hurlait la foule.

– Laissez-nous sortir! hurlaient les filles dans le panier à salade.

Le sergent Breitenbach essaya de s'expliquer.

– On veut juste les photographier. C'est pour empêcher les policiers blancs de coucher avec les femmes bantoues.

Comme explication, on pouvait trouver mieux. La foule paraissait persuadée que photographier des femmes nues aurait l'effet exactement inverse.

– Arrêtez de violer nos femmes! disaient les Africains.

– Mais c'est ce qu'on essaie de faire! croassa le sergent dans son porte-voix, mais ses mots tombèrent dans le vide. La nouvelle se répandit bien vite que la police se préparait à violer les filles, et les premières pierres commencèrent à voler. Le sergent Breitenbach ordonna à ses hommes de sortir leurs mitraillettes et battit en retraite.

– Typique! dit Verkramp, lorsque le sergent lui rapporta l'incident. On essaie de les aider, et c'est l'émeute! Cons comme des balais, ces moricauds!

– Voulez-vous que j'en ramène d'autres? demanda le sergent.

– Évidemment! Dix, ce n'est pas assez, dit Verkramp. Photographiez ce lot-là et ramenez-les dans leur brousse. Quand ils verront que les filles n'ont pas été violées, peut-être qu'ils se calmeront.

– Oui, mon lieutenant, dit le sergent d'un air de doute.

Il descendit au sous-sol, où le photographe avait quelque difficulté à faire tenir les filles tranquilles. Le sergent dut sortir son revolver et menacer les filles de les descendre si elles ne coopéraient pas.

Sa deuxième visite au bidonville n'eut pas plus de succès que la première. Bien qu'il ait pris la précaution d'encadrer les paniers à salade de quatre automitrailleuses et de plusieurs cars pleins de policiers armés jusqu'aux dents, cela se passa plutôt mal.

S'adressant à la foule en colère, le sergent Breitenbach ordonna de libérer les filles.

– Vous voyez bien qu'on ne leur a rien fait...

Nues et couvertes de bleus, les filles sortirent une par une.

– Il a dit qu'il nous descendrait! hurla l'une d'elles.

Au cours de la bagarre qui suivit, la police tua quatre noirs et en blessa gravement douze autres. Le sergent Breitenbach quitta la scène du carnage avec vingt-cinq femmes de plus et une sale balafre au-dessus de l'œil gauche, qu'une pierre avait atteint à pleine volée.

– Salopes d'enculées! déclara-t-il lorsque le convoi s'ébranla.

Ce soir-là, le lieutenant Verkramp annonça à la presse que quatre noirs avaient été tués au cours de déplorables violences tribales dans un bidonville.

Dès que les diapositives furent prêtes, Verkramp et le sergent montèrent au dernier étage où dix *konstabel* attendaient avec quelque inquiétude les commencements du traitement. L'arrivée des seringues épidermiques et des gégènes ne leur avait pas remonté le moral.

– Messieurs! commença Verkramp lorsqu'ils furent alignés en rangs d'oignons dans le couloir, vous allez aujourd'hui participer à une expérience qui peut changer le cours de l'histoire! Vous le savez, les blancs d'Afrique du Sud sont menacés par des millions de noirs, et si nous voulons maintenir la pureté de notre race selon le commandement de Dieu lui-même, nous devons purger nos cœurs et nos esprits des pensées impures! C'est le but du traitement que vous allez subir. Il est naturel de détester les nègres, d'avoir du dégoût pour eux. C'est dans notre nature. Ce traitement que vous avez décidé spontanément de suivre renforcera ce sentiment de dégoût. A la fin du traitement, la vue d'une négresse vous rendra malades. Vous ne pourrez plus coucher avec elles! Vous ne voudrez plus les toucher! Vous ne voudrez plus les avoir comme domestiques! Vous ne voudrez plus qu'elles nettoient vos vêtements! Vous ne les voudrez plus dans les rues! Vous ne les voudrez plus nulle part en Afrique du Sud...

Plus la voix du lieutenant Verkramp grimpait dans l'aigu, plus le sergent Breitenbach toussait nerveusement. Il avait eu une dure journée, sa blessure lui faisait un mal de chien, et il n'avait aucune envie de subir les discours hystériques du lieutenant.

– C'est l'heure de commencer mon lieutenant, dit-il à Verkramp.

Le lieutenant s'arrêta net.

– Mais oui, dit-il. Que l'expérience commence!

Les volontaires entrèrent dans les cellules où on leur fit endosser les camisoles de force qu'on avait déployées sur les lits comme des pyjamas. Il fallut l'assistance de plusieurs sous-officiers pour sangler les plus corpulents des cobayes. On finit pourtant par immobiliser les dix policiers et Verkramp remplit la première seringue d'apomorphine.

Le sergent Breitenbach le regardait avec de plus en plus d'appréhension.

– Le docteur a dit de ne pas exagérer, murmura-t-il. Il a dit qu'on pourrait tuer quelqu'un. Juste trois centimètres cubes...

– Vous n'allez pas avoir froid aux yeux maintenant, sergent? demanda Verkramp.

Sur le lit, le volontaire regardait l'aiguille avec des yeux exorbités.

– J'ai changé d'avis! hurlait-il désespérément.

– Non vous n'avez pas changé! disait Verkramp. Nous faisons cela pour votre bien...

– On devrait essayer d'abord sur un nègre, suggéra le sergent Breitenbach. Ça ne fera pas très bon effet si un flic passe l'arme à gauche.

Verkramp se gratta l'occiput.

– Vous devez avoir raison, dit-il.

Ils redescendirent dans les cellules du rez-de-chaussée, où ils injectèrent aux prisonniers noirs des doses variées d'apomorphine. Les résultats confirmèrent totalement les pires craintes du sergent Breitenbach. Au troisième noir dans le coma, Verkramp s'étonna.

– C'est fort, dit-il.

– Est-ce qu'on ne ferait pas mieux de s'en tenir aux électrochocs? demanda le sergent.

– Je suppose que vous avez raison, dit Verkramp tristement, car il s'était longuement préparé à enfoncer les aiguilles dans la chair des volontaires. Il ordonna au sergent d'appeler le médecin du commissariat pour qu'il signe les certificats de décès (« mort naturelle ») puis revint au dernier étage rassurer les cinq volontaires pour le traitement à l'apomorphine.

– On va vous faire des électrochocs à la place, leur dit-il en branchant le projecteur.

Sur le mur de chaque cellule apparut une femme noire et nue. Les érections se succédaient en rafale. Verkramp branla le chef d'un air incrédule.

– C'est dégoûtant, murmura-t-il tout en embobinant les zobs dans un sparadrap qui les reliait au groupe électrogène.

– Allons-y! dit-il au sergent assis à côté de lui, chaque fois que vous changerez de diapo, vous donnerez une secousse. Comme ça.

Verkramp tourna vigoureusement la manette, et le *konstabel* étendu sur le lit partit en convulsions. Verkramp examina le pénis de l'homme et fut impressionné.

– Ça marche!

Dans chaque cellule, le lieutenant Verkramp expliquait la marche à suivre. Les érections accompagnaient les diapos, et les contractions, les secousses, bientôt suivies d'autres diapos, d'autres érections, d'autres secousses et d'autres contractions. L'enthousiasme du lieutenant ne connaissait plus de bornes.

Le sergent Breitenbach, de retour de la morgue, n'était pas tout à fait au diapason.

– On les entend crier depuis la rue! hurla-t-il dans l'oreille de Verkramp.

– Et alors? dit Verkramp. Nous faisons l'histoire ici!

– On fait aussi une belle connerie, dit le sergent.

Les cris sonnaient comme une musique aux oreilles de Verkramp. Il se sentait pareil à un chef d'orchestre dirigeant une symphonie où le printemps, l'été, l'automne et l'hiver eussent été célébrés par un concert de cris et d'érections et de contractions grandioses. Bientôt il dut demander un lit de camp pour prendre un peu de repos. « J'exorcise le diable » fut sa dernière pensée. Tout à son rêve d'un monde d'où le sexe aurait disparu à jamais, il s'endormit. Lorsqu'il se réveilla, le silence le surprit. Il trouva les volontaires assoupis, les sergents fumant dans les toilettes.

– Qui vous a dit d'arrêter le traitement? beugla-t-il. Il ne faut jamais s'arrêter si on veut que ça marche. On appelle ça le traitement renforcé!

– Il faudra nous renforcer nous si vous voulez qu'on continue, dit l'un des sergents d'un air de défi.

– Qu'est-ce qui se passe?

Les sergents se dandinèrent, l'air gêné.

– C'est délicat, finit par dire le sergent de Kok.

– Quoi?

– Eh bien, on est restés toute la nuit à regarder des femmes à poil...

– Des négresses, pas des femmes! aboya Verkramp.

– Et..., le sergent hésita.

– Et alors?

– On a les couilles en feu, dit le sergent tout à trac.

– En feu! Vous avez les couilles en feu à force de regarder des négresses?

Verkramp était muet de dégoût.

– C'est naturel, dit le sergent.

– Naturel? hurla Verkramp. Où va ce pays si des hommes comme vous ne peuvent pas contrôler leurs instincts. Maintenant écoutez-moi! Je suis le commandant de ce commissariat pendant quinze jours encore, et je vous ordonne de continuer le traitement. Tout homme qui refusera son service sera mis d'autorité sur la liste des prochains volontaires!

Les sergents boutonnèrent leurs vareuses et revinrent dans les cellules. Bientôt, des cris bien rythmés montrèrent qu'ils avaient repris le travail. Une nouvelle équipe les remplaça au matin. Pendant toute la journée le lieutenant Verkramp alla s'assurer que tout se passait bien.

Il venait de visiter une cellule et s'apprêtait à la quitter lorsqu'il se rendit compte que quelque chose clochait dans la diapositive projetée sur le mur. Il regarda de plus près et s'aperçut qu'il avait devant les yeux une vue du Parc animalier Kruger.

– Ça vous plaît? demanda le sergent.

Le lieutenant Verkramp écarquilla les yeux.

– La prochaine est encore mieux!

Le sergent fit avancer le chariot. Un gros plan de girafe apparut, et le volontaire fut arraché du lit par la violence de la décharge électrique. Le lieutenant Verkramp n'en croyait pas ses yeux.

– D'où sortent ces diapos?

Le visage du sergent s'éclaira.

– C'est mes photos de vacances... On est allés à la réserve avec les gosses.

Une harde de zèbres sur le mur fit à nouveau tressauter le patient.

– On vous a dit de montrer des négresses! hurla Verkramp, pas des animaux sauvages...

Mais le sergent ne capitula pas sans combattre.

– J'ai pensé que ça leur ferait un changement, expliqua-t-il, et puis comme on n'a pas de projecteur à la maison...

Sur le lit le patient s'égosillait à expliquer qu'il n'en pouvait plus.

– Pas d'hippopotame! sanglotait-il. Dieu de Dieu, plus d'hippopotame! Je jure que je ne toucherai plus jamais d'hippopotame!

– Vous voyez ce que vous avez fait, dit Verkramp frénétiquement. Vous comprenez ce que vous avez fait? Vous l'avez conditionné à mépriser les animaux! Il ne pourra plus jamais emmener ses enfants au zoo!

– Oh mon Dieu, dit le sergent, je suis désolé. Il faudra qu'il abandonne la pêche aussi, si c'est comme ça.

Verkramp confisqua donc toutes les diapos de la réserve naturelle et de l'Aquarium de Durban. Après ce regrettable incident, il se fit un devoir de vérifier les diapositives de chaque cellule et fut témoin d'une autre erreur manifeste de manipulation. Le sergent Bichoff avait introduit la photo d'une blanche plutôt moche, en costume de bain, au milieu des négresses.

– Qui c'est ce vieux boudin? demanda Verkramp lorsqu'il vit la diapo.

– Vous n'auriez pas dû dire ça, dit le sergent Bichoff, blanc comme un linge.

– Et pourquoi pas? cria Verkramp.

– C'est ma femme! dit le sergent.

Verkramp comprit son erreur.

– Écoutez, dit-il, ce n'est pas très gentil de la mettre dans un lot de négresses.

– Je sais, dit le sergent, mais je pensais que ça pourrait m'aider.

– Vous aider?

– Aider mon mariage, expliqua le sergent. Elle

est un peu... enfin, un peu volage, et j'ai pensé qu'il y aurait au moins un homme qui ne jetterait plus les yeux sur elle.

Verkramp regarda plus attentivement.

– Franchement je ne croyais pas que vous aviez ce genre de problème, dit-il, et il donna des ordres précis pour que Mrs. Bichoff n'apparaisse plus en compagnie d'une représentante de la race inférieure.

Lorsqu'il se fut assuré qu'enfin tout procédait comme prévu, il descendit au bureau du commandant et essaya de voir ce qu'il pourrait faire d'autre pour illustrer ses quinze jours de gloire. Pour autant qu'il pouvait le savoir, de grands événements se préparaient pour la soirée, lorsque ses agents commenceraient à passer à l'action.

7

Lorsque le commandant descendit à Weezen après le déjeuner, toutes les boutiques étaient fermées. Le commandant se dit qu'il ne trouverait jamais la maison des Heathcote-Kilkoon. L'absence de tout être vivant dans les rues, cet après-midi-là, accusait encore le caractère intemporel de la petite ville. Il erra au hasard, à la recherche de la poste qu'il finit par trouver, mais fermée, revint au magasin où il avait demandé son chemin le matin même, mais sans plus de succès. Il finit par s'asseoir à l'ombre de la reine Victoria et s'abîma dans la contemplation du jardin tropical. Un chien jaune efflanqué entreprit de se gratter mollement sous la véranda du magasin, ce qui rappela le commandant à sa nouvelle identité : *« Chiens fous et fous d'Anglais s'baladent au soleil d'été »* [1], chantonna-t-il. Il se demandait ce qu'un véritable

1. On se souvient de la chanson de Noel Coward : *Mad Dogs and Englishmen go out in the midday sun.*

Anglais aurait fait à sa place. « Il serait sans doute allé à la pêche », pensa-t-il. Un peu mal à l'aise, car il sentait pointé sur lui le regard inquisiteur de la reine, il repassa à l'hôtel. Là aussi, tout n'était qu'inanition et stagnation. Les deux mouches étaient toujours prises dans la porte à tambour, mais avaient maintenant trépassé. Après avoir triomphé de la porte, qui refusait obstinément de laisser passer à la fois sa canne et son panier, il descendit vers la rivière le long d'un sentier bordé d'herbes folles. Arrivé à l'énorme déversoir d'eaux usées, il essaya de comprendre dans quel sens coulait la rivière, et décida de partir à contre-courant car il ne tenait nullement à attraper de poissons engraissés en ce vivier. Il eut quelques difficultés à trouver un lieu dégagé, sans branches adventices, d'où il pourrait lancer sa mouche la plus prometteuse, une grassouillette aux ailes rouges. Il finit néanmoins par y arriver. Rien ne bougeait à la surface de l'eau, mais le commandant était ravi. Ne faisait-il pas d'un chaud après-midi d'été exactement le même usage qu'un gentleman anglais? Et sachant combien les Anglais étaient inefficaces en toute chose, il était bien certain qu'il n'attraperait jamais rien. Le temps passait ainsi, et l'esprit du commandant, un peu somnolent, battait la campagne. Avec une sorte de lucidité, il se voyait, cinquantenaire bedonnant vêtu d'étranges oripeaux, pêchant au bord d'une rivière inconnue par pur goût de la pêche. C'était étrange, et pourtant reposant. Il se sentait heureux. Piemburg et le commissariat semblaient bien loin. Il s'en souciait comme d'une guigne. Là-haut dans les montagnes, il était redevenu sinon lui-même, du moins quelque chose d'approchant, et il en était à se demander ce que pouvait bien signifier son admiration pour l'Angleterre et les Anglais, lorsqu'une voix l'interrompit.

– Hameçon âme sœur, petit poisson offre son cœur, disait cette voix.

Le commandant se retourna et vit le commis-voyageur à flatulences qui se tenait debout derrière lui.

– Mais les hameçons n'ont pas d'âme! fit remarquer le commandant.

– C'est de la poésie, de la pure poésie, dit l'homme. Un mot en entraîne un autre, ils s'accouplent, et alors... Pardonnez-moi, mais c'est un peu ma partie.

– Vraiment? dit le commandant, peu désireux de s'engager dans une discussion sur Poésie et Vérité.

Il rembobina sa ligne et fut surpris de constater que la mouche avait disparu.

– Et mouche elle a vécu ce que vivent les mouches, l'espace d'un matin...

– Je vous demande pardon, dit le commandant.

– La poésie, toujours la poésie. Mais je dois me présenter. Mulpurgo. Je suis professeur de littérature anglaise à l'université du Zoulouland.

– Van Heerden, commandant de la police sud-africaine, Piemburg, dit le commandant surpris de l'effet que ces mots semblèrent avoir sur Mr. Mulpurgo.

Celui-ci était très pâle, et ne cachait pas son émotion.

– Quelque chose ne va pas?

– Non, dit Mr. Mulpurgo, agité de tremblements. Pas du tout. C'est juste que... Eh bien je ne me serais jamais douté que... Eh bien... cher commandant Van Heerden...

– Vous avez entendu parler de moi?

Mr. Mulpurgo fit signe que oui. Le commandant démonta sa canne à pêche.

– Je crois que je n'attraperai plus rien maintenant, dit-il. Il se fait trop tard.

– Poisson du soir espoir, bredouilla Mr. Mulpurgo.

– Êtes-vous sûr? Comme c'est intéressant! dit le commandant tandis qu'ils longeaient la rivière. C'est la première fois que j'essaie de pêcher. Êtes-vous un mordu? Vous paraissez vous y connaître.

– Je ne suis qu'un littéraire, avoua Mr. Mulpurgo, je fais une thèse sur *Le Ciel.*

Le commandant Van Heerden s'étonna.

– N'est-ce pas un sujet un peu vaste?

Mr. Mulpurgo eut un fin sourire.

– C'est un poème sur un poisson. Par Rupert Brooke, expliqua-t-il.

– Oh, voyez-vous ça? dit le commandant, qui, s'il n'avait jamais entendu parler de Ruper Brooke, ne manquait pas d'intérêt pour la littérature anglaise. Et ce Brooke, dites-vous, est un poète anglais?

Mr. Mulpurgo dit qu'il l'avait été.

– Il est mort pendant la Première Guerre mondiale, expliqua-t-il.

Le commandant fut désolé de l'apprendre.

– Voyez-vous, continua le professeur, si on peut sans doute interpréter ce poème comme une simple allégorie de la *Condition humaine*[1], il a selon moi une signification plus profonde qu'on pourrait rattacher au procès de transformation psycho-alchimique mis en lumière par Jung.

Le commandant eut un sourire de complicité. Il ne comprenait pas un mot de ce que venait de dire Mr. Mulpurgo, mais il avait l'impression de participer à une sorte d'initiation. Ainsi encouragé, le Professeur-Poète s'échauffa.

– Prenez ces vers, par exemple, « Un bien naîtra, quoi qu'il advienne/De cette fange limoneuse », n'indiquent-ils pas clairement que l'intention du poète est d'introduire ici le concept de pierre philosophale et de *prima materia* sans toutefois distraire l'attention du lecteur du ton superficiellement cocasse du poème.

Ils arrivèrent au tuyau d'écoulement des eaux usées, et Mr. Mulpurgo se chargea du panier du commandant. Son premier mouvement d'appréhension avait laissé place, devant l'intérêt amical que semblait lui porter le policier, à une tonitruante gaieté.

– C'est le motif structurant, dit-il lorsqu'ils passèrent le seuil de l'hôtel. « Paradis », « Vieille taupe rongeuse/Éternité du ver de terre. » Tout va dans le même sens.

– Sans doute, sans doute, dit le commandant lorsqu'ils se séparèrent.

Il se sentait plus détendu. N'avait-il pas passé l'après-midi de façon on ne peut plus anglaise, tout en pêche et discussions intellectuelles. C'était vraiment un bon début pour ces vacances, et qui

1. En français dans le texte.

faisait plus que compenser la déception de son arrivée à l'hôtel. Pour fêter dignement l'événement, il décida de prendre un bain avant le dîner. Ayant passé un grand moment à chercher vainement une salle de bains, il rentra dans sa chambre où il se lava à grande eau dans la bassine qui paraissait si bien faite pour cet usage imprévu. Ainsi que l'en avait prévenu le vieillard, l'eau chaude était froide. Le commandant essaya donc le robinet d'eau chaude, mais elle était tout aussi froide. Il finit par s'asperger d'une eau tiédasse provenant d'un tube beaucoup trop large pour qu'on s'en fût servi comme clystère, mais qui n'en avait pas moins une drôle d'odeur. Puis il s'assit sur son lit et lut un chapitre de *Berry and Co* avant d'aller dîner. Il eut du mal à se concentrer car, de quelque côté qu'il se retournât, il ne pouvait éviter son reflet dans la glace de l'armoire, ce qui lui donnait l'impression qu'il y avait quelqu'un d'autre dans la pièce. N'étant guère ami de l'introspection, il s'allongea sur le lit et essaya d'imaginer ce dont Mr. Mulpurgo avait bien pu parler. Sur le moment cela ne voulait rien dire, et ce n'était pas plus clair à présent, mais cette « éternité du ver de terre » l'avait frappé. Cela avait l'air bizarre au premier abord, mais si l'on songeait que les vers peuvent se couper en deux et continuer des existences séparées, il n'était pas impossible de penser que, si un des deux bouts était mortellement atteint, l'autre pouvait se dissocier rapidement de son partenaire et continuer à vivre. Comme une société à responsabilité limitée, en somme. Il n'avait jamais très bien compris ce que cela signifiait. Il faudrait qu'il le demande à ce

Mr. Mulpurgo qui avait l'air d'une personne si cultivée.

Mais Mr. Mulpurgo ne se montra pas au dîner. Le commandant n'eut pour commensales que les deux dames à l'autre bout de la salle, dont les murmures étaient rendus complètement inaudibles par les gargouillis de la fontaine de marbre. Aussi le commandant dîna-t-il dans un silence presque total, les yeux fixés sur l'horizon montagneux de l'Aardvarkberg. Dès le lendemain, il ne manquerait pas de raconter ses découvertes aux Heathcote-Kilkoon.

A cent kilomètres de là, Piemburg connut aux alentours de minuit une animation tout à fait inhabituelle. Douze violentes explosions avaient eu lieu autour de onze heures et demie avec une simultanéité presque parfaite qui confirmait entièrement l'idée qu'était à l'œuvre une vaste entreprise de sabotage et de subversion. Lorsque la dernière bombe illumina l'horizon, Piemburg s'enfonça plus avant encore dans cette obscurité qui était sa marque distinctive. Privée d'électricité, de téléphone, de communications radio, coupée du monde extérieur par la mise hors d'état des routes et des liaisons ferroviaires, la petite métropole avait perdu tous les liens ténus qui la rattachaient au XXe siècle.

Depuis son poste d'observation sur le toit du commissariat, Verkramp fut ébahi par cette métamorphose. L'instant d'avant, les néons et les réverbères illuminaient la nuit, et tout soudain la ville se confondait avec les collines verdoyantes du Zoulouland. Lorsqu'un fracas de tonnerre lui eut confirmé que la tour de la radio avait définitivement cessé de déparer le paysage, Verkramp quitta le toit et descendit quatre à quatre l'escalier pour rejoindre dans leur cellule les seuls habitants de la ville qui formaient des vœux ardents pour une panne d'électricité générale. Mais les volontaires recevaient toujours leurs électrochocs, grâce aux gégènes manœuvrées à la main dans le noir. Les diapos avaient disparu, mais c'était bien leur seule consolation.

Dans la confusion générale, le lieutenant Verkramp paraissait étrangement calme.

– Tout va bien! s'écria-t-il. Pas de quoi s'affoler... Continuez l'expérience avec des photographies ordinaires.

Puis il passa de cellule en cellule pour distribuer les torches qu'il gardait toujours en prévision d'une situation de ce genre.

– Ne croyez-vous pas qu'il vaudrait mieux rechercher l'origine de la panne d'électricité? demanda le sergent Breitenbach. J'ai entendu beaucoup d'explosions.

– Douze! dit Verkramp exalté. J'en ai compté douze.

– Douze explosions au milieu de la nuit, et c'est tout l'effet que ça vous fait?

Le lieutenant Verkramp resta de marbre.

– Il y a longtemps que je m'y attendais, dit-il sans mentir.

– Que vous vous attendiez à quoi?

– A la reprise des attentats, dit-il en redescendant dans son bureau.

Derrière lui le sergent Breitenbach trouvait la situation obscure, au propre comme au figuré.

Lorsqu'il eut rejoint le bureau du commandant, il trouva Verkramp en train de cocher une liste de noms à la lumière d'une lampe-tempête.

Le sergent trouva que Verkramp paraissait remarquablement préparé à la situation de crise qui avait pris tout le reste de la ville par surprise.

Vous allez m'arrêter tous ces gars-là et vivement! lui dit Verkramp.

– Vous ne voulez pas vérifier d'abord ce qui se passe, demanda le sergent Breitenbach. Après tout on n'est pas sûr que ces explosions aient été causées par des bombes!

Le lieutenant Verkramp prit son air le plus grave.

– Je m'y connais assez bien en attentats pour reconnaître une bombe quand j'en entends une éclater!

Le sergent Breitenbach décida de ne pas polémiquer. Mais en découvrant la liste des noms que Verkramp lui avait tendue, il fut horrifié. A supposer que Verkramp fût dans le vrai, et que la ville eût vraiment été réveillée par l'explosion de plusieurs bombes, les conséquences de cette explosion étaient quasiment négligeables en comparaison de celles qui suivraient l'arrestation des hommes dont le nom figurait sur cette liste. Hommes d'Église, conseillers municipaux, dirigeants de banques, avocats, le maire lui-même semblaient être l'objet premier des suspicions de Verkramp. Le sergent Breitenbach reposa précipitamment la liste. Il ne voulait même plus la toucher.

– Ne pensez-vous pas être quelque peu expéditif? demanda-t-il nerveusement.

Visiblement, le lieutenant Verkramp ne le pensait pas.

– Si je ne me trompe pas, et je ne me trompe pas, notre ville est l'objet d'une attaque en règle de la part des terroristes. Tous ces hommes sont bien connus...

– Bien connus, on peut le dire, murmura le sergent.

– ... pour leur opposition à notre gouvernement, continua le commandant par intérim. Beaucoup d'entre eux étaient des horticulteurs!

– Des horticulteurs? demanda le sergent qui ne voyait vraiment pas ce qu'il pouvait y avoir de mal à...

– Les Horticulteurs, expliqua Verkramp, étaient une société secrète de riches fermiers qui voulaient empêcher le Zoulouland d'entrer dans l'Union Sud-Africaine à l'époque du référendum sur la République. Ils étaient tous prêts à se soulever. Certains étaient officiers dans la police montée de Piemburg et ils s'apprêtaient à utiliser des armes en provenance des armureries militaires.

– Mais c'était il y a dix ans, fit remarquer le sergent Breitenbach.

– De tels hommes ne changent jamais, dit Verkramp d'un ton sentencieux. Est-ce que vous avez jamais pardonné aux Anglais ce qu'ils ont fait à nos femmes et à nos enfants dans les camps de concentration?

– Non, dit le sergent dont aucune femme ou enfant n'avait été en camp de concentration pendant la guerre des Boers, mais qui connaissait la bonne réponse.

– A la bonne heure! Eh bien, ces salauds sont de

la même engeance. Jamais ils ne nous pardonneront d'avoir fait sortir le Zoulouland de l'Empire Britannique. Ils nous détestent. Vous vous rendez compte qu'ils nous détestent?

– Oui, fit précipitamment le sergent.

Il se rendait surtout compte que Verkramp commençait à s'exciter à nouveau, et préférait s'éclipser rapidement.

– Vous avez sûrement raison.

– Raison? hurla Verkramp. J'ai toujours raison!

– Oui, dit le sergent, plus précipitamment encore. Et qu'est-ce qu'ils font, ces horticulteurs?

– Ils ont disparu pendant un temps, puis se sont alliés aux communistes et aux libéraux pour renverser notre glorieuse république. Ces bombes démontrent de façon aveuglante que leur campagne a commencé. Et je ne vais pas les laisser faire! Je vais te foutre ces gaillards en taule vite fait, et leur tirer les vers du nez avant qu'ils aient fait plus de dégâts!

Le sergent Breitenbach laissa son supérieur se refroidir un instant, puis posa une nouvelle question.

– Ne croyez-vous pas qu'il faudrait prévenir le commandant Van Heerden? C'est lui qui portera le chapeau s'il y a une boulette.

Mais le lieutenant Verkramp ne voulait rien entendre.

– Tout le malheur de cette ville vient de ce que ce vieil imbécile adore les Anglais! Il est trop mou avec eux. On croirait qu'il les aime plus que son propre peuple.

Le sergent Breitenbach dit qu'il ne s'en était

jamais rendu compte. Il savait que le grand-père du commandant avait été fusillé par les Anglais après la bataille de Paardeberg, ce qu'on ne pouvait pas dire du grand-père de Verkramp, qui avait vendu des chevaux à l'armée britannique et pouvait être considéré comme un parfait collabo. Mais le sergent avait trop de discernement pour y faire allusion. Afin de se donner une contenance, il rejeta un coup d'œil sur la liste.

– Où allons-nous les mettre, de toute façon? demanda-t-il. Les cellules d'en haut sont toutes retenues pour l'expérience anti-négresses, et celles de la cave sont pleines.

– On les mettra en prison, dit Verkramp, en cellules isolées. Je ne veux pas qu'ils s'entendent entre eux pour me mener en bateau.

Une demi-heure plus tard, les trente-six personnages les plus considérables de Piemburg avaient été arrêtés par des policiers armés jusqu'aux dents, et poussés sans ménagements, encore en pyjamas, dans les paniers à salade. Certains avaient opposé une résistance désespérée, croyant que la grande insurrection zouloue avait commencé et qu'on venait les massacrer dans leur lit, malentendu bien compréhensible étant donné la nuit noire dans laquelle les agents de Verkramp avaient plongé la ville. Quatre policiers furent blessés au cours de ces affrontements, et un marchand de charbon tua sa femme d'un coup de fusil pour lui éviter d'être violée par les hordes sauvages avant que la situation fût clarifiée. A l'aube, toutes les arrestations avaient été opérées, et il ne restait plus à mettre au point que quelques petits détails. L'homme qui avait été arraché aux bras puissants de la mairesse n'était point le premier magistrat de la ville mais un voisin qui avait beaucoup aidé celui-ci lors de son élection. Lorsque le maire fut finalement appréhendé, il croyait l'être pour corruption dans l'exercice de ses fonctions.

– C'est honteux, hurlait-il, vous n'avez pas le droit de fouiller dans ma vie privée! Élections, pièges à cons! Élections, pièges à cons!

Cet éclair de lucidité expliquait sans doute la présence du voisin dans le lit de sa femme.

Le matin suivant, après quelques heures de sommeil, le lieutenant Verkramp et le sergent Breitenbach firent le tour des installations détruites par les saboteurs. Une fois de plus, le commandant par intérim démontrait une maîtrise parfaite de la situation qui stupéfiait le sergent Breitenbach. Verkramp semblait savoir exactement où aller. Tandis qu'ils contemplaient les restes du transformateur de Durban Road, le sergent lui demanda ce qu'il comptait faire maintenant.

– Rien évidemment, dit Verkramp au grand étonnement de son subordonné. Dans quelques jours nous serons en mesure de démanteler toute l'organisation communiste du Zoulouland.

– Mais alors, ceux qu'on a arrêtés la nuit dernière n'étaient pas les chefs de l'organisation?

– Si bien sûr, mais nous ne les avons pas tous! On va les cuisiner aux petits oignons, et leur témoignage nous conduira jusqu'à leurs complices, expliqua Verkramp.

Le sergent Breitenbach hocha la tête.

– J'espère que vous savez ce que vous faites, finit-il par dire.

Ils revinrent par la prison où Verkramp donna des instructions précises aux équipes de la Sécurité. Elles devaient se tenir prêtes à procéder à des interrogatoires vingt-quatre heures sur vingt-quatre.

– Le système habituel, leur dit-il. Pas de repos. Pas de sommeil. On les amoche un peu pour commencer, et puis on leur explique qu'on va les juger pour terrorisme et que c'est donc à eux de prouver leur innocence. Pas d'avocat. On peut les garder à perpète. Des questions!?

– Beaucoup de questions? demanda l'un des hommes.

– Évidemment! aboya Verkramp. Des questions?

Les hommes continuaient à le regarder sans comprendre. Verkram leur ordonna de rompre les rangs avant de se rendre chez le gouverneur de la prison auquel il fit mille excuses pour le dérangement. Lorsqu'il revint surveiller les interrogatoires, le lieutenant Verkramp s'aperçut que ses ordres étaient suivis à la lettre.

– Qui a gagné le championnat en 1948? hurlait le sergent Scheepers au directeur de la Banque Barclay.

– Je ne sais pas, miaulait le directeur qui avait déjà reçu deux coups de pied dans le ventre en raison de son manque d'intérêt pour le cricket.

Verkramp demanda au sergent de le suivre dans le couloir.

– Pourquoi demandez-vous ça?

– C'est pourtant une question facile, dit le sergent.

– C'est vrai, reconnut Verkramp.

Il descendit à la cellule voisine où le doyen de Piemburg avait évité de subir le même sort grâce à sa connaissance de la distance exacte séparant Johannesburg de Cape-Town, de l'âge du Premier ministre, et de la signification précise des initiales U.S.A.

– Vous avez dit « Des questions, beaucoup de questions », expliqua l'homme de la Sécurité lorsque Verkramp lui demanda la raison de cet ersatz de jeux télévisés.

– Triple crétin! hurla Verkramp, j'ai dit « Des questions? » pas « Des questions! » J'aurais dû vous l'épeler peut-être!

– Ça n'aurait pas été du luxe, mon lieutenant, lui fut-il répondu.

Aussi Verkramp rappela-t-il tout son monde.

– Premièrement, il nous faut prouver par A + B que ces gars-là ont conspiré pour renverser le gouvernement par la force, épela le lieutenant à ces policiers d'élite. Deuxièmement qu'ils ont activement incité les noirs à se révolter. Troisièmement qu'ils ont reçu de l'argent de l'étranger. Quatrièmement que ce sont tous des communistes ou des sympathisants communistes. Est-ce que c'est clair?

Le sergent Scheepers demanda s'il pouvait raconter au maire que l'un des conseillers municipaux l'avait traité de cocu.

– Bien sûr! dit Verkramp. Dites-lui aussi que le conseiller est prêt à témoigner en justice. Faites-les parler les uns des autres, faites-moi un beau panier de crabes. C'est le seul moyen d'y arriver.

Les policiers rentrèrent dans les cellules avec leurs listes de questions et les interrogatoires reprirent. Heureux de savoir que ses hommes s'en tiendraient désormais à l'essentiel, le lieutenant Verkramp revint au commissariat voir s'il avait reçu des messages de ses agents secrets. Il ne fut pas peu déçu de voir qu'aucun n'était arrivé, mais il se dit qu'il devait être encore trop tôt.

Pour se consoler, il décida d'aller tester les premiers résultats de la thérapie révulsive sur les volontaires du premier étage qui criaient toujours rythmiquement. Il fit appeler le sergent Breitenbach et lui ordonna de lui amener « une fille noire ». Il n'aurait qu'à en ramasser une au dépôt.

Le sergent tourna les talons et revint bientôt avec la fille en question. C'était une dame de cinquante-huit printemps au mieux, et qui n'avait jamais été une beauté, même à la moitié de son âge. Le lieutenant Verkramp était horrifié.

– J'ai dit une fille, pas un vieux tas! aboya-t-il. Remmène-moi celle-là et ramène-moi une fille potable.

Le sergent Breitenbach redescendit avec la vieille.

Il se demandait pourquoi on pouvait appeler un noir de soixante-dix ou quatre-vingts ans « garçon », alors qu'il était impossible d'appeler « fille » une femme du même âge. Cela n'avait pas de bon sens. Au bout du compte, il trouva une fille bien baraquée à laquelle il ordonna de le suivre. Dix minutes et huit policiers plus tard (l'un d'entre eux avec un nez cassé, un autre à la recherche éperdue de ses testicules), on réussit à amener la fille devant Verkramp qui ne fut toujours pas satisfait.

– Est-ce qu'un homme dans son bon sens voudrait de ce tas de viande? dit-il en pointant un index vengeur vers le pauvre corps inconscient et bourrelé de coups que les policiers tentaient de faire tenir debout. Ce que je veux, c'est une jolie négresse. Une que n'importe qui trouverait appétissante!

– Allez-y vous-même alors, dit le sergent Breitenbach. Descendez au trou et dites à une jolie négresse que les policiers de l'étage en haut veulent la voir. Vous verrez ce qui va vous arriver.

– L'ennui avec vous, sergent, c'est que vous n'êtes pas psychologue. Pour obtenir quelque chose d'un animal ou d'un noir, il ne faut pas l'effrayer. C'est comme cela qu'il faut faire avec eux. Il faut savoir parler leur langage.

Il s'arrêta devant une cellule. La grande négresse fut jetée à l'intérieur. Verkramp enjamba son corps pantelant et jeta un coup d'œil aux femmes qui se serraient contre le mur.

– Y a pas peur, y a pas peur, susurra-t-il de sa voix la plus suave. Qui c'est-y qui veut venir voir des zimazes? Des zolies zimazes!

Mais pas une ne se déclara volontaire. Verkramp essaya encore.

– Personne y va vous manger. Y a pas peur...

Toujours pas de réponse, sinon les gémissements de la fille étendue par terre. Le sourire de Verkramp disparut aussitôt.

– Attrapez-moi cette pute! s'écria-t-il.

L'instant d'après, une jolie Noire au corps élancé fut entraînée vers les étages supérieurs.

– Vous comprenez maintenant ce que je voulais dire à propos de la psychologie, dit le lieutenant Verkramp.

Le sergent Breitenbach n'était pas tout à fait convaincu.

– C'est pas du jeu, vous en avez choisi une maigre...

L'infortunée fut bientôt dépouillée de ses vêtements par plusieurs policiers hyperzélés que Verkramp inscrivit d'office pour le prochain traitement, puis on la fit parader dans le plus simple appareil devant les volontaires. Le lieutenant Verkramp fut enchanté de leur manque de réactions.

– Pas une seule érection! C'est la preuve scientifique de l'efficacité du traitement.

Le sergent Breitenbach était plus sceptique.

– Ils n'ont pas dormi depuis deux jours, dit-il. Si on leur amenait Marilyn Monroe sur un plateau, ils ne seraient pas plus enthousiastes.

Verkramp se sentit trahi. D'autant que le sergent reprit :

– Pour que l'expérience soit concluante, il faudrait amener une fille blanche et essayer avec elle.

Le lieutenant Verkramp était au comble de la fureur.

– Quelle suggestion dégoûtante! Jamais je ne soumettrai une blanche à une épreuve pareille.

Il donna l'ordre de continuer le traitement pendant deux jours au moins.

– Deux jours comme ça et je serai bon à mettre au trou, sanglota l'un des volontaires.

– Plutôt mourt que noir! dit Verkramp en se hâtant vers son bureau où il prépara le traitement d'urgence des cinq cent quatre-vingt-dix autres policiers placés sous son commandement.

Au Café Florian, les agents secrets de Verkramp avançaient à pas de géants dans leur enquête sur le réseau terroriste. Après des années de vaches maigres où ils avaient écumé les cercles progressistes à la recherche d'un communiste quelconque, ou au moins d'un partisan modéré du renversement de l'apartheid par la violence, voici que ces espèces rares s'étaient mises à pulluler. 74 53 96 avait découvert 62 54 61 qui paraissait en savoir long sur la bombe du central téléphonique, et 62 84 61 avait l'impression très nette que 74 53 96 avait quelques lumières sur la destruction du transformateur de Durban Road. De même, 88 59 74 avait rencontré 37 85 50 au resto-U et essayait finement de le faire parler de son rôle dans l'effondrement de l'antenne radio tout en donnant à entendre à 37 85 50 qu'il n'était pas sans savoir pourquoi le viaduc ferroviaire s'était écroulé. Partout dans Piemburg les agents de Verkramp s'affairaient maintenant à écrire des rapports, coder des messages et déménager sans cesse, comme on leur avait dit de le faire. Le jour suivant, leurs convictions devinrent certitudes lorsque 74 53 96 et 62 84 61, qui s'étaient donné rendez-vous au resto-U, se rendirent compte qu'ils étaient écoutés avec sympathie par 88 59 74 et 37 85 50. Tandis que la coagulation de la conspiration s'accomplissait, Verkramp consacrait tout son temps au décodage. Ce processus complexe était rendu plus difficile encore du fait qu'il ignorait quel jour les messages avaient été envoyés. Celui de l'agent 37 85 50 avait été déposé au pied d'un arbre du parc, ce qui était bien la cache prévue pour le dimanche, mais après deux heures de travail, avec le code du dimanche, Verkramp n'avait réussi qu'à transformer « HDFPKYMWRQAZXTIVPKON » ce qui était déjà difficile à comprendre, en « Chou pou caillou hibou genou », qui l'était beaucoup moins mais ne servait pas à grand-chose. Il essaya donc le code du samedi et obtint « Dahlia, chrysanthème, engrais décoratifs, nains, automne, brumes, atomiseurs ». Maudissant le vocabulaire limité fourni par la page 33 du catalogue horticole de Piemburg, qu'il avait choisi comme source pour le code du samedi en raison de sa grande diffusion, Verkramp essaya sans trop y croire le code du vendredi et finit par déchiffrer le message : L'agent 35 85 50 l'informait qu'il avait agi conformément aux instructions et s'empressait de déménager. Après six heures d'efforts, Verkramp trouvait qu'il aurait quand même mérité mieux. Il essaya le message de l'agent 88 59 74 et fut heureux de pouvoir le lire du premier coup. C'était un message capital : l'agent venait de prendre contact avec plusieurs terroristes, mais il avait eu du mal à atteindre la cache car il avait été suivi.

88 59 74 n'était pas le seul à avoir fait cette observation. Les agents secrets de Verkramp se filaient les uns les autres à travers Piemburg sans se lasser. Ils couvraient donc des miles et des miles chaque jour, et étaient beaucoup trop fatigués quand ils rentraient chez eux pour coder les messages demandés. Et puis, il fallait qu'ils déménagent tous les jours, ce qui suffisait à les occuper une bonne partie de la journée. Le lundi, 62 84 61 ne se souvenait plus avec précision de son identité,

de son domicile, ni du jour de la semaine. Il était encore moins sûr du domicile de l'agent 74 53 96. Après l'avoir suivi avec succès pendant plus de quinze miles tout le long des trottoirs de Piemburg, il n'avait pas été surpris de voir 74 53 96 s'avouer battu et retourner à une pension de Bischoff Avenue où il finit par apprendre que l'homme qu'il recherchait était parti depuis deux jours déjà. Découragé, il s'endormit sur un banc du parc et 62 84 61, qui avait attrapé des cors aux pieds, avec toutes ces marches, s'apprêtait à rentrer chez lui quand il se sentit suivi. Il accéléra le pas, mais son suivant en fit autant. 62 84 61 abandonna le combat. Il s'en fichait maintenant d'être suivi. « De toute façon je m'en irai demain matin », décida-t-il, et il monta l'escalier de sa pension de Lansdowne Road. Derrière lui 37 85 50 s'empressa de rentrer chez lui rédiger un beau message codé pour le lieutenant Verkramp. Comme il avait commencé à dix heures et demie le lundi et fini à deux heures du matin le mardi, Verkramp eut plus de difficultés encore que d'habitude à déchiffrer sa signification. Selon le code du lundi, il voulait dire « Suggère Raid Sur Infestation Mais Pollue-toi-le », tandis que celui du mardi suggérait « Chariot Pharaon dans Lansdowne pour Frederick Smith ». Lorsque le lieutenant Verkramp eut décidé que « Chariot Pharaon Infestation Mais Pollue-toi-le » ne voulait pas dire grand-chose non plus, il n'était plus temps de se précipiter à Lansdowne Road. Frederick Smith avait déménagé à l'auberge de jeunesse de Piet Retief.

Si le lieutenant Verkramp éprouvait quelques difficultés dans le secteur des communications, on pouvait dire la même chose de Mrs. Heathcote-Kilkoon et du commandant Van Heerden.

– Vous êtes sûr qu'il n'est pas là? demanda Mrs. Hiathcote-Kolkoon au major qu'elle avait envoyé à Weezen prévenir le commandant qu'ils l'attendaient pour déjeuner.

– Absolument certain, dit le major Bloxham. Je suis resté au bar pendant presque une heure et je n'ai pas vu trace de lui. J'ai demandé au barman s'il l'avait vu. Mais il jure que non.

– C'est vraiment étrange, dit Mrs. Heathcote-Kilkoon. Dans sa carte il disait bien qu'il resterait à l'hôtel.

– Une carte tout ce qu'il y a de tordu, si tu veux mon avis, dit le colonel. « Très chère Daphné, le commandant Van Heerden a le plaisir... »

– Moi j'ai trouvé qu'elle était très amusante, sa carte, dit Mrs. Heathcote-Kilkoon, elle montre qu'il ne manque pas d'humour.

– Je n'ai pas trouvé, moi, dit le major qui n'avait toujours pas digéré sa première rencontre avec le commandant.

– Enfin, peut-être que cet abruti a décidé de ne pas venir, après tout, dit le colonel.

Il sortit dans le jardin derrière la maison, où Jolicœur pansait un grand cheval noir.

– Tout est prêt pour demain, Jolicœur? Le renard est en forme?

– Je l'ai emmené courir ce matin, dit Jolicœur, un petit homme mince aux yeux rapprochés et au cheveu ras. Il courait comme un dératé.

– Tant mieux, dit le colonel. On commencera à l'aube.

8

Tout à fait inconscient de la gravité des événements qui se déroulaient à Piemburg le commandant Van Heerden n'en passa pas moins une nuit sans sommeil. La prenante odeur de soufre irritait son système olfactif, tandis qu'un des multiples robinets qui hérissaient la pièce s'obstinait à goutter irrégulièrement. Le commandant essaya de dissiper les miasmes sulfureux à l'aide du déodorant qu'il avait acheté pour ne pas offusquer la délicatesse de Mrs. Heathcote-Kilkoon. Le potpourri qui en résulta était dix fois pire. En plus, cela lui piquait les yeux. Il alla ouvrir la fenêtre pour avoir un peu d'air frais, ce dont un moustique profita pour entrer. Le commandant referma prestement la fenêtre, alluma, estourbit le moustique d'un coup de pantoufle bien placé, puis retourna se coucher. Le robinet coulait toujours. Il se releva donc, alla fermer à fond les six robinets et se remit au lit. Il était sur le point de s'endormir lorsque la tuyauterie se lança dans un concert de râles effrayants. N'étant pas un expert en plomberie, il ne put qu'écouter ces chants funèbres en regardant la lune se lever. Au petit matin, il réussit à s'endormir mais fut réveillé dès sept heures et demie par une domestique noire qui lui apportait une tasse de thé. Le commandant la but avidement. L'instant d'après, il crut avoir été empoisonné, mais il comprit vite que ce goût atroce n'était que celui de l'omniprésent soufre. Il se leva, et se hâta de se brosser les dents avec une eau limoneuse. Au comble de l'exaspération, il fit sa toilette, s'habilla et descendit prendre le petit déjeuner.

– Un jus de fruit! commanda-t-il, lorsque la serveuse lui demanda ce qu'il souhaitait.

Il commanda un second verre dès qu'elle eut apporté le premier, et en se gargarisant d'abondance avec le jus frais et parfumé il réussit à faire quelque peu disparaître l'horrible goût de soufre.

– Des œufs à la coque, ou des œufs sur le plat? demanda la serveuse.

Le commandant choisit les œufs sur le plat, qui lui paraissaient plus sûrs. Lorsque le vieillard vint lui demander si tout allait bien, le commandant saisit cette occasion de lui demander s'il pourrait avoir un peu d'eau fraîche.

– Fraîche? Tout est frais ici! Il y a des sources chaudes juste en dessous. Notre eau vient directement des entrailles de la terre...

– Je veux bien le croire, dit le commandant.

A cet instant, Mr. Mulpurgo rejoignit sa table habituelle près de la fontaine.

– Bonjour! lança le commandant de son ton le plus cordial.

Il ne reçut en réponse qu'un bonjour des plus froids. Mais cela ne le découragea pas.

– Comment vont vos ballonnements ce matin? demanda-t-il avec chaleur.

Mr. Mulpurgo commanda des corn-flakes, des œufs au bacon, des toasts et de la confiture avant de daigner répondre.

– Vous avez dit « ballonnements »?

– C'est bien pour cela que vous étiez venu.

– Oh... dit Mr. Mulpurgo du ton de quelqu'un qui n'avait guère envie qu'on lui rappelât ce qu'il avait dit la veille. Ça va mieux, merci.

Le commandant refusa tout net le café que la serveuse lui proposa, et commanda un troisième jus de fruit.

– J'ai beaucoup pensé à ce que vous m'avez dit hier à propos du ver qui jamais ne meurt, dit-il au moment où Mr. Mulpurgo tentait de venir à bout d'un morceau de bacon particulièrement élastique. Vous êtes sûr que les vers ne meurent jamais?

Mr. Mulpurgo le regarda de travers.

– Je ne crois pas que les vers échappent tout à fait à notre mortelle condition, finit-il par dire, et les ressorts de leurs pauvres âmes se brisent dès lors qu'ils ont accompli leur destinée.

Il revint à ses œufs au bacon, laissant le commandant décider si les vers avaient une âme, et de quels ressorts ils se servaient.

– Pourtant vous avez bien dit qu'il y en avait qui ne mouraient pas, demanda le commandant après un instant de méditation.

– Je m'exprimais par métaphore, dit Mr. Mulpurgo. Je faisais allusion à une seconde naissance.

Tel un très vieux druide obligé de dévoiler quelque secret devant l'insistante curiosité d'un novice, Mr. Mulpurgo se lança dans une longue explication à laquelle il ne s'était pas vraiment préparé. Tout ce qu'il souhaitait ce matin-là c'était de rester dans sa chambre à écrire quelque nouveau chapitre de sa thèse. Et voilà qu'une heure plus tard il arpentait à grandes enjambées le sentier qui longeait la rivière, comme pour mieux appuyer sa démonstration. Selon lui, la littérature apportait au lecteur la possibilité d'une nouvelle vie. *Vita Nova.* Le commandant Van Heerden, qui trottinait à ses côtés, était heureux de repérer de temps à autre une phrase à peu près compréhensible. Mais il était encore plus heureux de s'abandonner à son admiration sans limite pour les capacités intellectuelles de son compagnon. Il n'avait pas la moindre idée de ce que pouvait être « l'expérience limite de la littérature », mais il lui semblait bien que, selon Mr. Mulpurgo, un homme pouvait naître à une seconde vie grâce à la littérature, et le commandant se reprit à espérer qu'un jour se produirait la métamorphose à laquelle il aspirait de toutes ses forces.

– En résumé, c'est un peu comme une greffe du cœur? demanda-t-il lorsque Mr. Mulpurgo reprit son souffle.

L'adorateur de Rupert Brooke le regarda d'un air de suspicion. Ce n'était pas la première fois que Mr. Mulpurgo avait l'impression que le commandant se fichait de lui, et pourtant le visage de ce dernier n'exprimait qu'une immense et bienveillante naïveté.

Mr. Mulpurgo choisit de penser qu'à sa façon un peu primitive, le commandant essayait de relancer le débat sur les rapports de la science et de la littérature. Sinon, il se demandait bien de quoi il voulait parler.

– La science ne s'occupe que de l'extérieur de l'homme, dit-il. Ce qu'il faut, c'est le transformer de l'intérieur.

– Mais c'est exactement ce que fait la chirurgie cardiaque! dit le commandant.

– Les transplantations cardiaques ne changent pas la nature de l'homme, dit Mr. Mulpurgo, qui trouvait la pensée du commandant aussi impénétrable que la sienne le semblait à l'officier de police.

Quel pouvait être le rapport entre les greffes d'organes et les mutations de sensibilité? Il se hâta de changer de sujet avant que la conversation ne devînt trop incohérente.

– Vous connaissez bien ces montagnes? demanda-t-il.

Le commandant dit qu'il ne les connaissait pas lui-même, mais que son arrière-arrière-grand-père les avait traversées pendant le *Trek* [1].

– Est-ce qu'il s'est installé au Zoulouland? demanda Mr. Mulpurgo.

– C'est là qu'on l'a assassiné.

Mr. Mulpurgo dit qu'il était désolé.

– Près de Dingaan, poursuivit le commandant. Mon arrière-arrière-grand-mère a été l'une des rares survivantes du massacre de la rivière Blaauwkranz. Les Zoulous les ont attaqués par surprise et les ont hachés menu comme chair à pâté.

– Quelle horreur, murmura Mr. Mulpurgo.

1. Exode des Afrikanders pendant la guerre des Boers.

L'histoire de sa famille était moins mouvementée. S'il n'avait aucun souvenir de son arrière-arrière-grand-mère, il était certain que personne ne l'avait assassinée.

– C'est pour ça qu'on se méfie des nègres, poursuivit le commandant.

– Mais c'était il y a bien longtemps, dit Mr. Mulpurgo.

– On ne sait jamais avec les nègres, dit le commandant. Oignez vilain...

Les convictions libérales de Mr. Mulpurgo l'obligèrent à répliquer.

– Allons allons, les nègres ne sont pas tous des sauvages? dit-il d'un air affable. J'en connais de parfaitement cultivés.

– Tous les noirs sont des sauvages, tous! s'écria le commandant, et plus ils sont cultivés plus ils sont dangereux!

Mr. Mulpurgo poussa un soupir.

– Ce pays est si beau, dit-il. Quel dommage que les différentes races ne puissent pas y vivre dans la paix et la concorde...

Le commandant Van Heerden se fit grave.

– Mon travail consiste précisément à empêcher les différentes races de vivre ensemble, dit-il d'un ton sentencieux. Vous feriez mieux de ne plus y penser. Je vous aime bien. Je n'aimerais pas vous mettre en taule.

Un haut-le-cœur secoua Mr. Mulpurgo...

– Je ne voulais nullement dire..., commença-t-il.

Mais le commandant l'arrêta net.

– Je sais. Nous avons tous nos moments de folie. Si vous avez vraiment besoin d'une négresse, allez à Lourenço Marques. C'est légal chez les Portugais, vous savez. Et des filles plutôt girondes... je peux vous le dire...

Mr. Mulpurgo se sentait quand même un peu nerveux. L'université du Zoulouland ne l'avait pas préparé à des rencontres de ce type.

– Vous savez, continua le commandant lorsqu'ils reprirent leur promenade, nous sommes parfaitement au courant de vos élucubrations sur l'éducation des nègres, l'égalité raciale et tout le bazar. On vous a à l'œil, les intellos, ne craignez rien.

Mr. Mulpurgo n'était qu'à moitié rassuré. Il savait bien que la police surveillait l'université, et il se demanda si le commandant était venu jusqu'à Weezen pour l'interroger. Cette seule pensée lui donna un irrépressible hoquet.

– Le vrai problème de ce pays, dit le commandant, c'est qui travaille pour qui. Est-ce que je vais travailler pour un nègre ou est-ce que c'est lui qui va travailler pour moi?

Mr. Mulpurgo essaya de dire qu'il était dommage que les gens ne travaillent pas tous ensemble, dans un esprit de coopération, mais son hoquet fut plus fort que lui.

– En tout cas je ne vais pas me crever le cul au fond d'une mine d'or pour un roi nègre, dit le commandant, et aucun ne me forcera à laver sa voiture. Ici c'est la loi de la jungle, et nous sommes les plus forts!

Ayant ainsi exposé le fond de sa philosophie, le commandant décida qu'il était temps de rentrer.

– Il faut que je retrouve mes amis, dit-il.

Ils marchèrent quelque temps en silence,

Mr. Mulpurgo complètement effondré par le tableau darwinien de la société sud-africaine que venait de brosser le commandant, ce dernier se demandant s'il pourrait devenir un véritable Anglais par la pratique de la lecture.

– Comment faites-vous pour étudier votre poème? finit-il par demander.

Mr. Mulpurgo ne revint pas sans soulagement à sa thèse.

– Il faut faire beaucoup de fiches, expliqua-t-il. Surtout ne rien oublier... On fait des fiches pour toutes les citations, avec des renvois de l'une à l'autre. Par exemple, Brooke se sert souvent d'images olfactives. Les odeurs sont présentes dans *Désir*, dans *Après vous*, et bien sûr dans *L'aube.*

– C'est à cause de l'eau, elle est pleine de soufre.

– Le soufre? fit Mr. Mulpurgo distraitement. Mais c'est vrai, vous avez raison, c'est dans *La dernière béatitude.* « De soufre enveloppée, ton âme s'abandonne. »

– Ça, je ne sais pas, fit le commandant mal à l'aise, mais ils en mettent dans le thé.

Lorsqu'ils arrivèrent à l'hôtel, Mr. Mulpurgo s'était persuadé que le commandant Van Heerden n'était peut-être pas en service commandé. Il lui avait récité *Le ciel* deux fois de suite et en entier. Au fond, ce commandant n'était pas un mauvais bougre.

– Vous vous intéressez à beaucoup de choses pour un policier, dit-il d'un ton quelque peu condescendant lorsqu'ils gravirent les quelques marches qui menaient à la terrasse, les journaux m'avaient donné une tout autre idée de vous.

Le commandant Van Heerden eut un pâle sourire.

– Ils racontent un tas de salades dans leurs journaux, dit-il. Il ne faut pas croire tout ce qu'ils disent.

– C'est sûr, vous n'êtes pas aussi noir qu'on le dit! dit Mr. Mulpurgo d'un air enjoué.

Le commandant se figea sur place.

– Qui a dit que j'étais noir? demanda-t-il, livide.

– Mais personne. Personne absolument, dit Mr. Mulpurgo. C'était juste une façon de parler.

Mais le commandant Van Heerden n'écoutait plus.

– Je suis aussi blanc que tout un chacun, hurla-t-il, et j'arracherai les couilles au premier qui dit le contraire. Vous m'entendez? J'en ferai des castagnettes. Que je ne vous entende plus jamais dire ça!

Et le commandant s'élança contre la porte à tambour avec une telle violence que deux mouches recouvrèrent inopinément la liberté. Derrière lui, Mr. Mulpurgo, appuyé contre la balustrade, essayait désespérément d'arrêter son hoquet. Lorsque la porte cessa de tourner, il fit un gros effort sur lui-même pour rejoindre sa chambre.

Le commandant, ayant récupéré les clefs dans sa chambre se dirigeait vers sa voiture. Il était encore fou de rage devant l'insulte faite à ses ancêtres.

– Je suis aussi blanc que le voisin, murmura-t-il en passant à côté du jardinier zoulou qui arrosait un parterre.

Il claqua la portière et battit tous les records de vitesse sur la route de Weezen. Il était toujours dans une rage noire lorsqu'il rangea sa voiture sur le parking poussiéreux et monta les marches qui conduisaient au magasin. Il y avait là plusieurs paysans qui faisaient la queue. Le commandant les ignora superbement et se précipita vers le grand type derrière le comptoir.

– Vous savez où habitent les Heathcote-Kilkoon? demanda-t-il.

Le grand type ne répondit rien et continua de servir son premier client.

– Je vous ai demandé où habitent les Heathcote-Kilkoon? répéta le commandant.

– Je sais, répondit le boutiquier.

– Et alors?

– Je suis occupé.

Les paysans commencèrent à murmurer, mais le commandant était beaucoup trop irrité pour s'en soucier.

– Je vous ai posé une question, insista-t-il.

– Mais vous n'avez pas été poli, lui fut-il répondu. Si vous voulez qu'on vous réponde prenez la queue comme tout le monde.

– Savez-vous qui je suis? demanda rudement le commandant.

– Non, et cela m'est totalement égal. Mais je sais où vous êtes. Chez moi. Et vous allez me fiche le camp.

Le commandant fit des yeux le tour de la pièce. Ne rencontrant que des regards hostiles, il sortit sous la véranda. Derrière lui, quelqu'un se mit à rire. Il entendit distinctement les mots « foutu bouseux de Boer ». C'en était trop. Il tenta un instant de calmer ses nerfs, puis fit une seconde entrée dans la petite boutique.

– Je m'appelle Van Heerden, dit le commandant en détachant chaque mot, je suis le commandant de la police de Piemburg. Vous entendrez parler de moi.

Partout ailleurs au Zoulouland, cette phrase aurait semé l'effroi et la terreur. Mais cette fois elle tomba complètement à plat.

– On est en Angleterre ici, dit le grand type. Allez ouste, du balai!

Le commandant abandonna le champ de bataille. On l'avait traité comme un chien. Jamais il n'oublierait l'insulte. La rage au cœur il marmonna les pires injures à l'adresse de la puissante reine dont l'arrogance avait perdu pour lui toute séduction. Lui, le commandant Van Heerden, dont les ancêtres avaient passé les monts Aardvark dans leur chariot bâché, qui avaient combattu les Zoulous à Blood River et les Anglais à Spion Kop, on le vidait comme un malpropre, comme un chien, un nègre! Et les types qui avaient le toupet de faire ça étaient les mêmes qui avaient déguerpi de l'Inde, de l'Égypte et du Kenya dès que cela avait commencé à sentir le roussi.

– Vieille conne, dit le commandant à l'adresse de la reine.

Tout en marchant, son sentiment de rage fit peu à peu place à une sorte d'émerveillement devant l'arrogance incomparable des Anglais. « On est en Angleterre ici », avait-on eu le front de lui dire. Il se mit à remâcher de sourdes récriminations contre la destinée qui lui avait accordé le pouvoir tout en lui refusant la mâle assurance sans laquelle il est impossible d'en jouir. En quelque façon, il reconnaissait que le boutiquier avait le droit de le traiter comme un chien. « Je ne suis qu'un pauvre bougre, un pauvre Boer », songea-t-il tout larmoyant, et il eut soudain la vision d'un très vieux guerrier, n'appartenant à aucune tribu, qui devait affronter seul des hordes hostiles. Les Anglais avaient un vrai chez eux, cette grande île froide mais confortable là-bas vers le Nord, où ils pouvaient toujours retourner en cas de malheur. Les noirs avaient l'Afrique, ce vaste continent dont rien ni personne ne pourrait les faire partir. Mais lui, l'Afrikander, n'avait pas d'autre chez lui que l'Afrique du Sud. Frissonnant de peur et de désespoir, le commandant tourna dans la petite rue qui menait à la poste.

Mrs. Heathcote-Kilkoon, elle, tout en parcourant négligemment un vieux numéro des *Illustred London News*, demanda au major Bloxham de lui préparer un Dry Martini.

– Il aurait pu nous prévenir qu'il ne venait pas, fit-elle d'un air agacé. C'est la moindre des politesses d'envoyer une carte postale.

– Cochon il était, cochon il reste! dit le major. On ne dresse pas les chimpanzés à faire la révérence.

– Vous devez avoir raison, murmura Mrs. Heathcote-Kilkoon. Tiens, la princesse Anne a été nommée sportive de l'année.

– Elle n'acceptera pas, dit le major. C'est d'un commun...

– Oh je ne sais pas, dit Mrs. Heathecoate-Kilkoon. Ils ont bien anobli des jockeys!

Après le déjeuner, Mrs. Heathcote-Kilkoon voulut à toute force faire un tour en voiture et le colonel, qui attendait un télégramme de son agent de change, les conduisit à Weezen. Ensuite, tout le monde se rendit à l'hôtel de Sani Pass pour le thé.

Le commandant, qui avait fini par obtenir leur adresse, ne trouva donc personne à la maison lorsqu'il vint leur rendre visite dans l'après-midi. Il avait un peu recouvré ses esprits, mais pas sa confiance en lui, aussi ne fut-il pas vraiment surpris par la froideur de l'accueil que lui réserva le majordome zoulou.

– Madame et Monsieur sont sortis, dit celui-ci, et le commandant revint à sa voiture en trouvant que ce n'était pas son jour de chance.

Avant de repartir, il contempla longuement la maison et le jardin, essayant de s'imprégner de l'atmosphère paisible et satisfaite qui l'entourait. Les pelouses étaient bien tondues, les bordures taillées au carré, les rosiers soigneusement étiquetés, et un massif élégamment taillé en forme de poulet. Même les arbres fruitiers du verger semblaient être passés entre les mains du coiffeur du régiment. Une vigne poussait contre un mur de manière parfaitement géométrique, tandis que la maison déployait dans ses murs en pierre de taille et ses fenêtres à volets tous les sortilèges confortables des styles géorgien et Art Nouveau. Le drapeau anglais flottait paresseusement dans la chaleur de l'été, et le commandant, oubliant toute sa fureur du matin, fut heureux de le voir. Cela voulait bien dire que les Heathcote-Kilkoon étaient de véritables Anglais, et non des descendants de colons. Une fois revenu à l'hôtel, il passa le reste de l'après-midi à pêcher sans plus de bonheur que la veille, mais cela le calma. Une fois de plus, il eut l'impression de se dédoubler, de se voir à distance, et ainsi non pas de s'accepter mais d'accepter la personne qu'il aurait pu être ou qu'il serait si les circonstances étaient meilleures. Lorsque le soleil disparut derrière les monts Aardvark, il replia sa canne et revint à l'hôtel. Non loin de lui, il entendit quelqu'un hoqueter, mais négligea cette invite. Il avait assez vu Mr. Mulpurgo pour un seul jour. Après le dîner, il alla se coucher tôt, emportant avec lui un autre livre de Dornford Yates, intitulé *Biens périssables*.

A Piemburg l'opération BLANC DE BLANC était entrée dans une phase nouvelle. Le lieutenant Verkramp avait mis ses dix volontaires à l'épreuve une nouvelle fois, à sa plus grande satisfaction. Mis en présence des plus séduisantes négresses, les volontaires avaient tous montré pour elles la plus convaincante aversion, et Verkramp sentit qu'il pouvait maintenant passer à la phase II. L'enthousiasme du sergent Breitenbach pour le projet était, comme à l'habitude fort mitigé.

– Deux cents à la fois, dans le gymnase? demanda-t-il incrédule. Deux cents policiers attachés à des chaises et branchés sur la gégène au milieu du gymnase?

– Plus un sergent pour manœuvrer le projecteur et lancer les électrochocs! dit Verkramp.

– Ce sera plutôt duraille de trouver deux cents bonshommes prêts à passer à la casserole, dit le sergent, d'ailleurs c'est impossible. Les groupes électrogènes ne sont pas assez gros pour traiter deux cents hommes à la fois.

– Aucune importance, dit Verkramp. On les branchera sur le secteur.

Le sergent Breitenbach roula des yeux exorbités.

– Vous les brancherez sur quoi?

– Sur le secteur, dit Verkramp. Avec un transformateur évidemment.

– Évidemment, dit le sergent tout en partant d'un rire de dément, un transformateur sur le secteur. Et si quelque chose cloche?

– Rien ne clochera, dit Verkramp.

Le sergent Breitenbach avait cessé d'écouter. Un tableau d'horreur s'offrait à lui : deux cents cadavres de policiers électrocutés au milieu du gymnase, tandis que continuaient à défiler sur l'écran des photos de négresses nues. Sans même parler du scandale, il serait lynché par les veuves.

– Je ne marche pas, dit-il avec emphase.

Il allait quitter le bureau quand le commandant par intérim le rappela.

– Sergent Breitenbach, tout ce que nous faisons vise à défendre la primauté de la race blanche en Afrique du Sud, dit Verkramp d'un ton solennel. Êtes-vous prêt à sacrifier l'avenir de votre pays parce que vous avez peur de prendre des risques?

– Oui, dit le sergent Breitenbach qui ne comprenait toujours pas comment la mort de deux cents policiers par électrocution pouvait être bénéfique à l'Afrique du Sud.

Le lieutenant Verkramp reprit la question sous un aspect plus trivial.

– De toute façon, on aura des fusibles qui éviteront tout accident, dit-il.

– De quinze ampères, sans doute?

– Oui, un truc comme ça, dit Verkramp vaguement. C'est l'électricien qui s'occupera des détails.

– Vous voulez dire le croque-mort, dit le sergent qui s'y entendait un peu plus en électricité. De toute façon jamais les hommes n'accepteront. Et moi je ne forcerai personne à se faire électrocuter.

Le lieutenant Verkramp eut un bon sourire.

– Qui parle de force? Ils ont tous signé une décharge.

– Oui, mais personne n'a demandé à recevoir d'électrochocs. Et l'électricité, où la prendrez-vous? Tout est coupé depuis l'attentat.

Le lieutenant Verkramp appela aussitôt le directeur des services d'électricité de la ville. Tandis qu'il attendait, il montra au sergent Breitenbach les formulaires que les policiers avaient signés.

– Lisez bien les lignes en petits caractères, en bas.

– Je n'ai pas mes lunettes, dit le sergent.

Verkramp lui arracha le formulaire et le lut à haute voix.

– Je reconnais de mon plein gré avoir eu des relations sexuelles avec des femmes bantoues et demande à subir un traitement, dit-il avant d'être interrompu par les coassements hostiles qui s'échappaient du téléphone.

Le directeur des services d'électricité était en ligne et avait tout entendu.

– Vous reconnaissez quoi?

– Mais non, pas moi, essaya d'expliquer Verkramp.

– Je vous ai parfaitement entendu, rétorqua le directeur. Vous avez dit : « Je reconnais de mon plein gré avoir eu des relations sexuelles avec des femmes bantoues. »

– Bon, d'accord, je l'ai dit mais...

– Hein, vous ne niez même pas! Quelle honte! Et vous m'appelez pour me dire que vous couchez avec des négresses! J'ai bien envie d'appeler la police.

– Mais je suis la police, plaida Verkramp.

– Dieu du Ciel, quelle chienlit! hurla le directeur.

– Je ne faisais que lire à haute voix les aveux d'un prisonnier, expliqua Verkramp.

– Au téléphone? demanda le directeur. Et pourquoi à moi? Comme si je n'avais pas assez d'ennuis comme ça.

Le sergent Breitenbach laissa Verkramp clarifier la situation. Les événements se télescopaient à un tel rythme, depuis les premières initiatives de Verkramp, que le sergent n'y comprenait goutte.

Les agents secrets de Verkramp ne comprenaient plus rien non plus. Le manque de sommeil, leurs déménagements incessants, les filatures les avaient complètement épuisés, leur faisant perdre à peu près complètement le sentiment de la réalité. Tout ce dont ils arrivaient à se rappeler était qu'on leur avait ordonné de trouver les vrais terroristes et de leur faire commettre un attentat. Aussi se retrouvèrent-ils au café Florian pour mettre au point les derniers détails. L'agent 74 53 96 proposa de faire sauter les réservoirs d'essence sur l'autoroute. L'agent 62 84 61 penchait pour les canalisations de gaz. L'agent 88 59 74, pour ne pas être en reste, recommandait chaudement la destruction des égouts car l'épidémie qui ne manquerait pas de s'ensuivre servirait à coup sûr le communisme international. Etc. Après plusieurs heures de discussions, personne ne savait plus quelle cible avait été choisie, et la tension montait à vue d'œil depuis que l'agent 88 59 74 avait accusé 74 53 96 d'être un agent provocateur afin de peaufiner sa propre image. Les invectives, les accusations véhémentes volaient, et lorsque le groupe se sépara, chaque agent avait à cœur de démontrer aux autres qu'il était un terroriste pur sucre. Cette nuit-là, Piemburg connut sa seconde nuit bleue.

A dix heures, les réservoirs d'essence explosèrent, ce qui mit le feu à un train de marchandises. A dix heures et demie le gazomètre explosa lui aussi, faisant voler en éclats les fenêtres dans toutes les rues alentour. Au moment où les pompiers commençaient à se précipiter dans toutes les directions, l'usine de recyclage des ordures ménagères sauta. Le train de marchandises en flammes alla heurter des cabanes à outils qui s'embrasèrent. Le feu se communiqua aux herbes sèches, puis à une plantation de canne à sucre. Le lendemain matin, les pompiers de Piemburg étaient au dernier degré de l'épuisement, et un noir nuage de fumée flottait lugubrement au-dessus de la ville.

Le sergent Breitenbach arriva au commissariat la figure couverte de sparadrap (lorsque le gazomètre avait explosé, il se penchait malheureusement par la fenêtre de sa chambre pour respirer l'air parfumé de la nuit). Il trouva Verkramp en plein décodage. Jusqu'alors, il avait seulement réussi à comprendre que les réservoirs avaient été attribués à un homme qui se faisait appeler Jack Jones et vivait à l'hôtel Outspan. Mais lorsque Verkramp eut fini de déchiffrer le message, les réservoirs et Jack Jones avaient disparu à jamais. Le directeur de l'hôtel Outspan dit qu'il était parti il y a deux jours.

– Qu'est-ce que vous faites ce matin? demanda le sergent Breitenbach en entrant dans le bureau.

Le commandant par intérim se hâta de remettre les messages dans le tiroir de son bureau.

– Rien, dit-il nerveusement. Rien du tout.

Le sergent Breitenbach remarqua *Le Manuel du parfait éleveur* qui, ayant servi au code du jour, trônait sur le bureau. Il se demanda si Verkramp avait décidé de prendre sa retraite anticipée devant les événements tragiques qui venaient de se produire.

– Eh bien? dit Verkramp, très fâché d'avoir été interrompu. Que se passe-t-il?

– Je crois que le moment est venu de nous occuper sérieusement de ces terroristes. La situation nous échappe, dit le sergent..

Verkramp se tortilla sur sa chaise. Il avait l'impression que son autorité n'était pas aussi respectée qu'elle aurait dû l'être.

– J'ai l'impression que vous voyez tout en noir ce matin, dit-il.

– Et pour de bonnes raisons, dit le sergent. J'étais là quand l'usine a explosé.

Verkramp esquissa un sourire.

– Ah, tant mieux, je croyais que vous vous étiez coupé en vous rasant.

– C'était le gazomètre, pourtant. Je regardais par la fenêtre lorsqu'il a explosé.

– Lorsque votre fenêtre a explosé, corrigea Verkramp d'un ton docte. C'est tout ce dont vous pouvez témoigner.

– En tout cas, c'est lui qui a commencé.

– Tenez-vous-en aux faits, sergent!

Le sergent Breitenbach fit remarquer qu'en l'occurrence c'étaient les faits qui s'en tenaient à lui, et qu'ils étaient plutôt collants.

Le lieutenant Verkramp se leva, traversa la pièce, et se posta à la fenêtre. Quelque chose dans sa façon d'agir rappela au sergent un film qu'il venait de voir, à propos d'un général français de petite taille, un d'autrefois, bon sang comment s'appelait-il? Comme lui, Verkramp tenait une main derrière le dos et l'autre enfoncée dans son gilet.

– Je vais donner le coup de grâce, extirper le mal à la racine! dit-il en fixant le sergent droit dans les yeux. Avez-vous déjà regardé le diable en face?

Le sergent Breitenbach, se souvenant du gazomètre, dit qu'en effet.

– Alors vous savez de quoi je veux parler, dit Verkramp, énigmatiquement.

– Par où pensez-vous que nous devions commencer notre enquête? demanda le sergent.

– Par le cœur de l'homme!

– Comment?

– Le cœur de l'homme! L'âme humaine! Les régions les plus secrètes de sa nature!

– Vous êtes sûr qu'il y a des terroristes là-dedans? demanda le sergent Breitenbach.

– Il y a le Mal, dit Verkramp en tendant au sergent une longue liste. Amenez-moi tous ces zouaves au gymnase, et que ça saute! Tout est prêt. Les chaises ont été branchées sur le réseau, le projecteur et l'écran sont installés. Et voici la liste des sergents qui doivent s'occuper du traitement.

Le sergent Breitenbach lançait à son supérieur des regards d'égaré.

– Je ne comprends pas, mon lieutenant, finit-il par articuler. Les réservoirs d'essence et les gazomètres explosent comme des bouchons de champagne, et tout ce qui vous préoccupe, c'est d'empêcher des gens de coucher avec des négresses. Vous êtes... cinglé!

Le sergent s'arrêta net, frappé par la justesse de sa dernière remarque. Mais avant qu'il ait pu reprendre son discours, le lieutenant Verkramp s'était dressé sur ses ergots.

– Sergent Breitenbach, vous refusez d'obéir à un ordre?

Le ton d'espérance démoniaque qu'il sentit dans la voix de Verkramp effraya le sergent.

– Non, mon lieutenant. Un ordre est un ordre, dit-il. La loi et l'ordre doivent être maintenus en tout et partout!

Les mots sacro-saints l'avaient comme remis sous hypnose.

– Exactement, reprit le lieutenant. Eh bien, je suis la loi dans cette ville, et c'est moi qui donne les ordres! Commencez le traitement im-mé-dia-te-ment! Plus vite nous aurons une police pleinement chrétienne et incorruptible, plus vite nous pourrons extirper le mal dont ces attentats ne sont qu'un symptôme! Rien ne sert de traiter les manifestations du Mal si l'on ne soigne pas le corps malade en profondeur, et c'est ce que je vais faire! Ce qui s'est passé à Piemburg doit être une leçon pour nous tous! La fumée que nous avons vu s'élever au-dessus de notre ville était un signe de la colère divine! Ne provoquons pas l'ire du Seigneur!

– Non, mon lieutenant. J'espère bien que non, dit le sergent Breitenbach. Mais au cas où elle nous tomberait dessus quand même, on devrait prendre nos précautions. Faire garder plus sévèrement ce qui n'a pas encore sauté, par exemple.

– Inutile, sergent! fit Verkramp du plus hautainement qu'il put. Je domine parfaitement la situation.

– A vos ordres, mon lieutenant, dit le sergent Breitenbach.

Vingt minutes plus tard, la mutinerie éclatait. Les deux cents policiers rassemblés dans le gymnase refusaient catégoriquement de se laisser attacher aux chaises maintenant connectées à un gigantesque transformateur. Certains d'entre eux étaient allés jusqu'à dire qu'ils préféraient de loin passer en jugement pour avoir couché avec des négresses et risquer dix coups de bâton et sept années de travaux forcés plutôt que d'être électrocutés. Le sergent finit par téléphoner au lieutenant Verkramp auquel il expliqua son dilemme. Verkramp répondit qu'il serait là dans cinq minutes.

Lorsqu'il arriva, il trouva les policiers tournant en rond, l'air menaçant, au milieu du gymnase.

– Tous dehors! ordonna-t-il, et il se tourna vers le sergent Breitenbach. Rassemblez ces hommes par pelotons, et vivement!

Les deux cents policiers s'alignèrent comme à la parade. Le lieutenant Verkramp entreprit de les haranguer :

– Messieurs! Vous êtes la crème de l'élite de la police sud-africaine. Nous vous avons rassemblés aujourd'hui pour mettre à l'épreuve votre loyauté envers votre pays et votre race. Les ennemis de l'Afrique du Sud se sont servis de femmes noires pour vous faire quitter le chemin du devoir! Aujourd'hui, vous avez la chance de prouver que vous êtes dignes de la confiance que les femmes blanches d'Afrique du Sud ont placée en vous! Vos femmes et vos mères, vos sœurs et vos filles vous regardent en ce moment, et vous exhortent à vous montrer des pères et des maris loyaux! L'épreuve que vous allez subir sera le signe de cette loyauté. Vous allez vous rendre un par un dans le gymnase où nous vous montrerons des images. Ceux d'entre vous qui y seront indifférents repartiront tout de suite au commissariat! Ceux qui n'arriveront pas à se maîtriser reviendront ici, sur le terrain de manœuvres, et attendront les instructions! En attendant, le sergent Breitenbach dirigera un exercice. A vous, sergent!

Et les policiers, marchant et contre-marchant au pas cadencé, virent leurs camarades disparaître un à un à l'intérieur du gymnase. D'évidence, ils avaient tous réussi le test. Pas un n'était revenu sur le terrain de manœuvres. Lorsque le dernier policier passa la porte, le sergent Breitenbach alla voir ce qui lui arrivait. Par curiosité. Le malheureux flic, la bouche couverte de sparadrap, se débattait entre quatre sergents, et fut bientôt attaché solidement à la dernière chaise vide. Deux cents policiers silencieux jetaient maintenant des regards hallucinés vers leur commandant par intérim. Les lumières s'éteignirent tout d'un coup et sur l'immense écran à l'autre bout du gymnase, nue comme au jour de sa naissance mais quarante fois plus grande, apparut l'image brillamment colorée d'une gigantesque négresse. Le lieutenant Verkramp monta sur l'estrade et s'installa devant l'écran, ce qui dissimulait en partie les organes sexuels de la femme et lui faisait comme une auréole de poils pubiens autour de la tête. Avec un réalisme troublant, Verkramp ouvrit ses grandes lèvres.

– Tout cela s'accomplit pour votre salut! Lorsque vous quitterez ce gymnase, vous aurez perdu à jamais tout désir pour des femmes d'une autre race! Vous aurez perdu jusqu'à la tentation du péché de chair! Commencez le traitement!

Dans la salle on put voir les deux cents policiers se convulsionner sur leurs chaises avec la régularité parfaite qui manquait tant à leur pas cadencé. Lorsqu'il revint au commissariat, le sergent Breitenbach fit compliment à Verkramp de son astuce.

– Question de psychologie! dit Verkramp d'un ton rogue.

9

A l'hôpital psychiatrique de Fort Rapier, le docteur Von Blimenstein était loin de se douter que son traitement était entré en phase opératoire au commissariat de Piemburg. Elle pensait toujours à Verkramp et se demandait pourquoi il ne l'appelait pas. Heureusement, les attentats lui fournirent une explication qui satisfaisait sa vanité. « Il est trop occupé, pauvre petit », pensa-t-elle. D'ailleurs, elle n'eut bientôt plus une minute pour songer à sa déception sentimentale. Traumatisés par les attentats, les patients affluaient en rangs serrés. Beaucoup avait l'obsession du bain de sang, et croyaient dur comme fer qu'ils allaient être coupés en morceaux par le domestique noir de leurs voisins. Le docteur Von Blimenstein elle-même avait été contaminée par ce virus, toujours endémique chez les blancs d'Afrique du Sud, mais faisait de son mieux pour rassurer ses nouveaux patients.

– Pourquoi le domestique de vos voisins? demanda-t-elle à une malheureuse qui ne laissait même plus les infirmiers noirs vider son pot de chambre et exigeait de procéder elle-même à cette opération, ce qui était pour une femme blanche un symptôme évident de démence.

– Parce que c'est ce que me dit mon cuisinier, dit la femme à travers ses larmes.

– Votre cuisinier dit que les domestiques du voisin vont venir vous tuer? demanda le docteur Von Blimenstein patiemment.

La malade fit un effort pour se contrôler.

– Je lui ai dit « Joseph, tu ne tuerais pas ta maîtresse? » et il a répondu, « Non maîtresse, le cuisinier des voisins viendra vous tuer, et moi je tuerai sa maîtresse pour lui. » Ils ont tout préparé. Nous serons massacrés dans nos lits, lorsqu'ils apporteront le thé à sept heures du matin.

– Peut-être serait-il sage de ne plus prendre de thé le matin? demanda la doctoresse, mais la pauvre dame ne voulait rien entendre.

– Plutôt mourir que renoncer à mon thé du matin, dit-elle.

Le docteur Von Blimenstein ne releva pas qu'il y avait là une contradiction avec ses précédentes déclarations sur l'imminence des massacres du matin. A la place elle rédigea son ordonnance habituelle dans les cas de ce genre et envoya la malade au stand de tir.

– Nous appelons cela la « cure active », expliqua-t-elle à sa patiente qui semblait prendre un grand plaisir à tirer au pistolet de 38 mm sur des cibles représentant d'immenses domestiques noirs tenant de la main droite un plateau à thé et de la gauche un coupe-coupe.

La malade suivante n'était pas une obsédée du bain de sang, mais du gros bidule.

– Ils en ont de si gros, murmura-t-elle lorsque la doctoresse lui demanda ce qui n'allait pas.

– De si gros quoi? demanda la doctoresse, bien qu'elle eût immédiatement reconnu les symptômes du mal obscur.

– Vous savez bien. Leur gros machin...

– Quel machin?

– Leur hum-hum.

– Hum-hum? dit la doctoresse qui professait que la guérison commençait lorsque le malade réussissait à identifier sa frayeur.

En face d'elle, la machiniste s'empourpra.

– Leur tuyau d'arrosage... fit-elle dans un effort désespéré pour être comprise à demi-mot.

– Je crains que vous ne deviez être plus claire, ma chère, demanda le docteur von Blimenstein. Je ne comprends absolument pas de quoi vous parlez.

L'arroseuse prit son courage à deux mains.

– Ils ont de très gros... dards.

Le docteur Von Blimenstein prit note de chaque mot. « Ils... ont de très gros... dards... ». Elle leva les yeux.

– Et qu'est-ce qu'un dard, chez un homme? demanda-t-elle guillerettement.

– Comment, vous n'êtes pas au courant?

– Je n'en ai aucune idée, mentit la doctoresse.

– Vous n'êtes pas mariée?

La doctoresse fit signe que non.

– Alors je préfère ne rien vous dire. Vous vous en rendrez compte assez tôt lors de votre nuit de noces.

Et la conseilleuse retomba dans un silence buté.

– On recommence depuis le début? proposa le docteur Von Blimenstein. Je récapitule. Un dard est un tuyau d'arrosage qui est un hum-hum, qui est un gros machin. D'accord?

– Pour l'amour du ciel! hurla la femme qui n'en pouvait plus. Je parle de leur queue!

– Qui est une queue, dit la doctoresse en l'ajoutant au catalogue.

La dame se tortillait comme un ver coupé.

– Qu'est-ce que je dois faire? Vous l'épeler?

– Je vous en prie, dit la doctoresse. Cela vous serait très utile.

La tortilleuse frissonna des pieds à la tête.

– Paix, heu, haine, y, est-ce.

– C'est donc... pénis? demanda le docteur Von Blimenstein.

– Oui! Oui! Pénis, queue, dard, machin! Qu'est-ce que ça peut vous faire? Ils sont super... hyper... hénaurmes!

– Qui donc?

– Les nègres! Ils font trente centimètres de long et six de large, avec des glands gros comme des parapluies, et ils...

Le docteur Von Blimenstein se pencha pardessus le bureau.

– Vous allez trop loin, dit-elle.

– Trop loin? coassa la parapluiste. C'est eux qui vont trop loin! Beaucoup trop loin pour moi! Ils poussent tellement fort... Comme Jack l'éventreur...

– Voyons cela...

– Mais je ne veux pas le voir!

– ... avec mesure.

– Quelle mesure? Si c'est celle de mon gouzi-gouzi, pas la peine d'essayer. Ça ne passera jamais!

– Aussi bien personne ne vous le demande-t-il. En premier lieu...

– En premier lieu? Vous ne voudriez quand même pas qu'il essaie le deuxième!

L'insodomiste s'était dressée de toute sa hauteur.

Le docteur Von Blimenstein l'obligea à se rasseoir.

– Ne laissez pas la bride à votre imagination, dit-elle d'un ton apaisant. Nous sommes seules ici, toutes les deux, et en parfaite sécurité. Il est très important que vous compreniez que les pénis ne sont que les symptômes de quelque chose de plus profond. Ce qui compte, c'est ce qu'il y a derrière.

L'hystérique roula des yeux effarés tout autour de la pièce.

– Ce n'est pourtant pas difficile. Il faudrait être aveugle pour ne pas voir leurs grelots. On croirait les cloches de Pâques!

Le docteur Von Blimenstein se hâta de dissiper le malentendu.

– Ce que je veux dire, c'est qu'en profondeur... Qu'est-ce qui se passe maintenant?

La malade s'était évanouie. Lorsqu'elle revint à elle, la doctoresse avait changé de méthode.

– Je ne vais plus parler. Dites-moi en toute simplicité ce que vous avez en tête.

L'obsédée se calma quelque peu, et entreprit d'expliquer son affaire.

– Ils accrochent des morceaux de plomb au bout pour les allonger...

– Vraiment? Comme c'est intéressant.

– Pas du tout. C'est dégoûtant!

Le docteur Von Blimenstein en convint.

– Ils ajoutent des briques qui tiennent avec des bouts de ficelle, continua la femme. On ne peut pas les voir parce que c'est sous les pantalons...

– J'espère bien!

– En plus, ils tartinent du beurre dessus pour les faire grossir...

– Mais comment font-ils tenir les briques et les plombs sur le beurre, dit le docteur Von Blimenstein qui avait l'esprit pratique. La ficelle doit glisser, non?

La ficeleuse réfléchit un instant.

– Je crois qu'ils attachent la ficelle d'abord.

– Parfaitement logique, dit la psychiatre. Y a-t-il autre chose que vous vouliez me dire? Votre vie de couple est-elle satisfaisante?

– Eh bien, fit l'épouse d'un air de doute, ça pourrait être pire si vous voyez ce que je veux dire.

Le docteur Von Blimenstein hocha la tête avec sympathie.

– Je crois que j'ai ce qu'il vous faut, dit-elle en prenant quelques notes. Le traitement que je vous fais prescrire vous paraîtra d'abord un peu surprenant, mais vous vous y ferez vite. On va commencer par vous habituer à tenir de petits pénis, de petits pénis blancs. Ensuite...

– Vous voulez me faire quoi?

– Vous habituer à tenir de petits pénis.

– Vous êtes folle! Jamais je ne ferais une chose

pareille. Je suis une femme mariée! Si vous croyez que...

Elle se mit à pleurer à gros bouillons.

Le docteur Von Blimenstein compatit.

– Très bien. Mettons les pénis de côté pour le moment. On va commencer avec des crayons. Cela ne vous fait rien de tenir un crayon?

– Non, bien sûr. Pourquoi diable refuserais-je de tenir un crayon?

– Et un stylo à bille non plus?

Le docteur Von Blimenstein guettait le moindre signe d'hésitation.

– Non, les stylos à bille ça peut aller, les stylos à plume aussi d'ailleurs.

– Et les bananes?

– Vous voulez que je les tienne ou que je les mange?

– Juste que vous les teniez.

– Alors pas de problème.

– Et si je vous demande de tenir une banane et deux oranges?

– Je tiendrais une salade de fruits si vous y tenez. Mais je ne comprends absolument pas où vous voulez en venir.

A la fin des fins, le docteur Von Blimenstein prescrivit à sa patiente de tenir à la main une courgette de belle taille jusqu'à disparition complète de son anxiété.

Pendant que la doctoresse se débattait avec les problèmes psychologiques de ses patientes, et que Verkramp combattait le Diable de toutes ses forces, le commandant Van Heerden coulait des jours tranquilles à Weezen, tout occupé à pêcher, à lire des romans de Dornford Yates et à se demander pourquoi, depuis qu'il était passé chez les Heathcote-Kilkoon, ils ne lui avaient pas fait signe. Le quatrième jour, il prit son courage à deux mains et s'en alla consulter Mr. Mulpurgo qui, étant donné son niveau d'études, devait être en mesure de lui expliquer les mystères de l'étiquette anglaise.

Il trouva Mr. Mulpurgo en train d'hoqueter doucement à côté d'un rosier. Le commandant s'assit à côté de lui.

– Pourriez-vous m'aider?

Mr. Mulpurgo eut un hoquet particulièrement sonore.

– De quoi s'agit-il? demanda-t-il nerveusement. Je suis occupé.

– Supposons que vous soyez invité à la campagne, dit le commandant, que vous arriviez à l'hôtel et que personne ne vienne vous voir. Q'est-ce que vous feriez à ma place?

Mr. Mulpurgo se demandait surtout où le commandant voulait en venir.

– Si on m'avait invité à la campagne, dit-il, je n'aurais pas été à l'hôtel. A moins que mes amis n'aient possédé un hôtel.

– Non non, dit le commandant, ce n'est pas le cas.

– Alors qu'est-ce que je ferais à l'hôtel?

– Ils ont dit qu'ils n'avaient plus de place à la maison.

– Est-ce que c'est vrai? s'enquit Mr. Mulpurgo.

– Pas du tout, dit le commandant. Il n'y a personne. En tout cas lorsque j'y suis allé l'autre jour.

Mr. Mulpurgo dit que cela paraissait louche.

– Vous êtes sûr que c'est la bonne date?

– Oh, tout à fait. J'ai tout vérifié, dit le commandant.

– Vous pourriez téléphoner.

– Mais ils n'ont pas le téléphone.

Mr. Mulpurgo reprit son livre.

– Vous vous êtes mis dans de beaux draps, dit-il. Si j'étais à votre place, j'essaierais encore une fois de voir s'ils sont là. Sinon, je rentrerais chez moi.

Le commandant hocha la tête, pas vraiment convaincu.

– Peut-être, dit-il.

Mr. Mulpurgo eut un nouveau hoquet.

– Toujours vos ballonnements? demanda le commandant. Vous devriez essayer de tenir votre respiration. Quelquefois ça marche.

Mr. Mulpurgo dit qu'il avait déjà essayé.

– Un jour j'ai guéri un homme de son hoquet, continua le commandant d'un air rêveur. Je lui ai fait une peur bleue. C'était un voleur de voitures.

– Vraiment? dit Mr. Mulpurgo, et qu'avez-vous fait?

– Je lui ai dit qu'il recevrait le fouet.

Mr. Mulpurgo frissonna.

– Quelle horreur!

– Ça a marché du tonnerre de Dieu, dit le commandant. Quinze coups... Fini le hoquet!

Et il sourit d'un bon sourire. Derrière lui, le spécialiste de littérature anglaise se disait qu'il avait affaire à une de ces créatures élémentaires aux yeux desquelles n'existent ni bien ni mal, ni sentiments ni morale et qui ne comprennent que la force. Il y avait quelque chose de monstrueux dans la simplicité du commandant. Pour lui, la vie était une jungle, un point c'est tout. Face à ce monde brutal, les aspirations littéraires de Mr. Mulpurgo comptaient pour bien peu.

– Ainsi, vous êtes favorable à la peine du fouet? demanda-t-il.

– Il n'y a que ça qui marche. Les prisons sont beaucoup trop confortables. Mais quand un homme a reçu le fouet une bonne fois, il ne l'oublie jamais. Pareil pour les pendus!

– En supposant qu'il existe une vie future. Sinon, c'est le meilleur moyen de tout oublier.

– Au-delà ou pas, les pendus ne récidivent pas. Je vous le garantis! dit le commandant.

– Et c'est tout ce qui compte pour vous? demanda Mr. Mulpurgo.

Le commandant fit signe que oui.

– C'est mon boulot, dit-il avec gravité.

Mr. Mulpurgo tenta une autre approche.

– Mais le caractère sacré de la vie, sa beauté, son innocence?

– Un gigot d'agneau, c'est d'abord un gigot, comme disait mon oncle Alfred.

Mr. Mulpurgo hoqueta d'indignation.

– Quelle désespérante idée de la vie! Vous ne laissez aucune place à l'espoir.

Le commandant sourit.

– Tant qu'il y a de la vie, il y a de l'espoir, mon ami, dit-il en tapotant amicalement l'épaule de Mr. Mulpurgo.

Et le commandant prit congé. Mr. Mulpurgo, tel un boxeur sonné pour le compte, se leva à son tour et descendit à Weezen.

– Incroyable, tous ces ivrognes qui traînent en ville, remarqua le major Bloxham le lendemain matin au petit déjeuner. J'ai rencontré un type au bar hier soir. Enseigne l'anglais à l'université. Pas plus de trente ans, sûrement. Saoûl comme un Polonais et braillant des horreurs sur la liquidité de toute chose. Il a fallu le ramener à son hôtel. Une espèce de station thermale.

– Je me demande ce qui arrive à notre jeunesse, dit le colonel. Quand ce n'est pas la boisson, c'est la drogue. Tout ce pays sent la chienlit.

Il se leva et descendit au chenil voir comment Jolicœur se débrouillait.

– Vous avez parlé d'une station thermale, demanda Mrs. Heathcote-Kilkoon lorsque le colonel fut parti, c'est bien cela, Boy?

– Plutôt décati comme endroit. Mais il y a des clients, dit le major.

– C'est sûrement là qu'est descendu le commandant, dit Mrs. Heathcote-Kilkoon.

Son petit déjeuner terminé, elle commanda la Rolls, laissa le colonel et le major Bloxham discuter gravement des places à table pour le dîner du club, prévu pour le soir-même, et se rendit à Weezen. Les dîners étaient tellement ennuyeux à Weezen. Et si irréels. On y était trop *raffiné*, pensait-elle, retombant sur le petit stock de mots français qui était *de rigueur* chez ses amis du Kenya. C'était cela qui la changeait tellement avec le commandant. Personne ne pourrait jamais l'accuser d'être trop *raffiné*.

– Il y a quelque chose de véritablement terrien en lui, presque tellurique, murmura-t-elle en se garant devant le *Saule Pleureur*.

Il y avait en effet quelque chose d'assez tellurique dans la chambre du commandant. Mrs. Heathcote-Kilkoon frappa quelques petits coups discrets, et le commandant vint lui ouvrir en sous-vêtements car il était en train de se changer pour aller pêcher. Le temps qu'il se vêtit plus décemment, Mrs. Heatchcote-Kilkoon avait pu étudier à fond la plaque sur la porte. Elle savait à quoi s'en tenir, désormais, sur la terre et ses senteurs.

– Entrez donc, dit le commandant, faisant preuve une nouvelle fois de cette absence totale de manières que Mrs. Heathcote-Kilkoon trouvait si séduisante.

Elle entra donc et jeta autour d'elle un regard inquisiteur.

– Désolée de vous interrompre, dit-elle en fixant intensément les robinets et les tubes.

– Mais pas du tout. J'étais justement sur le point de...

– Bien sûr, dit précipitamment Mrs. Heathcote-Kilkoon. Je comprends. Nous avons tous nos petites misères.

Mrs Heathcote-Kilkoon plissa son petit nez et ouvrit la porte en grand.

– Mais à juger par cette odeur, les vôtres sont peut-être un peu moins petites que celles du reste du monde.

– C'est le soufre, se hâta d'expliquer le commandant.

– Pas du tout, dit Mrs. Heathcote-Kilkoon, c'est le manque d'exercice. Eh bien, nous allons y remédier. Que penseriez-vous d'un petit galop avant le déjeuner? Vous avez une bonne assiette?

Le commandant Van Heerden répondit, un peu embarrassé, que la sienne avait toujours été bien remplie.

– C'est déjà ça, dit Mrs. Heathcote-Kilkoon.

Ils passèrent la porte à tambour et, sur la terrasse où l'air était plus frais, Mrs. Heathcote-Kilkoon se fit plus aimable, et presque charmeuse.

– Je suis vraiment désolée que vous ayez dû séjourner ici, dit-elle. tout est de notre faute. Nous vous avons cherché en ville, mais j'ignorais totalement l'existence de cet endroit.

Elle se laissa aller languissamment contre la balustrade et s'abîma dans la contemplation du bâtiment. Le commandant exliqua qu'il avait essayé de téléphoner mais qu'il avait été incapable de trouver leur numéro.

– Évidemment, très cher, dit Mrs. Heathcote-Kilkoon en lui prenant le bras et en l'entraînant vers le jardin. Nous n'en avons pas. Henry est tellement cachottier, vous savez. Il joue en Bourse et ne supporte pas qu'on puisse l'espionner lorsqu'il parle à son agent de change.

– C'est bien compréhensible, dit le commandant.

Ils arpentèrent le sentier le long de la rivière, et Mrs. Heathcote-Kilkoon se laissa aller à évoquer sa vie au Kenya.

– Nous avions une si jolie maison, Littlewoods Lodge... Nous avions des hectares et des hectares d'azalées. Je crois que c'est cela qui avait décidé Henry à partir au Kenya. Il adore les fleurs, vous savez, et les azalées poussent mal à Londres.

Le commandant fit remarquer que le colonel

devait beaucoup aimer les fleurs s'il était venu en Afrique juste pour elles.

– Il y avait aussi le problème des impôts, continua Mrs. Heathcote-Kilkoon. Quand Henry a gagné au tiercé... je veux dire quand Henry est entré dans les affaires, c'était tout simplement impossible pour lui de rester dans les affaires avec ce terrible gouvernement travailliste qui vous prenait tout.

Lorsqu'ils eurent achevé leur promenade, Mrs. Heathcote-Kilkoon dit qu'elle devait absolument rentrer.

– Mais n'oubliez pas, dit-elle au commandant lorsqu'il l'aida à rentrer dans sa Rolls. Le dîner est à huit heures ce soir. Apéritif à sept heures. Je compte sur vous.

Par la fenêtre ouverte, elle agita mélancoliquement son gant mauve et s'en fut.

– Tu as fait quoi? éructa le colonel Heathcote-Kilkòon lorsque sa femme lui annonça que le commandant viendrait dîner.

– Tu te rends compte que c'est la Nuit de Berry? On ne va quand même pas inviter un sale étranger au dîner du club.

– Je l'ai invité. Il viendra, insista Mrs. Heathcote-Kilkoon. Il a dû rester dans cet horrible hôtel toute la semaine dernière, juste parce que Boy est tellement bête qu'il est allé boire dans le mauvais bar.

– Oh, ça alors, protesta le major Bloxham, ce n'est pas juste!

– Non, ce n'est pas juste, dit Mrs. Heathcote-Kilkoon. C'est pourquoi il viendra dîner ce soir, club ou pas club, et j'espère que vous vous conduirez convenablement, vous deux.

Elle remonta dans sa chambre et passa l'après-midi à rêver d'hommes vigoureux et taciturnes. Le seul souvenir de l'odeur musquée du commandant la faisait chavirer. Dehors, dans le jardin, elle pouvait entendre les sécateurs du colonel tailler rageusement un massif. Lorsque Mrs. Heathcote-Kilkoon descendit prendre le thé, le buisson précédemment taillé en forme de poulet, avait pris l'allure d'un perroquet. Le colonel, lui aussi, était devenu très perroquet.

– Oui, ma chérie, non ma chérie, répondit-il lorsque Mrs. Heathcote-Kilkoon tenta d'expliquer que le commandant se trouverait parfaitement à l'aise avec les autres membres du Club.

– Après tout, il n'est pas vraiment inculte, dit-elle, il a lu toute la série des Berry, et il m'a dit lui-même qu'il était un adorateur du Maître.

Elle planta là les deux hommes et se dépêcha de rejoindre la cuisine où elle devait surveiller le cuisinier zoulou. Celui-ci semblait rencontrer quelques difficultés dans la confection du *Filet de bœuf en chemise strasbourgeoise.*

Une fois seuls, les deux hommes eurent un sourire complice.

– C'est toujours drôle d'avoir un clown à dîner, dit le colonel. On devrait s'amuser.

– Le Fou du Roi, dit le major. On va le faire boire jusqu'à plus soif. Il finira par se déculotter.

– Bonne idée, dit le colonel. Ça lui apprendra les bonnes manières, à ce gros porc.

Dans sa chambre du SAULE PLEUREUR, le commandant Van Heerden était plongé dans l'étude de son *Savoir vivre à la portée de tous*, et essayait de se rappeler quelle fourchette il fallait utiliser lorsqu'on mangeait du poisson. A six heures, il prit une espèce de bain et s'aspergea de déodorant des pieds à la tête pour essayer de neutraliser l'odeur de soufre. Puis il revêtit le magnifique costume de tweed rouge brique spécialement coupé pour lui chez Scurfield & Todd, les meilleurs tailleurs anglais de Piemburg, et que la femme de chambre noire avait repassé avec amour. A sept heures, il partit pour la plus grande soirée de sa vie. L'esplanade gravillonnée devant la maison des Heathcote-Kilkoon était pleine de voitures déjà. Le commandant se gara et gravit les marches qui conduisaient à la porte d'entrée. Le majordome zoulou ouvrit celle-ci avec componction, et Mrs. Heathcote-Kilkoon elle-même descendit accueillir son invité.

– Mon Dieu, mon Dieu, dit-elle en guise de bienvenue, atterrée par le costume du commandant (tous les autres invités portaient le smoking).

Puis, se corrigeant avec une aisance qui montrait une longue pratique mondaine :

– Au fond, aucune importance. Nous n'y pouvons rien...

Et elle conduisit le commandant dans une pièce remplie de fumée et de conversations oiseuses.

– Je ne vois pas Henry, dit-elle tout en pilotant le commandant jusqu'à la table où le major Bloxham servait à boire. Boy va vous servir un cocktail.

– Vous savez le choix des armes, mon vieux, dit le major Bloxham.

Le commandant dit qu'il aimerait bien une bière. Le major eut un air scandalisé.

– Impossible, très cher, dit-il, juste des cocktails. Comme dans les années vingt, vous savez bien. Je vous recommande un *Oom Paul Special*.

Avant que le commandant ait pu demander ce qu'était cet *Oom Paul Special*, le major avait commencé d'agiter son shaker.

– C'est très parfumé, dit le commandant après quelques gorgées de ce breuvage à base de liqueur de pomme, de Dubonnet, et de vodka.

– Heureux que ça vous plaise, dit le major. Descendez-moi ça et puis vous me direz des nouvelles de mon *Exterminateur*.

Mais avant que le commandant ait pu éprouver les effets d'un mélange de brandy, de rhum et de calvados, Mrs. Heathcote-Kilkoon l'avait entraîné aussi discrètement que la foule le permettait vers « Henry ». Le colonel contempla le costume du commandant Van Heerden avec un intérêt non feint.

– Heureux de votre venue, commandant, dit-il avec une affabilité que sa femme jugea suspecte. Dites-moi, est-ce que les Boers portent toujours des costumes de tweed lors de leurs dîners habillés?

– Allons, Henry, l'interrompit Mrs. Heathcote-Kilkoon avant que le commandant ait pu répliquer, le commandant ne s'attendait pas à ce que nous nous habillions à la campagne. Mon mari, continua-t-elle à l'intention du commandant, est très à cheval sur l'étiquette...

La fin de ses explications se perdit dans le fracas d'un énorme gong. Lorsque les dernières réverbérations se furent dissipées, le majordome zoulou annonça que Madame était servie. Il n'était pourtant que sept heures et demie. Mrs. Heathcote-Kilkoon traversa la pièce à la vitesse de l'éclair, et après un rapide et amer échange de vues au cours duquel elle traita deux fois le majordome de mufle à trois pattes, la charmante hôtesse revint vers ses invités avec un sourire sucré.

– Juste un petit malentendu, dit-elle.

Après quelques remarques bien senties sur la difficulté de se procurer des domestiques convenables, elle se perdit dans la foule. Le commandant finit son *Oom Paul*, et alla se faire servir un *Exterminateur.* A côté d'un poisson rouge qui s'harmonisait bien avec son costume, il se laissa aller à examiner les autres convives. A part le colonel, dont les yeux bilieux révélaient l'homme distingué, aucun d'entre eux ne répondait vraiment à l'attente du commandant. Leur conversation manquait tout à fait de cette urbanité légère qui faisait le charme de *Berry & Co.* Dans un petit groupe près de lui, un grassouillet expliquait qu'il avait 50 % sur tous les frigidaires, tandis qu'un malingre essayait de convaincre ses voisins d'acheter de la viande en gros. Le commandant passa ensuite de groupe en groupe, saisissant ici et là une phrase sur la culture des rosiers ou le grand handicap de juillet. Lorsqu'il revint au bar, le major Bloxham lui servit un *Passage à Tabac.*

– Un nom prédestiné, vous ne croyez pas? dit-il.

Mais avant que le commandant ait pu boire, le

gong avait sonné de nouveau, et le commandant se hâta de verser le cocktail dans l'aquarium.

– Vous serez entre la marquise et moi, dit Mrs. Heathcote-Kilkoon. De cette façon, vous serez en sécurité.

Le commandant se trouva donc assis à côté d'une créature étrange qui appelait tout le monde chéri, et semblait lui faire du genou. Le commandant joua un instant avec les couverts d'argent, se demandant pourquoi le colonel ne le quittait pas des yeux. Profitant d'une pause dans la conversation, la créature lui demanda ce qu'il faisait.

– Ce que je fais? dit le commandant d'un air soupçonneux.

C'était un mot qui pouvait avoir beaucoup trop de sens différents.

La marquise comprit son embarras.

– Ce que vous faites dans la vie, juste dans la vie. Pas ce que vous me faites en ce moment...

Tout autour de la table chacun rit de bon cœur. Et les rires redoublèrent lorsque le commandant dit qu'il était policier. Il était sur le point de dire qu'il en avait vu des pédales dans sa vie, mais que cette fois... lorsque Mrs. Heathcote-Kilkoon lui murmura à l'oreille: « c'est une femme ». Le commandant passa d'une extrême rougeur à une extrême pâleur. Quelle gaffe il avait été sur le point de commettre! Pour se remettre de ses émotions il avala d'un trait un verre de Bourgogne australien dont le colonel prétendait qu'il égalait presque les Chambertin 59.

Lorsqu'on servit le café et les liqueurs, le commandant avait à peu près retrouvé ses esprits. Il avait définitivement pris l'avantage sur la marquise en lui demandant si son mari était présent puis en se penchant contre elle pour atteindre la salière, ce qui avait quelque peu froissé sa poitrine bien déguisée. A sa gauche, tout excitée par le bon vin et la virilité agressive du commandant, Mrs. Heathcote-Kilkoon, un sourire extatique aux lèvres, pressait discrètement sa jambe contre celle du commandant. Lorsque le colonel se leva pour porter un toast en l'honneur du Maître, Mrs. Heathcote-Kilkoon se pencha vers le commandant et lui désigna une photo sur le manteau de la cheminée.

– C'est Dornford Yates, murmura-t-elle.

Le commandant fit un signe entendu, et regarda intensément le visage du Bien-Aimé. Avec ses petits yeux mauvais et sa moustache hérissée, le grand auteur romantique avait plutôt l'air d'un sergent-major de mauvais poil. « C'est sûrement pour ça qu'on dit que le mot autorité vient d'auteur », pensa le commandant, tout en passant le porto du mauvais côté. Par déférence pour la marquise, les dames ne s'étaient pas retirées et le majordome zoulou fit passer des cigares.

– Ce ne sont pas vos Henry Clays, rien que des Macanudos rhodésiens, dit le colonel modestement.

Le commandant en prit un et l'alluma.

– Avez-vous jamais essayé d'en rouler un? demanda-t-il au colonel?

– Bien sûr que non! dit le colonel Heathcote-Kilkoon, déjà fort irrité par l'itinéraire irrégulier du porto. On n'a jamais vu personne rouler ses propres cigares...

– Moi si, répondit le commandant avec sa

simplicité désarmante. Ma grand-mère cultivait le tabac dans le Magaliesburg. Il faut rouler les feuilles sur l'intérieur de la cuisse.

– Chère Mère-Grand... fit la marquise.

Lorsque les rires se furent éteints, le commandant poursuivit.

– Ma grand-mère prisait aussi. On devait moudre du tabac spécialement pour elle.

Un cercle se fit autour de l'homme en tweed dont la grand-mère prisait.

– Quelle famille haute en couleur! dit le grassouillet qui avait des remises sur les frigidaires.

A son grand étonnement, le commandant se précipita sur lui d'un air furibard.

– Si je n'étais pas ici comme invité, aboya le commandant, vous pourriez regretter ce que vous venez de dire.

Le grassouillet devint tout pâle et Mrs. Heathcote-Kilkoon retint le bras du commandant.

– Mr. Evans voulait simplement dire que votre famille est très intéressante, expliqua-t-elle à l'oreille du commandant.

– Il a dit « de couleur ».

A l'autre bout de la table, le colonel Heathcote-Kilkoon, qui sentait le besoin de réaffirmer son autorité, ordonna aux domestiques d'apporter à boire. Ce n'était peut-être pas la meilleure des idées. Le major Bloxham, furieux d'avoir échoué avec l'*Oom Paul Spécial* et l'*Exterminateur*, offrit au commandant une chartreuse qui devait l'achever. Tandis qu'on remplissait à ras bord son verre à porto de la liqueur verte, le commandant souriait d'un air béat.

– Je n'ai jamais vu de vin vert, finit-il par dire.

– On le fait avec des raisins verts, mon vieux, dit le major ravi. Allez, cul sec!

Mrs. Heathcote-Kilkoon prit un air pincé.

– Nous n'allons pas laisser le commandant boire tout seul. Boy, remplissez tous les verres à porto!

– Tous? demanda le major.

– Parfaitement, dit Mrs. Heathcote-Kilkoon dont le regard vindicatif allait du major à son mari. Tous. Je crois que nous devrions tous porter un toast à la police sud-africaine en l'honneur de notre hôte.

– Plutôt crever, murmura le colonel.

– Vous ai-je jamais dit ce que Henry a fait pendant la guerre? commença Mrs. Heathcote-Kilkoon.

Le colonel Heathcote-Kilkoon, pâle comme la mort, leva précipitamment son verre.

– A la police sud-africaine! dit-il.

– A la police sud-africaine dit Mrs. Heathcote-Kilkoon avec nettement plus d'enthousiasme, tout en s'assurant que le colonel et le major Bloxham vidaient bien leur verre. Heureusement inconscient de la tension qui s'accumulait autour de lui, le commandant s'assit et sourit à la ronde. « C'est donc ainsi que les Anglais passent leurs soirées », songea-t-il, et il se sentit parfaitement bien.

Dans le silence qui suivit le toast, alors que chacun se demandait comment son foie allait supporter cet afflux de chartreuse imprévu, le commandant Van Heerden se dressa de toute sa hauteur.

– Je voudrais que vous sachiez combien je suis honoré d'avoir été invité ce soir dans une compagnie aussi distinguée. Ce que je vais vous dire vous étonnera sans doute.

A l'autre bout de la table le colonel Heathcote-Kilkoon ferma les yeux et se prépara au pire. Si le ramage du commandant répondait à son plumage... En fait, il fut plutôt heureusement surpris.

– Vous le savez, je suis un Afrikander, poursuivit le commandant. Ou plutôt, comme vous aimez à le dire, vous autres Anglais, un Boer. Mais je tiens à vous dire que j'admire les Anglais de tout mon cœur, et que je souhaite porter un toast à l'Empire britannique!

Le colonel ne comprit pas d'emblée ce que le commandant venait de dire. Il rouvrit les yeux et ne vit pas sans crainte le commandant se saisir d'une bouteille de bénédictine et remplir les verres de tout un chacun.

– Allons, Henry, dit Mrs. Heathcote-Kilkoon lorsque le colonel l'implora du regard. C'est pour la gloire de l'Empire.

– Dieux du ciel! dit le colonel.

Le commandant acheva de remplir les verres à porto avant de lever le sien.

– A l'Empire britannique!

Ayant fait cul sec, il jeta un regard mauvais au colonel qui n'avait avalé qu'une petite gorgée.

– Allons, Henry, répéta Mrs. Heathcote-Kilkoon.

Le colonel finit son verre et s'affaissa sur sa chaise. Le commandant, lui, nageait dans le bonheur. Le sentiment de déception qui avait marqué pour lui le début de la soirée avait complètement disparu. La marquise aussi avait disparu. Après un dernier « Chéri », elle s'était, toujours élégante, effondrée sous la table. Au fur et à mesure que les effets du culte rendu par le commandant Van Heerden à l'Empire britannique commençaient à se faire sentir, le majordome zoulou, évidemment très désireux d'aller se coucher, proposait alternativement le plateau de fromages et des cigares.

Le colonel Heathcote-Kilkoon essaya de le remettre sur le droit chemin.

– Le Stilton et les cigares ne se servent pas ensemble... dit-il avant de quitter la pièce en titubant.

Après son départ, l'assistance se dispersa. L'acheteur de frigidaires s'endormit. Le major Bloxham était malade comme un chien. Quant à Mrs. Heathcote-Kilkoon, elle frottait maintenant beaucoup plus que sa jambe contre le commandant.

– Prends-moi... murmura-t-elle, avant de s'effondrer sur son entrejambe...

Le commant eut un regard de tendresse pour ses bouclettes auxquelles la teinture donnait des reflets bleu pétrole, et avec une galanterie qui ne lui était pas habituelle, il dégagea sa braguette et se releva.

– C'est l'heure de se coucher, dit-il.

Et il prit dans ses grands bras Mrs. Heathcote-Kilkoon qu'il conduisit jusqu'à sa chambre, suivi comme son ombre par le majordome zoulou qui suspectait ses intentions.

Lorsqu'il l'étendit sur son lit, Mrs. Heathcote-Kilkoon sourit dans son sommeil.

– Pas maintenant, chéri, murmura-t-elle, évidemment en plein rêve. Pas maintenant. Mais demain...

Le commandant se retira sur la pointe des pieds

et descendit remercier ses hôtes pour la belle soirée qu'il avait passée. Mais le colonel avait disparu et les membres du Dornford Yates Club gisaient lamentablement sur ou sous la table. Seul le major Bloxham donnait encore signe de vie, mais bien faiblement et en tout cas pas suffisamment pour engager la conversation.

– *Totsiens*, dit le commandant, et ce gracieux au revoir afrikaan déclencha une bordée d'injures particulièrement salées de la part du major.

Le commandant remarqua soudain comme un mouvement sous la table. Quelqu'un essayait à l'évidence de ramener la marquise à la vie, quoique le commandant ne comprît pas pourquoi il fallait pour cela lui retirer son pantalon. Il souleva la nappe et osa un coup d'œil. Un visage familier lui apparut. Le commandant se sentit soudain mal à l'aise. « J'ai trop bu », se dit-il, et il se précipita hors de la pièce. Dans l'obscurité du jardin, le cliquetis du sécateur se confondait avec le chant des cigales, mais le commandant Van Heerden n'arrivait pas à leur prêter attention. Il ne pensait qu'à ces deux yeux qui l'avaient fixé au milieu d'un horrible visage – et ces deux yeux ne pouvaient être que ceux du policier Els. Et pourtant, Els était mort! « La prochaine fois je verrai des éléphants roses », songea-t-il avec horreur en entrant dans sa voiture. Une fois rentré à l'hôtel, il tenta de se purger en buvant l'eau trouble qui coulait des robinets de sa chambre.

10

Le commandant Van Heerden n'était pas le seul à croire qu'il souffrait d'hallucinations. A Piemburg, les efforts que déployait le lieutenant Verkramp pour extirper la subversion à la racine avaient eu pour résultat l'apparition d'un nouveau type de terrorisme. En pleine ville, cette fois. Une fois de plus, la violence qui se déchaînait trouvait son origine dans la complication des communications entre le chef de la Sécurité et ses agents.

La « boîte aux lettres » de l'agent 62 84 61, celle du jeudi, se trouvait au zoo. Ou plus précisément se trouvait devant une boîte à ordures située devant l'enclos des autruches, ce qui convenait à tout le monde. N'était-ce pas l'endroit idéal pour y jeter, sans attirer le regard, des objets, qu'un policier déguisé en clochard pouvait aller récupérer. Chaque jeudi matin l'agent 62 84 61 baguenaudait dans le zoo, achetait un esquimau et enveloppait son message dans du papier d'argent poisseux qu'il déposait dans la boîte à ordures tout en faisant mine d'observer très attentivement les mœurs des autruches. Chaque après-midi du jeudi le policier Van Rooyeen, vêtu de haillons tout ce qu'il y a d'authentiques, et serrant contre son cœur une bouteille de sherry vide, arrivait au zoo et fouillait consciencieusement la boîte à ordures. Celle-ci était d'ailleurs toujours vide. Ces intermédiaires s'ignoraient réciproquement. L'agent 62 84 61 ne savait pas que le policier Van Rooyeen n'avait pas trouvé son message, et le policier Van Rooyeen n'avait aucune idée de l'identité de l'agent 62 84 61. Tout ce qu'il savait, c'était que le lieutenant Verkramp lui avait dit de ramasser des papiers d'argent poisseux dans la boîte à ordures et qu'il n'y en avait jamais.

Le jeudi qui suivit le départ en vacances du commandant, l'agent 62 84 61 coda un message de la plus haute importance. Il y informait Verkramp qu'il avait persuadé les autres terroristes d'agir cette fois de concert, de façon à faciliter leur arrestation pour un crime qui les ferait tous pendre. Il avait donc suggéré la destruction du barrage de Hluwe qui fournissait de l'eau à Piemburg et à la moitié du Zoulouland. Et puisque personne ne pouvait le faire sauter tout seul, il avait insisté pour qu'ils agissent en commun. A sa grande surprise, les onze saboteurs avaient approuvé à fond sa proposition, et chacun s'en était allé envoyer des messages à Verkramp pour lui demander de préparer un coup de filet au barrage le vendredi soir. Aussi est-ce avec le sentiment du devoir accompli, que l'agent 62 84 61 se rendit au zoo, le jeudi matin, pour déposer son petit message. Mais c'est avec appréhension qu'il se rendit compte que l'agent 37 85 50 le suivait de près, et que l'agent 88 59 74 le guettait derrière un rideau d'arbres. L'agent 62 84 61 fut contraint d'aller manger son esquimau derrière la cage des grues cendrées pour éviter d'attirer l'attention sur la boîte à ordures de l'enclos des autruches. Une demi-heure plus tard, il avala un deuxième esquimau devant les paons, puis, l'air insouciant, s'en alla passer en revue les autruches. Derrière lui, les agents 37 85 50 et 88 59 74 observaient chacun de ses mouvements avec la plus intense curiosité. Les autruches aussi, d'ailleurs. Lorsque l'agent 62 84 61 jeta enfin le papier d'argent dans la boîte à ordures, les autruches se précipitèrent vers la barrière, plongèrent toutes ensemble dans la boîte, et la plus rapide avala tout cru le précieux papier. L'agent 62 84 81 entra dans une colère noire.

– Enfer et damnation! Elles avaleraient n'importe quoi, les salopes!

– Avalé quoi? demanda l'agent 37 85 50, heureux de quitter son rôle de doublure muette.

L'agent 62 [illegible]4 61 essaya de rassembler ses esprits.

– Tu as dit « Elles l'ont avalé », répéta sévèrement l'agent 37 85 50.

L'agent 62 87 61 essaya de sortir de ce mauvais pas.

– J'ai dit « Je l'ai avalé ». J'ai avalé une mouche.

Mais l'agent 37 85 50 ne comprenait toujours pas.

– Il faut que tu t'expliques, camarade!

– Eh bien, dit l'agent 82 64 61, j'étais en train de me dire qu'on pourrait leur faire avaler des pains de plastic et les lâcher dans la nature. Comme ça, elles exploseraient à tous les coins de rues. Je faisais une première expérience.

L'agent 37 85 50 dut s'avouer vaincu.

– Une idée lumineuse, reconnut-il, absolument lumineuse...

– On met les explosifs dans des sachets imperméables, elles les avalent, on fixe un fusible, et boum!

L'agent 88 59 74, qui ne voulait pas être laissé tout seul dans son bosquet, les rejoignit promptement.

– Ce qu'il faut, c'est des préservatifs, suggéra-t-il lorsque le plan lui eut été exposé. Tu fourres le plastic dedans, tu attaches aux deux bouts, et c'est parfaitement étanche.

Une heure plus tard, ils discutaient de toute l'affaire au Café Florian avec le reste de la bande. L'agent 74 53 96 fit des objections. A son avis, les autruches n'étaient pas assez bêtes pour avaler des pains de plastic enrobés de caoutchouc.

– Il faudrait essayer cet après-midi, dit l'agent 62 84 61, qui avait l'impression que l'agent 74 53 96 essayait de mettre en doute sa loyauté politique.

La motion fut mise au vote, et le sceptique en minorité :

Pendant que le reste de la troupe passait l'heure du déjeuner à rédiger des messages pour avertir Verkramp que le sabotage du barrage était annulé et qu'il devait s'attendre à faire face à une attaque d'autruches explosives, l'agent 88 59 74, qui avait eu le premier l'idée des préservatifs, fut chargé d'en acheter douze douzaines, et des meilleurs.

– Prends des CRÊPE DE CHINE, dit l'agent 37 85 50 qui avait eu de mauvaises expériences avec une autre marque, ils sont garantis pièces et main-d'œuvre.

L'agent 88 59 74 se rendit dans la plus grande pharmacie de Market Street et demanda au jeune homme qui trônait derrière le comptoir douze douzaines de CRÊPE DE CHINE.

– Des crêpes de chine? demanda le vendeur qui devait être tout nouveau dans le métier. Ici on ne vend pas de crêpe de Chine, c'est une pharmacie, Monsieur!

L'agent 88 59 74 déjà très embarrassé de devoir en demander pareille quantité, devint très rouge.

– Je sais bien, marmonna-t-il. Mais vous comprenez ce que je veux dire. En paquets de trois...

Le vendeur ne comprenait toujours pas.

– On le vend plutôt au mètre, je crois, mais je vais demander si nous en avons.

Et avant que l'agent 88 59 74 ait pu l'arrêter, il demanda d'une voix de stentor à la vendeuse du comptoir d'à côté s'ils avaient douze douzaines de CRÊPE DE CHINE en stock. L'agent 88 59 74 se trouva tout soudain l'objet de la curiosité dévorante d'une douzaine de dames d'âge mûr qui savaient fort bien de quoi il retournait et se montraient fort impressionnées par la virilité herculéenne que suggérait la quantité demandée.

– Oh et puis, tant pis, marmonna l'agent en s'enfuyant la queue basse.

Il finit par obtenir ce qu'il voulait, grâce à l'achat de six brosses à dents et deux tubes de gomina, chez un autre pharmacien qui n'avait que des PEAU D'ANGE de chez Durex.

– Ils sont beaucoup plus commodes, expliqua-t-il lorsqu'il rejoignit les autres agents devant l'enclos aux autruches le même après-midi.

Avec une unité de dessein remarquablement absente de leurs rencontres précédentes, les agents s'employèrent à faire avaler à une autruche cobaye un puissant explosif dissimulé dans un conditionnement de caoutchouc.

– Il vaudrait mieux essayer avec du sable d'abord, suggéra l'agent 62 84 61.

La dame qui nourrissait les canards de l'étang voisin le regarda d'un air dégoûté remplir sa PEAU D'ANGE de sable pris dans l'espace ludique réservé aux enfants. Il attendit donc qu'elle se fût éloignée pour proposer sa capote à l'autruche qui la recracha aussitôt. L'agent 62 84 61 s'empara d'un bâton et repêcha l'objet. Sa deuxième tentative fut aussi peu couronnée de succès. A son troisième échec, l'agent 62 84 61 proposa d'enduire la capote d'une couche de glace à la vanille. L'agent 37 85 50 ayant été faire l'emplette de deux glaces à la vanille et d'une barre au chocolat, ils passèrent donc une première couche de glace à la vanille, une deuxième couche de chocolat, puis une troisième couche de glace, mais furent brusquement interrompus par l'arrivée du gardien qu'était allée quérir la dame aux canards.

– Ce sont les individus que vous avez vus donner aux autruches des corps étrangers? demanda le gardien.

– Oui, Votre Honneur, dit la dame se croyant déjà au tribunal.

Le gardien se tourna vers l'agent 62 84 61.

– Est-ce que vous essayez de faire avaler à

l'autruche une substance enveloppée dans ce que la dame ici présente dit que vous aviez à la main? demanda-t-il.

– Certainement pas, dit l'agent 62 84 61 tout indigné.

– Vous aussi vous en étiez, dit la dame, je vous ai vu!

– Je vais vous demander de circuler, dit le gardien.

Le petit groupe s'éloigna et l'agent 74 53 96 ne put s'empêcher de triompher.

– Je vous avais bien dit que les autruches étaient des gourdes...

L'agent 62 84 61, lui, découvrit que la capote qu'il avait hâtivement dissimulée dans la poche arrière de son pantalon venait d'éclater.

– Tu aurais du acheter des CRÊPE DE CHINE, dit-il furieux à l'agent 88 59 74, tout en essayant de vider le sable, le chocolat, la glace à la vanille et les déjections d'autruche qui la remplissait.

– Qu'est-ce que je vais faire avec nos douze douzaines de capote? demanda l'agent 88 59 74.

L'agent 37 85 50 le tira d'embarras.

– Il faudrait du pop-corn et du miel! dit-il comme frappé d'inspiration.

– Et pourquoi ça?

– Si on les couvre de pop-corn et de miel je te fiche mon billet qu'elles vont se jeter dessus.

A la première boutique qu'ils rencontrèrent, ils se procurèrent un paquet de pop-corn, un gros pot de miel, et retournèrent dare-dare au Zoo.

– Ça marche du tonnerre, s'écria l'agent 88 57 94 dix minutes plus tard. Elles ont avalé d'un seul coup d'un seul.

– Et qu'est-ce qu'on fera lorsqu'on les aura bourrées de capotes? demanda l'agent 74 53 93 d'un air dubitatif.

– Ben, on va semer du pop-corn depuis le zoo jusqu'au centre-ville, expliqua l'agent 62 84 61.

Le groupe se dispersa pour se ravitailler en plastic et à neuf heures du soir tout le monde se retrouva au zoo. La suspicion mutuelle qui avait dominé leur précédente rencontre avait laissé place à un sentiment de franche camaraderie. Les agents de Verkramp commençaient à bien rigoler.

– Si ça marche, dit l'agent 62 84 61, il faudrait essayer avec les fauves.

Si les agents de Verkramp étaient très remontés, on ne pouvait pas en dire autant de leur chef. Celui-ci commençait à se dire que quelque chose avait dû clocher dans l'exécution de son plan. L'armurier du commissariat venait en effet de lui signaler que de grosses quantités d'explosifs et des détonateurs lui avaient été dérobés. Juste avant, Verkramp avait pris connaissance d'un rapport d'expert qui démontrait par A + B que les détonateurs utilisés dans chacun des attentats étaient d'un type utilisé jusqu'alors par la seule police sud-africaine. Petit à petit, Verkramp était en train de se rendre compte qu'il avait peut-être eu les yeux plus gros que le ventre. Sentiment qu'il partageait avec cinq des autruches du zoo. Ce qui au départ était apparu comme l'occasion rêvée de réaliser ses ambitions se révélait un coup foireux. Les autruches, elles, semblaient prendre le plus grand plaisir à ces tragiques événements. Une fois libérées, elles démontrèrent à la fois leur indécrottable instinct grégaire et leur goût pour les capotes au miel et au pop-corn. Dès que les agents firent mine de repartir en ville, les autruches leur emboîtèrent le pas comme un seul homme. Lorsque la petite troupe atteignit Market Street, les agents étaient en proie à la plus vive panique.

– On ferait mieux de se séparer, dit l'agent 62 84 61.

– Se séparer? Mais on va tous sauter si ces foutus oiseaux ne nous lâchent pas les basques, répondit l'agent 74 53 96 qui n'avait jamais approuvé le projet et semblait avoir attiré la sympathie d'une autruche de 150 kilos destinée à sauter dans le quart d'heure qui suivait.

L'instant d'après, les agents s'étaient égaillés dans les petites rues perpendiculaires, en un effort désespéré pour échapper aux conséquences de leurs petites expériences. Pas troublées pour un sou, les autruches n'eurent aucune peine à les suivre. Au coin de Market Street et Stanger Street l'agent 74 53 96 sauta sur la plate-forme d'un bus qui passait à vive allure, mais en se retournant il dut bien apercevoir l'élégante silhouette de son autruche qui galopait quelques mètres derrière. Au feu rouge de Chapel Street elle était toujours là. L'agent 74 53 96 se précipita hors de l'autobus et tenta de trouver son salut au cinéma Majestic où l'on jouait *Le jour le plus long*.

– Le spectacle est terminé, dit la caissière.

– Que vous croyez! dit l'agent 74 53 96 l'œil rivé sur l'autruche. Je veux juste aller aux toilettes.

– En bas des marches à gauche, dit la caissière qui sortit faire circuler l'autruche.

L'agent 74 53 96 s'enferma à double tour, et s'arc-bouta contre la porte dans l'attente de l'explosion. Il y était toujours cinq minutes plus tard lorsque la caissière vint frapper à la porte.

– Elle est à vous cette autruche? demanda-t-elle, tandis que l'agent 74 53 96 déchirait frénétiquement du papier hygiénique pour démontrer *urbi et orbi* qu'il avait des raisons contraignantes de se trouver là.

– Absolument pas!

– En tout cas elle ne peut pas rester là, dit la caissière, elle gêne la circulation.

– Tu l'as dit, bouffie!

– Comment?

– Mais rien, rien du tout! hurla l'agent 74 53 96 en transes.

Il était au bout de son rouleau. L'autruche aussi apparemment.

– Vous vous promenez souvent avec votre... dit la caissière, mais elle n'acheva jamais sa phrase.

Un étrange silence se fit tout d'un coup, bientôt suivi par une gigantesque explosion. La façade du cinéma s'écroula sur la rue, toutes les lumières s'éteignirent, et l'agent 74 53 96 s'effondra lentement sur le siège craquelé des toilettes. Il y était encore lorsque les sauveteurs le découvrirent le lendemain, tout couvert de plâtre et aussi mort qu'on pouvait l'être.

Toute la nuit, la rumeur courut dans Piemburg que la ville avait été envahie par des hordes d'autruches explosives – ce qui était la stricte vérité. Un incident particulièrement tragique survint dans les bureaux de la Société zouloulandaise pour la Protection de la nature, où une autruche qui avait été amenée là par un ami des bêtes explosa pendant que le vétérinaire de la Société l'examinait.

– Je pense qu'il doit s'agir d'un trouble gastrique, expliquait-il.

Son stéthoscope à la main, l'homme de l'art sondait le gésier de la bête.

– Brûlures d'estomac, avait-il affirmé d'un ton sans réplique.

Une seconde plus tard son diagnostic avait été plus que confirmé. C'est la nuit tout entière qui avait semblé s'embraser. On avait vu voltiger les briques, le mortier, les malheureux restes de l'ami des bêtes et du vétérinaire. Les bâtiments de la Société, elle-même classée monument historique et protégée en tant que telle, avaient disparu à jamais. Seul un panache de fumée et quelques larges plumes flottaient encore, aussi symboliquement que léthargiquement, sous la pleine lune.

Depuis son bureau, le commandant par intérim entendit les explosions avec un sentiment de désespoir croissant. La ville devait être à moitié détruite, et sa carrière n'allait pas tarder à suivre. En un dernier effort pour calmer ses appréhensions, il parcourut les derniers messages reçus de ses agents, ce qui ne fit que confirmer l'étendue de la bavure. L'agent 38 85 50 avait dit que le groupe terroriste comptait onze hommes. L'agent 88 59 74 pareil. L'agent 62 84 61 idem. Tout s'enchaînait trop bien. Chaque agent avait compté onze hommes. Verkramp lui-même comprenait qu'en en ajoutant un, on arrivait à douze. Et il avait lâché douze agents dans la nature! La conclusion s'imposait d'elle-même. Désespérant de jamais se sortir de ce mauvais pas, le lieutenant Verkramp alla regarder par la fenêtre. Au même moment, une énorme autruche déboula au bout de la rue. Réprimant un chapelet de jurons, Verkramp ouvrit la fenêtre.

– Disparais, sale bête! s'exclama-t-il, et pour une fois son ordre fut obéi à la lettre. En un éclair l'autruche se désintégra, la fenêtre éclata en mille morceaux, et Verkramp se retrouva le derrière sur le plancher de son bureau, persuadé d'avoir perdu la raison.

– C'est pas possible... pas... l'autruche, marmonna-t-il en rampant vers la fenêtre.

Dehors, la rue était couverte de verre pilé et au milieu de la chaussée on pouvait encore voir deux pattes ayant appartenu à l'objet de l'explosion. Verkramp comprit que c'était bien l'autruche, car ces pattes n'avaient que deux doigts.

Au cours des vingt minutes qui suivirent, le lieutenant Verkramp déploya une activité frénétique. Il brûla tous les dossiers qui démontraient ses liens avec les agents secrets, détruisit leurs messages, ordonna de changer illico la serrure de l'armurerie, et quitta le commissariat dans la Ford noire du commandant. Une heure plus tard, ayant visité tous les bars de la ville, il finit par trouver deux de ses agents qui trinquaient au succès de leur dernier attentat à l'hôtel Criterion dans Verwoerd Street.

– 22 les flics! dit l'agent 62 84 61 quand Verkramp entra dans le bar. Taillons-nous.

L'agent 88 59 74 vida son verre et sortit. L'agent 62 84 61 fut surpris de voir Verkramp lui emboîter le pas. L'instant d'après, un Verkramp ivre de fureur lui faisait face.

– Dehors! dit Verkramp.

L'agent 62 84 61 quitta avec regret son tabouret et vit avec surprise son camarade en terrorisme qui bayait aux corneilles dans la voiture de police.

– Je vois que vous en avez attrapé un, dit l'agent 62 84 61.

– C'est un des nôtres, imbécile!

– Un des nôtres!

– Oui, je suis l'agent 88 59 74. Et vous qui êtes-vous?

– Oh mon Dieu...

Verkramp se glissa sur son siège et se retourna vers les deux agents, le regard brillait de mauvaise colère.

– Où sont les autres? grinça-t-il.

– Quels autres?

– Les autres agents, bougres d'ânes! cria Verkramp.

Et pendant deux heures ils passèrent au peigne fin tous les bars et cafés de la ville pendant que Verkramp expliquait par le menu les dangers du sabotage d'installations publiques et de l'explosion d'autruches en zones habitées.

– Je vous envoie infiltrer le mouvement communiste et vous faites sauter la moitié de la ville! Vous savez où çà va vous mener tout ça? Droit au gibet. Dans la cour de la plus grande prison de Pretoria, un petit matin blême...

– Vous auriez pu nous prévenir, dit l'agent 62 84 61. Vous auriez dû nous dire qu'il y avait d'autres agents.

Verkramp devint encore plus cramoisi.

– Vous avertir? Vous auriez pu faire marcher votre tête au lieu de vous courir après.

– Mais comment vouliez-vous qu'on devine qu'on était tous de la police? demanda l'agent 88 59 74.

– Mais enfin, même des crétins comme vous connaissent la différence entre un bon Afrikander et un juif communiste!

L'agent 88 59 74 réfléchit un instant.

– Si c'est tellement facile, finit-il pas dire en se raccrochant à une espèce de logique, on n'a rien à se reprocher. Parce que enfin quoi si les juifs communistes sont capables de voir qu'on est de bons Afrikanders rien qu'à nous regarder, pourquoi envoyer des bons Afrikanders chercher le contact avec des juifs communistes si les juifs communistes peuvent...

– Oh la ferme! s'écria Verkramp qui regrettait d'avoir lancé le débat.

A minuit sonnant, ils avaient remis la main sur sept des agents et la voiture de police commençait à être bondée.

– Qu'est-ce qu'on va faire maintenant? demanda l'agent 37 85 50 tandis qu'ils repassaient pour la dix-huitième fois dans le parc à la recherche des trois agents encore introuvables.

Verkramp arrêta la voiture.

– Je devrais vous arrêter, aboya-t-il, je devrais vous faire juger pour terrorisme mais...

– Vous ne le ferez pas, dit l'agent 88 59 74 qui avait bien réfléchi à la question.

– Et pourquoi pas?

– Parce qu'on témoignera que c'est vous qui

nous avez donné l'ordre de faire sauter le transformateur et le gazomètre et le...

– Jamais de la vie! Je vous ai dit de me trouver les communistes responsables des attentats.

– Et qui nous a donné les clefs de l'armurerie? demanda l'agent 88 59 74. Qui nous a fourni les explosifs?

– Et tous les messages qu'on vous a envoyés? demanda l'agent 62 84 61.

Verkramp eut à travers le pare-brise la vision d'un avenir bien sombre, au milieu duquel trônait le gibet de la prison de Pretoria.

– Très bien, dit-il. Qu'est-ce que vous voulez?

– Faites-nous passer le barrage. Amenez-nous à Durban et donnez-nous à chacun 500 rands dit l'agent 88 59 74. Et vous ne nous avez jamais connus. Compris?

– Et les trois autres agents? demanda Verkramp.

– Ça c'est votre problème, dit l'agent 88 59 74. Vous les trouverez demain.

Ils rentrèrent au commissariat où Verkramp rassembla les fonds. Deux heures plus tard il déposa les neuf agents à l'aéroport de Durban. Le lieutenant les regarda disparaître dans le terminal puis revint à Piemburg. Au barrage établi sur la route de Durban le sergent qui le fit passer pour la deuxième fois nota mentalement que le commandant par intérim avait l'air tendu et presque malade. A quatre heures du matin Verkramp était enfin au lit, les yeux perdus dans l'obscurité, se demandant comment il pourrait bien trouver les trois agents manquants. A sept heures il était debout et il fila droit au Café Florian. L'agent

88 59 74 lui avait dit qu'il avait une chance de les y trouver. A onze heures la voiture du commandant passa à nouveau le barrage de la route de Durban, et cette fois le commandant par intérim avait deux hommes avec lui. Lorsqu'il reprit la route, onze agents avaient bien quitté Piemburg. Le douzième, l'agent 74 53 96 gisait à la morgue municipale dans l'attente d'une identification.

Le commandant Van Heerden, lui, s'était endormi d'un sommeil beaucoup plus serein qu'il ne s'y était attendu après ses visions nocturnes. Le lendemain matin il se réveilla avec la gueule de bois, mais il se sentit beaucoup mieux après un bon petit déjeuner. Un peu plus tard, il s'en alla flâner par les rues de Weezen dans l'espérance d'y croiser Mrs. Heathcote-Kilkoon qui avait murmuré quelque chose à propos de « demain » lorsqu'il l'avait mise au lit. Il venait d'arriver dans la grande rue lorsqu'il entendit un barrissement de klaxon derrière lui. Il se retourna furieusement, et se trouva nez à nez avec le major Bloxham au volant de la Rolls de collection.

– Montez! hurla le major. C'est vous que je cherchais.

Le commandant se hissa sur le siège avant et ne fut pas mécontent de constater que le major n'avait pas l'air au mieux de sa forme.

– Je dois reconnaître, dit le major lorsque le commandant lui demanda s'il avait bien récupéré depuis leur soirée de la veille, je dois vraiment reconnaître que j'ai plutôt mal aux cheveux ce matin. Vous alors les Boers, vous êtes les rois de la bourre, et je m'y connais! Je me demande comment vous êtes rentré à l'hôtel la nuit dernière.

Le commandant Van Heerden eut le triomphe modeste.

– Il faudrait plus de deux petits verres pour me faire rouler sous la table, murmura-t-il.

– En parlant de table, comment va la femme en smoking?

– Ah, vous voulez dire la Marquise? C'est drôle que vous me parliez d'elle. De fait elle n'est pas, ou il n'est pas, difficile à dire, en tout cas pas au mieux de sa forme ce matin. Elle a dit qu'elle se sentait plutôt patraque.

Le commandant Van Heerden devint soudain très pâle. Si, comme il en était sûr maintenant, c'était bien Els qu'il avait vu sous la table, la Marquise devait être au dernier degré de la patraquerie. Trousser les pantalons d'une lesbienne ivre-morte, c'était du Els tout craché. Mais Els était mort. Alors? Le commandant resta aux prises avec le problème de la mort et de la résurrection du policier Els jusqu'à leur arrivée au Weezen Bar.

– Il me faut un bon rince-cochon, dit le major en poussant la porte du bar.

Gin et Peppermint pour moi. Et vous, mon vieux?

Le commandant dit qu'il prendrait la même chose, mais il avait toujours l'esprit ailleurs.

– Elle vous a raconté ce qui s'est passé? demanda-t-il.

Le major Bloxham s'étonna de cette curiosité.

– Elle a vraiment l'air de vous intéresser, finit-il par dire. Drôle de fille, non?

Mais le commandant n'avait pas l'air de plaisanter et le major continua.

– Attendez, il me semble qu'elle a dit un truc plutôt tordu au petit déjeuner. Ah j'y suis. Elle a dit « J'ai les fesses en compote ». C'est ça. Plutôt de mauvais goût pour un petit déjeuner.

Les pires craintes du commandant se trouvaient plus que confirmées. Puisque c'était Els qu'il avait vu sous la table, il n'avait aucun doute que la dame disait la simple vérité. Bien fait pour elle, ça lui apprendra à s'habiller en homme, songea-t-il.

– Par ailleurs, Daphné m'a prié de vous inviter à notre chasse de demain, dit le major.

Le commandant essaya de s'arracher aux images mêlées d'Els et de la lesbienne pour se concentrer sur la chasse.

– Avec le plus grand plaisir, dit-il, mais il faudra que j'emprunte un fusil.

– Bien sûr ce n'est qu'une chasse travestie [1], continua le major avant de comprendre que le commandant osait tirer les renards.

Le commandant, qui ignorait tout des chasses travesties, n'en était pas moins horrifié.

– Travestie? répéta-t-il l'air dégoûté.

– Avec un fusil? répéta à son tour le major Bloxham non moins scandalisé.

Après s'être assuré que personne ne pouvait entendre ce qu'il allait dire, il se pencha vers le commandant.

– Écoutez mon vieux, dit-il d'un air conspirateur, si j'étais vous, je n'irais pas crier ça sur les toits. Vous me comprenez...

– Dire que le colonel Heathcote-Kilkoon... bal-

1. Dans une *Drag-hunt*, une carcasse d'animal sert de leurre aux chiens.

butia le commandant, qui avait du mal à imaginer le colonel en robe de bal.

– Tout juste, mon vieux, dit le major. Il a horreur qu'on le chatouille là-dessus.

– Ça ne m'étonne pas, dit le commandant.

– En tout cas gardez-le pour vous, dit le major. Un autre verre? C'est votre tournée.

Le commandant commanda deux autres gin-peppermint, et lorsque ceux-ci arrivèrent, il crut comprendre enfin quel rôle jouait le major Bloxham dans la famille Heathcote-Kilkoon. Une réflexion du major renforça sa convition.

– Fesses en l'air! dit celui-ci tout guilleret en levant son verre.

Le commandant reposa son verre sur le bar et dévisagea le major de son air le plus calviniste.

– C'est illégal, dit-il, j'espère que vous le comprenez!

– Quoi donc, mon vieux? demanda le major.

Ce fut au tour du commandant de s'assurer que personne ne les écoutait.

– Les chasses travesties... finit-il par dire à mi-voix.

– Vraiment? Je ne savais pas, dit le major. Je veux dire personne n'est blessé ni rien.

Le commandant se tortilla sur son tabouret.

– Tout dépend de quel côté on se trouve, balbutia-t-il.

– Évidemment, c'est un peu fatigant pour le pauvre bougre de devant. Il court comme un dératé. Mais ça n'arrive que deux fois par semaine...

Le commandant Van Heerden tremblait d'indignation.

– Répétez simplement au colonel ce que je vous ai dit, c'est tout à fait illégal.

– Entendu, mon vieux, dit le major. Mais que je sois pendu si j'y comprends rien. Enfin, vous devez être au courant puisque vous êtes de la police et tout ça.

Ils finirent leur verre en silence, chacun perdu dans ses pensées.

– Vous êtes absolument sûr que c'est illégal, mon vieux, finit par demander le major Bloxham, ça n'a pourtant rien de cruel. Il n'y a même pas de mise à mort.

– Encore heureux! dit le commandant, tout étouffé de colère.

– On lâche juste un nègre après le petit déjeuner avec un sac de graines d'anis autour de la taille. On attend une heure, et puis on lâche les chiens. C'est tout!

– Des graines d'anis?

– Ça le parfume, vous comprenez... expliqua le major.

Le commandant Van Heerden tressaillit. Des nègres parfumés poursuivis à travers la campagne par de respectables quinquagénaires habillés en femmes, c'en était trop pour lui.

– Et qu'en dit Mrs. Heathcote-Kilkoon? demanda-t-il.

Il se refusait à imaginer qu'une femme aussi élégante pût approuver la chasse travestie.

– Daphné? Mais elle adore ça. Je crois que c'est la plus mordue de nous tous, dit le major. Elle a une assiette fantastique, vous savez.

– J'ai remarqué, dit le commandant qui trouvait on ne peut plus déplacées ces réflexions sur l'anatomie de Mrs. Heathcote-Kilkoon. Et elle s'habille comment?

Le major Bloxham partit d'un bon rire.

– Elle est de la vieille école. Jusqu'au bout des ongles. Toujours en haut-de-forme...

– En haut-de-forme?

– Eh oui, mon vieux, elle ne porterait rien d'autre pour tout l'or du monde, et elle a la cravache facile! Dieu protège celui qui refuse un obstacle. Il se fera châtier d'importance.

– Charmant, dit le commandant qui essaya de visualiser Mrs. Heathcote-Kilkoon jouant de la cravache avec son chapeau haut-de-forme pour tout vêtement.

– On vous montera aux petits oignons, dit le major.

Le commandant fit effort sur lui-même pour ne pas lui sauter à la gorge.

– Je ne vous le conseille pas, dit-il sobrement.

Le major Bloxham se leva.

– On a les foies, hein? persifla-t-il.

– Ce n'est pas mon foie qui me tracasse, dit le commandant.

– Eh bien, il faut que je rentre, dit le major qui se dirigea vers la porte.

Le commandant Van Heerden finit son verre et le suivit. Il rejoignit le major au moment où celui-ci entrait dans sa Rolls.

– Je voulais vous demander, par simple curiosité, dit le commandant, ce que vous portez en ces... ces... occasions.

Le major Bloxham eut un sourire obscène.

– Du rose, mon vieux, du vieux rose. C'est la couleur de notre équipage.

La Rolls s'éloigna en ronronnant, et le commandant ressentit une fois de plus cet amer dépit qui semblait devoir l'envahir chaque fois qu'il devait confronter les créations de son imagination avec la dure réalité. Il resta un bon moment comme hébété, puis alla faire quatre pas dans le square où il retrouva sa chère vieille reine. Pour la première fois il comprit la signification de son regard méprisant. « Pas étonnant », pensa-t-il, « ça ne devait pas être drôle tous les jours de régner sur un peuple de tantes ». Après quelques considérations moroses sur la signification symbolique des crottes de pigeon déposées sur son front de bronze, il tourna les talons et revint à pas lents déjeuner à son hôtel.

– Illégal? s'écria le colonel Heathcote-Kilkoon, lorsque le major lui rapporta ce que le commandant lui avait dit. La chase est illégale? Je n'ai jamais entendu pareille insanité. Ce type ment comme il respire. Il a peur de monter à cheval, c'est tout. Qu'est-ce qu'il a dit d'autre?

– Il a reconnu qu'il tirait les renards, dit le major.

Le colonel Heathcote-Kilkoon explosa.

– Enfer et damnation! J'ai toujours dit que ce type était une canaille. Quand je pense que j'ai failli me démolir le foie à boire à sa santé!

– Mais ne crie donc pas, Henry mon très cher, dit Mrs. Heathcote-Kilkoon, j'ai bien trop mal à la tête et puis, tu ne sais pas, Willie est mort.

– Willie est mort? dit le colonel. Il avait l'air très bien hier.

– Va donc voir par toi-même, dit Mrs. Heathcote-Kilkoon d'un air lamentable.

Les deux hommes allèrent constater les dégâts.

– Bon sang de bonsoir, dit le colonel les yeux écarquillés devant le bocal du poisson rouge. Qu'est-ce qui a pu se passer?

– Il a dû se saoûler à mort, dit le major Bloxham d'un ton léger.

– Ça ne me fait pas rire, dit le colonel en quittant la pièce.

Le major Bloxham rejoignit à pas lents la véranda où il trouva la marquise qui contemplait rêveusement l'horizon.

– Vous pensez toujours que l'homme est une verrue sur la face de la création? demanda-t-il pour faire l'aimable.

– Mon cher, vous avez vraiment le chic pour dire ce qu'il faut au moment où il ne faut pas, rétorqua-t-elle avant de s'éloigner en claudiquant à travers le gazon.

Le major se demanda quelle mouche l'avait niquée.

11

Les révélations du major Bloxam avaient atterré le commandant Van Heerden. Mais tandis qu'il revenait à son hôtel, il fut assailli de nouveaux soupçons. A bien réfléchir à ce qui venait de lui arriver, il avait plus d'une raison de se plaindre. On l'avait invité en due forme, puis relégué dans cet hôtel minable, personne ne s'était occupé de lui pendant plusieurs jours, et d'une manière générale il n'avait vraiment pas l'impression d'être le bienvenu. D'ailleurs, ce n'était pas tout. La conduite des Heathcote-Kilkoon semblait à des années-lumière de celle des héros des romans de Dornford Yates. *Berry & Co* ne s'achevait nullement par des orgies à rouler sous la table, à moins bien sûr qu'un escroc français n'ait empoisonné leur champagne. *Berry & Co* n'invitaient jamais de lesbiennes alccoliques à dîner. *Berry & Co* ne caracolaient pas dans la campagne, habillés en... Bien que, si l'on y songeait, il y avait cette histoire dans *Jonah & Co* où Berry se déguisait en femme... Mais surtout, *Berry & Co* n'avait rien à voir avec les Els qu'ils soient vivants ou morts. De cela au moins on pouvait être sûr.

Étendu de tout son long dans le grand lit de la chambre 6, le commandant remâcha longuement ses soupçons jusqu'à ce que sa déception se fût changée en colère.

« Je ne vais pas me laisser faire », songea-t-il, en se remémorant les insultes variées auxquelles il avait été exposé durant le dîner, tout particulièrement celles du petit grassouillet. « Une famille haute en couleur, et quoi encore, je vous en ficherai de la couleur. » Il se leva d'un bond et alla contempler son image dans le miroir craquelé.

– Je suis le commandant Van Heerden, expliqua-t-il à son double et il bomba la poitrine pour mieux affirmer son autorité.

Jamais il n'aurait cru que le simple exposé de son identité lui procurerait un tel sentiment d'orgueil. Pendant un bref instant, la distance s'amenuisa entre celui qu'il était et celui qu'il aurait voulu être. Le monde n'avait qu'à bien se tenir. Il était remonté de cent coudées dans sa propre estime. C'est alors qu'on frappa à la porte.

– Entrez, cria le commandant qui vit avec la plus grande surprise Mrs. Heathcote-Kilkoon passer la porte.

– Eh bien? dit le commandant péremptoirement, car il était incapable de passer en un si petit temps de la rhétorique policière à celle de la bonne société.

Mrs. Heathcote-Kilkoon le regarda d'un air soumis.

– Oh, chéri, murmura-t-elle. Chéri, chéri, chéri...

Tête baissée, humble et docile, elle contemplait ses gants mauves immaculés.

– Je me sens si honteuse. Si terriblement honteuse. On vous a si mal traité...

– C'est exact, dit le commandant qui n'arrivait pas à quitter le registre policier.

Mrs. Heathcote-Kilkoon s'effondra sur le lit où elle se livra cette fois à la contemplation de ses chaussures, également immaculées.

– Tout est de ma faute, finit-elle par dire, jamais je n'aurais dû vous dire de venir.

Après un regard à l'horrible chambre où son invitation avait conduit le commandant elle poussa un long soupir.

– J'aurais dû savoir que Henry était incapable de bien se conduire. Il est bizarre avec les étrangers. Vous comprenez?

Le commandant comprenait. Cela expliquait au moins la présence de la marquise. Une lesbienne française devait fasciner le colonel inverti.

– Et puis il y a son sale club, continua Mrs. Heathcote-Kilkoon. Ce n'est pas vraiment un club, d'ailleurs, plutôt une société secrète. Oh je sais bien que vous vous imaginez que tout ça est bien innocent. Mais vous n'avez pas à vivre avec eux tous les jours. Vous ne pouvez pas comprendre le côté pervers de tout cela. Toute cette comédie, ces prétentions ridicules.

– Vous voulez dire que ce n'est pas vrai? demanda le commandant qui s'efforçait de comprendre où Mrs. Heathcote-Kilkoon voulait en venir.

– Ne me dites pas qu'ils vous ont eu... Évidemment que ce n'est pas vrai! Ça crève les yeux.

Aucun de nous n'est ce qu'il prétend être. Henry n'est pas colonel. Boy n'est pas major. Et moi je ne suis certainement pas une lady. On fait tous semblant. On joue des rôles.

Elle s'assit au bord du lit et ses yeux s'emplirent de larmes.

– Qui êtes-vous alors? demanda le commandant.

– Oh mon Dieu, sanglota Mrs. Heathcote-Kilkoon, vous voulez vraiment savoir?

Elle resta là à pleurer comme une madeleine pendant que le commandant allait remplir un verre d'eau.

– Là, buvez ça, dit-il en lui tendant le verre. Ça vous fera du bien.

Mrs. Heathcote-Kilkoon en but une gorgée et dévisagea le commandant avec des yeux déments.

– Pas étonnant que vous soyez constipé, finit-elle par dire en reposant le verre sur la table de nuit. Quelle opinion vous devez avoir de nous pour vous avoir laissé dans cet horrible endroit!

Le commandant, à qui les aveux n'avaient pas manqué au cours de la journée, estima préférable de tenir sa langue tout en reconnaissant que l'hôtel n'était pas vraiment de première catégorie.

– Dites-moi, finit-il pas s'enquérir. Si le colonel n'est pas colonel, qu'est-il au juste?

– Je ne peux pas vous le dire, dit Mrs. Heathcote-Kilkoon, j'ai promis de ne jamais dire à personne ce qu'il a fait pendant la guerre. Il me tuerait s'il savait que je vous en ai parlé.

Elle l'implora du regard.

– Oubliez ce que je viens de dire. J'ai déjà fait assez de dégâts pour aujourd'hui.

– Je vois, dit le commandant que les menaces du colonel faisaient réfléchir.

Il ignorait ce que Henry avait pu faire pendant la guerre, mais ce n'était sûrement pas brillant brillant.

Jugeant que ses larmes et ses aveux compensaient maintenant largement l'inconfort de la chambre du commandant, Mrs. Heathcote-Kilkoon sécha ses larmes et se leva.

– Vous êtes si compréhensif, murmura-t-elle.

– Je n'irai pas jusque-là, dit le commandant en toute sincérité.

Mrs. Heathcote-Kilkoon s'installa devant le miroir et commença à réparer les ravages calculés qu'elle avait infligés à son maquillage.

– Et maintenant, dit-elle d'un ton joyeux qui surprit le commandant, je vais vous conduire au col de Sani pour le thé. Cela nous fera beaucoup de bien à tous les deux et vous avez tout à gagner à changer d'eau.

Jamais le commandant ne devait oublier cet après-midi. Tandis que l'immense voiture glissait silencieusement à flanc de montagne, laissant derrière elle un grand panache de poussière qui flottait au-dessus des champs et des cases, le commandant retrouvait peu à peu le bon naturel qui l'avait déserté depuis la veille. Ne trônait-il pas dans une voiture qui avait appartenu à un gouverneur général du Zoulouland, une voiture que le prince de Galles n'avait pas hésité à emprunter par deux fois durant sa triomphale tournée sud-africaine de 1925? Et sa compagne n'était-elle pas, sinon une lady du moins une femme, incontestablement? La façon dont elle conduisait la voiture faisait l'admiration du commandant. Il était tout particulièrement impressionné par l'habileté avec laquelle elle savait amener sans crier gare la Rolls juste derrière une négresse portant un panier sur la tête, avant d'écraser le klaxon, ce qui faisait sauter la femme dans le fossé.

– J'étais dans l'armée pendant la guerre, c'est là que j'ai appris à conduire, dit-elle lorsque le commandant lui fit compliment de ses talents. Je conduisais des trois tonnes.

Elle eut un beau rire en cascade à l'évocation de ce souvenir.

– Tout le monde dit que la guerre était terrible, mais moi je me suis beaucoup amusée. Jamais je n'ai tant ri!

Une fois de plus, le commandant Van Heerden s'étonna de la facilité avec laquelle les Anglais s'amusaient dans les endroits les plus inattendus.

– Et le... le... colonel? Il s'amusait bien lui aussi? demanda le commandant dévoré de curiosité.

– Oh lui, en métro, je ne crois pas, dit Mrs. Heathcote-Kilkoon avant de comprendre qu'elle avait déjà trop parlé.

Elle gara la voiture sur le bas-côté et se tourna vers le commandant.

– Ce n'est pas digne de vous, dit-elle, vous vous êtes conduit en policier et pas en gentleman. Vous m'avez fait parler et puis, crac, vous me demandez ce qu'a fait Henry pendant la guerre. Enfin, de toute façon j'ai craché le morceau, continua-t-elle en dépit des protestations du commandant, Henry était chef de station. Sur la première ligne, d'ailleurs. Mais pour l'amour du ciel, ne le dites à personne.

– Bien sûr, bien sûr, dit le commandant dont l'estime pour le colonel avait atteint le zénith.

Pensez donc, connaître un des chefs du contre-espionnage anglais pendant la guerre! Tout collait : resté en métropole, chef de station, en première ligne...

– Et le major, il était en métro lui aussi? Mrs. Heathcote-Kilkoon rit bruyamment.

– Oh mon Dieu non, dit-elle. Il était barman au Savoy. Où croyez-vous qu'il ait appris à concocter ses mélanges détonants?

Le commandant l'approuva de la tête. Il trouvait lui aussi le major Bloxham plutôt étonnant.

Ils continuèrent leur promenade et prirent le thé au col de Sani avant de revenir à Weezen. Ce n'est qu'en approchant de la ville que le commandant souleva la question qui l'avait tracassé toute la journée.

– Connaissez-vous un nommé Els? demanda-t-il.

Mrs. Heathcote-Kilkoon fit signe que non.

– Absolument pas, dit-elle.

– Vous en êtes tout à fait sûre?

– Mais oui, dit-elle. Jamais je n'oublierais un individu portant un nom pareil.

– C'est un petit homme mince avec des yeux perçants qui a la tête un peu, comment dire, un peu plate comme si on avait tapé dessus à tour de bras avec des instruments contondants.

Mrs. Heathcote-Kilkoon sourit.

– Mais c'est Jolicœur tout craché! C'est drôle

que vous en parliez. Vous êtes la seconde personne à me demander de ses nouvelles aujourd'hui. La marquise a dit quelque chose de bizarre à propos de lui aujourd'hui à déjeuner. Elle a dit, lorsqu'on a mentionné son nom : « C'est une histoire pleine de bruit et de fureur. » Jamais je n'aurai cru qu'on dirait ça de lui. Il n'est pas spécialement cultivé, me semble-t-il?

– Non, il ne l'est pas! dit le commandant en détachant ses mots.

– Henry l'a trouvé à la prison de Weezen, vous savez. Ils louent les prisonniers pour quelques cents par jour et nous l'avons toujours gardé. C'est un peu notre homme à tout faire.

– Oui, c'est bien le mot, à tout faire... dit le commandant, mais à votre place je garderais l'œil sur lui. En fait, j'aimerais mieux qu'il aille se faire pendre ailleurs.

– C'est drôle que vous disiez ça, dit Mrs. Heathcote-Kilkoon. Un jour il m'a dit qu'il avait été bourreau avant de devenir criminel.

– Avant? dit le commandant stupéfait, mais Mrs. Heathcote-Kilkoon était trop occupée à faire passer la voiture à travers les grilles de l'hôtel pour l'entendre.

– Dites que vous viendrez à la chasse demain, dit-elle au moment où le commandant sortit de voiture. Je sais que c'est beaucoup vous demander après ce que vous avez supporté déjà, mais j'en serais si heureuse...

Le commandant ne savait que dire. Son après-midi avait été des plus agréables, et il ne voulait pas l'offenser.

– Comment devrais-je m'habiller, demanda-t-il prudemment?

– En effet c'est un problème, dit Mrs. Heathcote-Kilkoon. Voyons, pourquoi n'allons-nous pas voir tout de suite si Henry a des frusques à votre mesure.

– Des frusques? dit le commandant.

– Des affaires de cheval, dit Mrs. Heathcote-Kilkoon.

– Et de quelles affaires Henry se couvre-t-il pour monter à cheval?

– Mais tout simplement de culottes de cheval.

– Tout simplement?

– Mais oui, qu'allez-vous donc chercher? Je sais qu'il est un peu bizarre mais je puis vous assurer qu'il ne monte pas à cru ou rien de ce genre.

– Vous en êtes sûre? demanda le commandant.

Mrs. Heathcote-Kilkoon le regarda droit dans les yeux.

– Bien sûr que j'en suis sûre, dit-elle. Comment diable pouvez-vous imaginer qu'il en soit autrement?

– Mais je n'imagine absolument rien, dit le commandant, qui se promit d'avoir une franche explication avec le major Bloxham à la prochaine occasion.

Il remonta dans la voiture et Mrs. Heathcote-Kilkoon le ramena chez elle.

– Et voilà, dit-elle une demi-heure plus tard après avoir mis à sac la garde-robe du colonel. Elle vous va à ravir.

Le commandant se regarda longuement dans le miroir et il dut convenir que la culotte du colonel lui allait à ravir.

– Vous avez la même chute de reins, continua

Mrs. Heathcote-Kilkoon, l'œil tout professionnel.

Le commandant rougit jusqu'aux oreilles.

– Comment le savez-vous? demanda-t-il.

– Oh le grand timide, dit Mrs. Heathcote-Kilkoon en déposant un baiser léger sur la rude joue du commandant.

A Piemburg, le lieutenant Verkramp commençait à être grandement intimidé par la situation nouvelle. Le départ de ses onze agents n'avait nullement mis fin à ses problèmes. Lorsqu'il arriva au commissariat, le lendemain de ce jour infortuné, il trouva le sergent Breitenbach dans un état d'agitation tout à fait inhabituel.

– Vous nous avez mis dans un sale merdier, dit celui-ci lorsque Verkramp lui demanda ce qui n'allait pas.

– Avec les autruches?

– Non, pas les autruches, dit le sergent, les collègues à qui vous avez fait le traitement... Ils sont tous devenus gais.

– Gais, après des séances pareilles, dit Verkramp d'un air incrédule.

– Je vais vous les montrer, dit le sergent Breitenbach en se dirigeant vers la porte. *Konstabel* Botha!

Le *konstabel* Botha se hâta de rejoindre le bureau.

– Et voilà le travail, dit le sergent Breitenbach. Voilà ce que votre fichu traitement a fait de lui. Et dire qu'il faisait partie de l'équipe de rugby du Zoulouland!

Le lieutenant Verkramp se sentit perdre la raison. Il s'était déjà trouvé mal lorsque les autruches avaient explosé, mais ce n'était rien comparé à ce qu'était devenu le fameux rugbyman. Le célèbre Botha, talonneur du Zoulouland, six pieds quatre pouces et cent vingt kilos tout nu, entra dans la pièce en tortillant des fesses, une perruque jaune de guingois sur la tête et les lèvres outrageusement peintes.

– Salut mon mignon, sussura-t-il à Verkramp avec des grâces d'éléphant minaudeur.

– Touche pas, sale bête! aboya le sergent, mais le lieutenant Verkramp n'écoutait plus.

Ses voix intérieures se faisaient entendre avec de plus en plus de force maintenant, il ne pouvait plus les arrêter. Visage livide, yeux exorbités, il s'effondra en hurlant. Il hurlait toujours, jurant être Dieu le père en personne, lorsque l'ambulance de Fort Rapier vint le chercher.

Le sergent Breitenbach l'accompagna dans l'ambulance et assista à son admission à l'hôpital. Le docteur Von Blimenstein, magnifique dans sa blouse blanche, l'attendait de pied ferme.

– Tout va bien maintenant. On va prendre soin de toi, dit-elle et d'un seul mouvement d'un seul elle tordit le bras de Verkramp derrière son dos.

« Le pauvre », se dit le sergent Breitenbach impressionné par les larges épaules et les fesses puissantes de la doctoresse, « il va dérouiller! »

Revenu au commissariat, il examina rapidement la situation. Avec une vague d'attentats sur les bras, trente-six notables emprisonnés et au comble de la fureur, plus deux cent dix policiers passés à la jaquette flottante sur un total de cinq cents, il était évident qu'il n'arriverait pas à faire face. Une demi-heure plus tard, il diffusa un appel à toutes les polices leur demandant de prendre contact le plus vite possible avec le commandant Van Heerden. En attendant, afin d'isoler les policiers efféminés, il ordonna de leur faire faire l'exercice sur le terrain de manœuvres et demanda au sergent De Kok de commander l'exercice. Les deux cents policiers se tortillèrent et minaudèrent à plaisir sous l'œil réprobateur de Breitenbach.

– S'ils ne peuvent marcher qu'au pas des phoques, mieux vaut ne pas trop les montrer, dit-il. C'est le genre de choses qui donne mauvaise réputation à la police sud-africaine.

– Qu'est-ce que tu as encore fait? hurla le colonel Heathcote-Kilkoon lorsque sa femme lui dit qu'elle avait invité le commandant à la chasse. Un type qui tire des renards? Tu lui as donné ma culotte? Bon sang de bonsoir, il n'a qu'à numéroter ses abattis!

– Allons, Henry, dit Mrs. Heathcote-Kilkoon, mais le colonel avait déjà quitté la pièce et se précipitait vers les écuries où Jolicœur étrillait une jument isabelle.

– Comment va Chaka? demanda-t-il.

En manière de réponse, un des chevaux donna violemment du sabot contre son box.

Le colonel examina précautionneusement l'intérieur du box et un large sourire s'épanouit sur sa figure à la vue du grand cheval noir qui piaffait à l'intérieur.

– Selle-le donc, dit le colonel à Jolicœur qui se demanda comment diable il allait pouvoir mettre une selle sur le monstre.

– Vous ne pouvez pas demander au commandant de monter Chaka, dit Mrs. Heathcote-Kilkoon lorsque le colonel lui raconta ce qu'il venait de faire.

– Je ne demande pas à un type qui tire des renards de monter mes chevaux, dit le colonel, mais s'il y tient vraiment, il peut toujours essayer Chaka et alors, bonne chance!

Les jurons et les hennissements venus des écuries montraient assez que Jolicœur lui-même n'était pas à la fête.

– Je vous tiendrai responsable de la mort du commandant, dit Mrs. Heathcote-Kilkoon mais le colonel resta de glace.

– Un type qui tire des renards mérite amplement de mourir, dit-il en guise de réponse.

Lorsque le commandant Van Heerden arriva, il se trouva nez à nez avec le major Bloxham, brillant de mille feux dans un bel habit rose.

– En effet, c'est bien du rose, dit le commandant.

– Eh oui, mon vieux, et les boutons d'équipage sont roses aussi.

Ils entrèrent dans la maison, et le commandant fut quelque peu soulagé de constater que les joyeux chasseurs étaient tous habillés sans confusion de sexe. Mrs. Heathcote-Kilkoon portait une longue robe noire fort seyante, tandis que le colonel avait déjà assez bu pour que la couleur de ses joues correspondît à celle de son habit.

– Vous voudrez sans doute une autre chartreuse verte, dit-il, ou peut-être une jaune pour le matin...

Le commandant dit que la verte lui irait très bien et Mrs. Heathcote-Kilkoon l'entraîna dans un coin du salon.

– Henry s'est mis dans la tête que vous tirez les renards, dit-elle, il est absolument furieux. Je crois devoir vous prévenir qu'il va vous donner son pire cheval.

– Je n'ai jamais vu de renard, dit le commandant, l'air candide. Je me demande où il a pêché cette idée.

– De toute façon peu importe. Il s'est mis ça dans la tête et vous, vous avez Chaka. Vous savez monter, n'est-ce pas? Je veux dire vraiment monter.

Le commandant Van Heerden bomba le torse.

– Mais oui, dit-il. Je crois être assez bon cavalier.

– Je l'espère pour vous. Chaka est un cheval vraiment vicieux. Pour l'amour du ciel ne le laissez pas vous perdre!

Le commandant répondit qu'il saurait l'en empêcher, et quelques minutes plus tard, tout le monde se retrouva dans la cour où la meute attendait. Chaka attendait lui aussi. Massif et noir, il se tenait un peu à l'écart des autres chevaux. Un homme aux petits yeux porcins, et au front si bas qu'il en devenait inexistant, le contenait à grand-peine.

Le commandant Van Heerden, qui dans l'excitation de la chasse avait tout oublié de son ancien subordonné, le *konstabel* Els, se demandait quel animal lui répugnait le plus. Bien sûr monter une créature aussi monstrueuse que Chaka n'avait rien d'agréable, mais c'était au moins une manière d'éviter Els. D'un mouvement vigoureux qui prit le colonel totalement par surprise, le commandant sauta en selle, et, une fois bien installé dans les hauteurs, contempla le reste de la chasse. Très en dessous de lui, chevaux et chiens faisaient un raffût de tous les diables, tandis que les autres chasseurs se mettaient en selle à leur tour. Els, juché sur une vieille haridelle, crachota dans sa trompe et la chasse s'ébranla. Le commandant sollicita légèrement Chaka, mais comme bien poliment, sans insister. « Je vais chasser à courre comme un véritable Anglais d'Angleterre », songeait-il en effleurant du talon le ventre de la noble bête. Ce fut là, pour un long moment, sa dernière pensée cohérente. Mû par quelque ressort diabolique, l'immense cheval noir s'élança d'un bond gigantesque vers le jardin, le commandant se raccrochant désespérément à sa crinière. Où allait-il? Il l'ignorait. Pas vers la chasse en tout cas. La meute était partie dans la direction opposée. Tandis qu'un jardin de pierres s'effaçait à côté de lui, qu'un petit buisson bien découpé avait à peine le temps d'apparaître et de se désintégrer, que les roses du colonel répandaient tout à tour leurs étiquettes et leurs pétales dans son sillage, le commandant ne se rendait compte de rien, si ce n'était qu'il était bien haut et qu'il allait bien vite. Devant lui se détachèrent soudain les buissons d'une azalée dont le colonel Heathcote-Kilkoon était particulièrement fier, et derrière elle le *veldt*, la plaine immense. Le commandant Van Heerden ferma les yeux. Il n'avait même plus le temps d'une petite prière. L'instant d'après, il flottait dans les airs.

Le galop endiablé du commandant suscita des réactions diverses parmi les chasseurs. Élégamment assise en amazone, son haut-de-forme bien posé sur ses bouclettes aux reflets bleutés, Mrs. Heathcote-Kilkoon observa le commandant disparaître au-dessus des azalées avec un mélange de dégoût pour son mari et d'admiration pour le brave commandant. Quoi qu'on pût dire de lui par ailleurs, le commandant n'était évidemment pas homme à refuser l'obstacle.

– Regarde ce que tu as fait, jeta-t-elle au colonel qui n'arrivait pas à croire au spectacle de désolation qui s'offrait à ses yeux.

Pour ajouter à ses malheurs de jardinier, Mrs. Heathcote-Kilkoon tourna bride et s'élança à la poursuite du commandant, ce qui n'arrangea pas le gazon.

– Bon débarras, s'exclama le major Bloxham.

– Saleté de Boer! dit le colonel. Ça tire les renards et ça écrase mes rosiers.

Derrière eux, Jolicœur sonnait de la trompe à s'en faire péter les boyaux. Il avait toujours voulu voir ce qui se passerait le jour où il enfoncerait une carotte de tabac dans le derrière du grand cheval noir. Maintenant, il savait.

Le commandant Van Heerden aussi savait, bien qu'il ne comprît rien à la frénésie de Chaka. Tout étonné d'être encore en selle après son saut par-dessus les azalées, il essaya désespérément de se rappeler ce que Mrs. Heathcote-Kilkoon lui avait dit. « Ne le laissez pas se séparer de vous. » Drôle de conseil! Si le commandant avait pu trouver un moyen de se séparer du cheval sans se casser le cou lui-même, il s'y serait résolu aisément. Mais les choses étant ce qu'elles sont, sa seule chance de survie était de s'accrocher à l'animal bec et ongles jusqu'à ce qu'il ait fini de jeter son feu. Avec toute la résolution d'un homme aux abois, le commandant s'enfonça dans sa selle et fixa l'immense mur de pierre contre lequel il semblait devoir s'écraser. A l'évidence, ceux qui avaient édifié ce mur, l'avaient bâti à la taille des girafes. Aucun cheval ne pouvait le passer. En atterrissant de l'autre côté, le commandant Van Heerden eut le sentiment que l'animal qu'il montait n'était donc pas un cheval, mais quelque créature ailée qu'il se rappelait vaguement avoir vue reproduite sur des pompes à essence. Devant lui s'étendait maintenant le *veldt* immense, et dans le lointain il apercevait les contours estompés d'un petit bois. Il n'était plus certain que d'une seule chose : aucun cheval, aussi mythique fût-il n'allait traverser le bois (les bois sont tellement pleins d'arbres!) tant qu'il serait sur son dos. Mieux valait se casser le cou en terrain ouvert que d'émerger cul-de-jatte de l'autre côté d'un bois touffu. Fermement décidé à en finir d'une façon ou d'une autre, le commandant rassembla les rênes et tira un coup sec.

Le commandant apparut soudain sous un nouveau jour à Mrs. Heathcote-Kilkoon qui galopait à sa recherche. Ce n'était plus l'ours mal léché des jours précédents qu'elle avait devant elle, mais le héros de tous ses rêves d'adolescente. Lorsque le commandant avait sauté le grand mur jusqu'alors inviolé, elle avait irrésistiblement pensé à un tableau qu'elle avait vu autrefois : Napoléon passant les Alpes sur un cheval piaffant au milieu des éclairs! Avec une prudence que justifiait son adoration nouvelle, Mrs. Heathcote-Kilkoon avait décidé de sortir plutôt par le portail, et une fois dans le *veldt* avait découvert à son grand étonnement que Chaka et le commandant avaient disparu. Elle galopa jusqu'au bois et découvrit avec horreur le cheval et le cavalier étendus tous les deux sur le sol.

Lorsque le commandant Van Heerden revint à lui, ce fut pour se rendre compte que sa tête reposait mollement dans le sombre giron de Mrs. Heathcote-Kilkoon qui se penchait sur lui avec un regard d'admiration tout maternel.

– Ne bougez pas surtout, disait-elle.

Le commandant agita les orteils pour vérifier que son dos n'était pas blessé, et ses orteils effectuèrent une petite danse rassurante. Il leva un genou. Le genou suivit. Ses reins non plus n'avaient pas l'air trop atteints. Rien de cassé apparemment. Le commandant ouvrit les yeux et sourit. Derrière ses bouclettes bleutées, Mrs. Heathcote-Kilkoon lui rendit son sourire et le commandant Van Herden vit dans ce sourire comme la reconnaissance du lien profond qui s'était établi entre eux, de cette rencontre ardente de deux cœurs au milieu de la prairie. Mrs. Heathcote-Kilkoon parut lire dans ses pensées.

– C'était une fourmilière, chéri, dit-elle la voix tremblante d'émotion contenue.

– Une fourmilière? demanda le commandant.

– Oui, une fourmilière, répéta tendrement Mrs. Heathcote-Kilkoon.

Le commandant, encore sous le coup de l'émotion, comprenait mal ce que venait faire là cette fourmilière, à moins qu'elle ne voulût dire que son cœur fourmillait de désir, ce qui aurait été bon signe. Il se mit donc à répéter « Fourmilière, fourmilière... » avec le plus d'intensité possible et les yeux bien fermés. Sous sa pauvre tête, les cuisses de Mrs. Heathcote-Kilkoon formaient un moelleux coussinet. Le commandant soupira d'aise et blottit sa tête contre son estomac. Un sentiment de félicité totale l'envahit, ou plutôt de félicité presque totale car il ne pouvait s'empêcher de penser qu'il lui faudrait remonter sur cet abominable cheval. En tout cas, il n'avait pas l'intention de se hâter. Mrs. Heathcote-Kilkoon alla au-devant de ses espoirs.

– Nous ne pouvons pas rester ici, dit-elle. Il fait beaucoup trop chaud.

Le commandant, qui avait commencé à se demander si un énorme insecte n'était pas en train de remonter le long de sa culotte, l'approuva vigoureusement. Ayant, bien à regret pourtant, sorti sa tête de son giron, il se mit debout.

– Allons dans le petit bois, dit Mrs. Heathcote-Kilkoon. Vous devez vous reposer et je veux m'assurer que vous n'avez rien de cassé.

Maintenant qu'il était debout, le commandant comprit pourquoi elle parlait de fourmilière. Le grand cheval noir gisait sur le flanc, l'encolure brisée, une patte profondément enfoncée dans une espèce de trou. Immensément soulagé de n'avoir plus à monter l'horrible bête, le commandant accepta l'épaule secourable de Mrs. Heathcote-Kilkoon et se laissa conduire jusqu'à l'ombre fraîche du petit bois. Là, dans une jolie clairière ombragée, Mrs. Heathcote-Kilkoon l'obligea à s'allonger pour lui permettre de mieux l'examiner.

– Vous avez subi un choc, dit-elle tout en déboutonnant sa veste de ses doigts agiles.

Quelques instants plus tard, le commandant se prit à penser qu'il était en effet la proie d'hallucinations. Lorsqu'il vit, de ses yeux vit, la grande dame anglaise commencer à déboutonner sa jupe, il ferma précipitamment les yeux pour attendre la fin de l'éblouissement.

A plusieurs kilomètres de là, les chiens avaient fini par trouver la voie du renard anisé, et la chasse était maintenant lancée. Jolicœur sonnait inlassablement de la trompe. Je me demande ce qui est arrivé à ce fichu Boer, hurla le major Bloxham.

– Ne t'en fais pas, répondit le colonel, Daphné doit s'occuper de lui à l'heure qu'il est.

C'est alors que les chiens obliquèrent à gauche et pénétrèrent dans le bois. Se sentant tout proches de leur proie, ils étaient trop concentrés pour donner de la voix.

Le commandant Van Heerden, lui, était moins silencieux mais tout aussi concentré qu'eux. Au-dessus de lui, vêtue de ses seules bottes et de ses éperons, son haut-de-forme oscillant sur ses boucles, Mrs. Heathcote-Kilkoon hurlait des encouragements à sa nouvelle monture tout en le cravachant de bon cœur. Ils étaient beaucoup trop absorbés pour entendre seulement les craquements toujours plus rapprochés qui annonçaient l'arrivée de la chasse.

– Jill, Jenny, Daphné, ma toute douce, miaulait le commandant incapable de renoncer à l'idée qu'il vivait enfin un roman de Dornford Yates.

L'imagination de Mrs. Heathcote-Kilkoon, nourrie par des années de frustration, allait chercher du côté des contes de fées.

– Va où je vais le magnifique, va, va, va, s'égosillait-elle, tout heureuse de sentir sa monture s'exécuter.

Les premiers chiens sortirent du bois, et le commandant, qui se sentait tout près du septième ciel, se rendit compte soudain que la langue qui léchait avidement son visage était trop longue et trop râpeuse pour appartenir à une dame de la classe de Mrs. Heathcote-Kilkoon. Il ouvrit les yeux et se trouva nez à nez avec un immense dogue qui haletait et bavait de la plus répugnante façon. Le commandant regarda tout autour de lui et ne vit que des chiens. La clairière en était pleine. Une véritable marée de queues oscillait autour de lui, et Mrs. Heathcote-Kilkoon distribuait à droite et à gauche de grands coups de cravache sans quitter sa position.

– Au pied Jason! Au pied Maraudeur! Au pied Mohican! Au pied Van Heerden! hurlait-elle, le haut-de-forme et la poitrine agités de soubresauts.

Le commandant Van Heerden essayait sans grand succès de se libérer des pattes de Maraudeur. Il ne s'était jamais encore rendu compte à quel point un chien en chaleur pouvait puer. Toujours obéissant, Maraudeur s'assit – pour se relever aussitôt lorsque le commandant, craignant la mort par étouffement, le mordit de toutes ses forces. Heureux d'avoir sauvé sa tête, le commandant osa la lever. Pour peu de temps. Ce qu'il venait d'apercevoir du monde extérieur était si menaçant qu'il préférait encore disparaître au milieu de la meute odorante. Le colonel Heathcote-Kilkoon et toute la troupe des chasseurs venaient de déboucher dans la clairière et observaient toute la scène avec un certain étonnement.

– Par la cavalerie de saint George! Daphné, qu'êtes-vous en train de faire? hurlait le colonel.

Mais Mrs. Heathcote-Kilkoon ne se laissa pas démonter, c'était le cas de le dire.

– Qu'est-ce que je suis en train de faire, à votre avis? hurla-t-elle en retour..

– C'est ce que je me demande, fit le colonel qui se demandait vraiment ce que sa femme en tenue d'Ève pouvait bien faire au milieu de la meute.

Mrs. Heathcote-Kilkoon ne laissa pas sa question sans réponse.

– Je sacrifie à la nature! hurla-t-elle avec un à-propos dont le commandant Van Heerden dut convenir.

Le colonel toussota pour cacher son embarras.

– Oh mon Dieu, je suis vraiment désolé, murmura-t-il, mais Mrs. Heathcote-Kilkoon n'avait pas l'intention de le laisser s'en tirer pour si peu.

– Et si vous avez deux sous d'éducation, vous allez tourner bride à la seconde et me laisser tranquille! s'écria-t-elle.

Les chasseurs disparurent à l'instant. Tandis que la marée des chiens se retirait lentement, le commandant découvrait qu'il était bien nu, couvert de traces de pattes de chiens bien boueuses, et que la dame qui le chevauchait n'était autre que Mrs. Heathcote-Kilkoon. Avec une moue de dépit, celle-ci s'arracha à lui et se remit sur ses pieds. Le commandant, que laissaient sans voix la peur qu'il avait eue et une admiration sans bornes pour le sang-froid de sa cavalière, se mit à cherher sa culotte

– J'ai la joue qui gonfle à vue d'œil, dit-il en tâtant les endroits qu'avaient meurtris les pattes arrière de Maraudeur.

– Oui, c'est vraiment tout ce que vous avez de gonflé, dit Mrs. Heathcote-Kilkoon avec une franchise décapante.

Tapi dans les buissons au bord de la clairière, Jolicœur rignocha doucement. Il n'avait jamais eu pour deux sous d'éducation, et il avait toujours rêvé de voir la femme du colonel à poil.

12

Dans la clairière, le commandant Van Heerden et Mrs. Heathcote-Kilkoon se rhabillèrent comme des animaux tristes. Post coïtum...

– C'est si bon d'avoir un homme un vrai entre les bras, murmura-t-elle. Tu ne peux pas savoir ce que Henry peut être fatigant parfois.

– Oh que si, dit le commandant qui n'était pas près d'oublier sa cavalcade.

Par ailleurs, l'idée de rencontrer le colonel si peu de temps après avoir bibliquement connu sa femme ne lui souriait guère.

– Je crois que je vais rentrer à l'hôtel à pied, bredouilla-t-il.

Mais Mrs. Heathcote-Kilkoon ne voulait rien savoir.

– Je vais dire à Boy de venir te chercher avec la Land Rover, dit-elle. Tu n'es pas en état de marcher. Pas après la chute que tu as faite, et pas par cette chaleur.

Avant que le commandant ait pu l'arrêter, elle était remontée à cheval et s'en allait au triple galop.

Le commandant Van Heerden s'assit sur un tronc d'arbre et réfléchit aux romantiques événements qui venaient de l'accabler. Il était perdu dans ses pensées lorsqu'un bruit de branches froissées se fit entendre. Bientôt, une voix par trop familière le fit sursauter.

– Joli morceau, hein?

Oui, le commandant connaissait cette voix. Il pirouetta sur lui-même et se trouva nez à nez avec Els qui paraissait au comble de l'hilarité.

– Qu'est-ce que vous foutez là? dit-il. Je vous croyais mort.

– Moi? Mort? dit Els. Jamais de la vie!

Le commandant dut en convenir. Il y avait en Els quelque chose de l'éternité du péché originel.

– Alors on s'envoie la grognasse au colon? continua Els sur un ton de familiarité que le commandant trouva vivement répréhensible.

– Ce que je fais de mon temps libre ne vous regarde pas, dit-il pompeusement.

– Mais ça regarde le colonel, et pas qu'un peu. Il serait sûrement heureux de savoir...

– Peu importe de ce que le colonel Heathcote-Kilkoon serait heureux de savoir, l'interrompit le commandant. Ce que je voudrais savoir moi c'est comment il se fait que vous ne soyez pas mort à la prison de Piemburg avec le gouverneur et le chapelain [1].

– Il y a eu une erreur, dit Els. Je me suis retrouvé du côté des prisonniers.

– Il fallait s'y attendre, dit le commandant.

1. Voir *Mêlée ouverte au Zoulouland.*

Els se dit qu'il valait mieux changer de sujet.

– J'aimerais revenir dans la police, dit-il. J'en ai assez de faire Jolicœur.

– Vous voulez quoi? dit le commandant en tentant d'éclater de rire.

– Je voudrais redevenir policier.

– Vous voulez plaisanter?

– Mais pas du tout. Je dois penser à ma retraite, et puis je n'ai toujours pas touché la récompense promise pour la capture de miss Hazelstone.

Le commandant chercha une réponse bien ficelée.

– De toute façon vous êtes mort intestat, finit-il par dire.

– Absolument pas, dit Els. Vous savez bien que j'étais bourreau quand je suis mort.

Le commandant soupira longuement. Il avait oublié qu'Els avait toujours eu des difficultés à comprendre les règles de droit les plus simples.

– Intestat veut simplement dire que vous êtes mort sans faire de testament, expliqua-t-il.

Els le regarda avec un intérêt renouvelé.

– Vous en avez fait un, vous, de testament? demanda Els en montrant du doigt sa trompe de chasse.

– Qu'est-ce que ça a à voir?

– Le colonel a parfaitement le droit de vous tuer puique vous avez baisé sa femme, dit Els. Si je souffle dans cette trompe c'est exactement ce qu'il va faire.

Le commandant Van Heerden dut pour une fois reconnaître qu'Els avait raison. La loi sud-africaine ne prévoyait aucune peine à l'encontre des maris qui décidaient de tuer les amants de leur femme. Au cours de sa carrière d'officier de police, le commandant avait plus d'une fois eu l'occasion de rassurer à ce propos des maris alarmés. Pour ajouter à ses propres alarmes, Els leva sa trompe.

– D'accord, dit le commandant, qu'est-ce que vous voulez?

– Je vous l'ai déjà dit. Je veux reprendre mon boulot.

Le commandant commença par mégoter et finasser, mais le bruit d'une Land Rover s'approchant à vive allure emporta sa décision.

– Bon d'accord, je verrai ce que je peux faire, dit-il, mais je vais avoir du mal à transformer un forçat en policier. Ça ne va pas être du gâteau. Vous connaissez nos gratte-papiers...

– On va pas se casser le tronc pour deux sous de goudron, dit Els, reprenant une des expressions favorites du major Bloxham.

– Il paraît que vous avez des problèmes, mon vieux, dit le major en arrêtant la Land Rover devant le cadavre de Chaka. J'ai toujours dit que ce grand noir-là était un danger public.

Le commandant bredouilla qu'il était bien d'accord, mais le danger public auquel il songeait n'était pas le cheval mort. A l'arrière, Els souriait aux anges. Un bel avenir de chasseur de cafres s'ouvrait à nouveau devant lui, et le plus légalement du monde.

Lorsqu'ils approchèrent de la maison, le commandant aperçut le colonel et Mrs. Heathcote-Kilkoon prêts à les accueillir en haut de l'escalier. Une fois de plus, il fut surpris de leur réaction. Cette femme avec laquelle une heure à peine auparavant il avait partagé un moment d'intimité complète se tenait maintenant raide comme barre et froide comme un glaçon, tandis que son mari se livrait à des démonstrations d'embarras qui ne correspondaient pas à son rôle.

– Je suis terriblement confus, murmura-t-il en ouvrant la porte de la Land Rover, jamais je n'aurais dû vous donner ce cheval.

Le commandant tourna sept fois sa langue dans sa bouche à la recherche d'une réponse.

– C'est la faute aux fourmis, dit-il, ce qui ne lui paraissait pas trop compromettant.

– Absolument, dit le colonel. Saleté de fourmis!

Mrs. Heathcote-Kilkoon s'avança à son tour pour souhaiter la bienvenue au commandant

– J'espère que vous avez pu jouir de votre cavalcade, dit-elle.

– Grâce à vous, murmura le commandant, en devenant tout rouge.

– Vous devriez le faire plus souvent, dit suavement Mrs. Heathcote-Kilkoon.

Et ils firent leur entrée dans la maison. La marquise se mit à évoquer le Hollandais Volant, ce qui ne plut pas trop au commandant.

– Ne fais pas attention, dit Mrs. Heathcote-Kilkoon, tu as été merveilleux. Ils sont simplement jaloux.

Pendant quelques minutes, le commandant Van Heerden occupa l'attention générale. Son saut par-dessus le grand mur, bien que parfaitement involontaire, suscitait des murmures d'admiration. Le colonel lui-même disait qu'il lui tirait son chapeau, ce que le commandant trouva bien généreux de sa part si l'on songeait à l'état dans lequel se trouvait Chaka, son beau jardin, sans oublier sa femme. Il venait d'expliquer qu'il avait appris à monter dans la ferme de sa nourrice à Magaliesburg et avait fait partie de la police montée à Pretoria, lorsqu'il reçut un véritable coup de massue.

– Vous êtes vraiment d'un flegme impressionnant, commandant, dit le petit gros qui avait des réductions sur les frigidaires, venir suivre une chasse ici, pendant que Piemburg est à feu et à sang...

– A feu? A sang?

– Quoi? Vous n'êtes pas au courant. Il y a eu une vague d'attentats. Des bombes ont explosé un peu partout. La tour de la radio est par terre. L'électricité a été coupée. C'est le chaos complet.

Tout en jurant, le commandant Van Heerden vida le verre de Cointreau qu'il avait à la main dans le réceptacle le plus proche.

– J'en suis bien confuse mais nous n'avons pas le téléphone, dit Mrs. Heathcote-Kilkoon, en le voyant chercher des yeux un récepteur. Henry n'a pas voulu en avoir pour des raisons de sécurité. Il appelle toujours son agent de change...

Le commandant était beaucoup trop pressé pour entendre l'histoire de l'agent de change de Henry. Il se précipita en bas des marches et trouva, comme il s'y attendait, Els au volant de sa voiture. Sans doute l'ex-policier anticipait-il sur sa réintégration, mais sa présence n'était que trop bien accordée aux catastrophiques nouvelles dont le commandant venait de prendre connaissance. Il y avait du désastre dans l'air.

De sa terrasse, Mrs. Heathcote-Kilkoon les regarda s'éloigner avec un serrement de cœur, avant d'aller rejoindre le colonel qui contemplait d'un air morose le bocal de poissons rouges tropicaux où le Cointreau du commandant avait induit des effets très inhabituels.

– C'est comme ça que le pauvre Willie nous a quittés, dit le colonel.

Lorsqu'ils arrivèrent à Weezen, le commandant n'avait toujours pas décoléré.

– J'aurais dû me douter que Verkramp allait foutre la merde, répétait-il entre ses dents.

Au commissariat, les premières informations qu'il recueillit n'étaient pas de nature à lui redonner confiance.

– Elles font quoi? demanda-t-il lorsque le sergent de garde lui dit que Piemburg venait d'être envahi par des hordes d'autruches explosives.

– Elles volent de nuit, par centaines! dit le sergent.

– Ça c'est un foutu mensonge, hurla le commandant. Les autruches ne volent pas. C'est impossible...

Il retourna à sa voiture et ordonna à Els de faire le tour des environs. Quoi qu'aient fait les autruches, une chose était sûre : Piemburg était maintenant coupée du monde extérieur. Les lignes téléphoniques étaient mortes depuis plusieurs jours.

La voiture tressautait le long de la route de terre menant au col de Rooi Neck, et le commandant Van Heerden avait le sentiment de quitter un monde pacifique et quasi paradisiaque pour un enfer de violence débridée au centre duquel trônait la diabolique figure du lieutenant Verkramp. Il était tellement perdu dans ses propres pensées qu'il ne demanda qu'une ou deux fois à Els de conduire un peu moins dangereusement.

A Sjanbok, il apprit que les ponts menant à Piemburg avaient sauté. A Vetsak, on lui dit que l'usine de retraitement des ordures ménagères avait été détruite également. A ce point, le commandant décida de ne pas poursuivre sa tournée dans les environs et de se rendre directement à Piemburg.

Une heure plus tard, descendant de la colline au sommet de laquelle on découvrait le PANORAMA IMPÉRIAL, ils découvrirent les premières traces tangibles des attentats.

Un barrage routier avait été installé sur le pont de fortune construit à la hâte pour remplacer celui que les agents de Verkramp avaient détruit. Le commandant alla constater les dégâts tandis qu'un policier fouillait la voiture.

– Vous aussi je dois vous fouiller, dit le policier avant que le commandant ait pu lui expliquer qui il était, et il caressa la culotte du commandant avec des gestes aussi précis que surprenants.

– Ce sont les ordres, mon commandant, dit le policier, lorsque celui-ci, furieux, lui expliqua qu'il y avait peu de chances de trouver des explosifs à cet endroit.

– Et changez de lotion après rasage! hurla-t-il. Ça schlingue.

Une fois en ville, le commandant vit avec consternation deux policiers descendre la grand-rue en se tenant par la main.

– Arrêtez! ordonna le commandant en se précipitant hors de la voiture. Qu'est-ce que vous faites ici?

– Mais on patrouille, mon commandant, dirent les deux hommes à l'unisson.

– Quoi? En vous tenant les mains? Vous voulez qu'on vous prenne pour des tantes?

Les deux policiers se séparèrent avec des regards mouillés, et le commandant revint dans la voiture.

– Mais qu'est-ce qui se passe ici, bon sang de bon Dieu? bredouilla-t-il.

Els, lui, arborait un sourire béat. Il y avait eu du changement dans la police de Piemburg depuis qu'il l'avait quittée. La police sud-africaine allait de nouveau lui faire passer de bons moments.

Lorsqu'ils arrivèrent au commissariat, le commandant n'était pas à prendre avec des pincettes.

– Envoyez-moi le commandant par intérim, ordonna-t-il au policier de service, se demandant si le sourire minaudeur de ce fonctionnaire n'était pas le fruit de sa propre imagination.

L'état dans lequel il trouva son bureau confirma sa première impression d'un net relâchement de la discipline. Les fenêtres n'avaient plus de vitres, et les cendres de la cheminée s'étaient répandues dans toute la pièce. Le commandant contemplait les dégâts lorsque le sergent Breitenbach entra.

– Qu'est-ce qui s'est passé ici au nom du ciel? s'exclama le commandant, un peu rassuré de constater que le sergent au moins n'avait pas l'air d'une folle.

– Eh bien, mon commandant... commença ce dernier, mais le commandant l'interrompit immédiatement.

– Je pars en vacances et qu'est-ce que je trouve en rentrant? hurla-t-il d'une voix qui fit se tortiller d'aise le policier de service et arrêta net plusieurs passants. Des pédales. Des bombes. Des autruches explosives. Ça vous dit quelque chose?

Le sergent Breitenbach fit signe que oui.

– Ça ne m'étonne pas! A peine ai-je eu le dos tourné que les attentats ont commencé. On a fait sauter les ponts. Le téléphone. Les policiers de service se promènent la main dans la main, et mon propre bureau a l'air d'un champ de bataille.

– Ça, c'étaient les autruches, mon commandant, marmonna le sergent.

Le commandant Van Heerden s'effondra sur une chaise et se prit la tête entre les mains.

– Bon Dieu de bon Dieu. Il y a de quoi devenir dingue!

– C'est exactement ce qui s'est passé, mon commandant, dit le sergent d'un air lamentable.

– Quoi donc?

– Le lieutenant Verkramp est devenu fou, mon commandant.

Au nom de Verkramp, le commandant sortit de sa rêverie.

– Verkramp! s'écria-t-il. Attendez un peu que je lui mette la main au colbak. Je vais te lui arracher les tripes! Où est-il?

– A Fort Rapier, mon commandant. Il a perdu les pédales.

Le commandant Van Heerden mit un petit moment à comprendre ce que venaient ici faire les pédales.

– Vous voulez dire...

– Il est atteint de délire religieux, mon commandant. Il croit qu'il est Dieu.

Le commandant le regarda d'un air de doute. L'idée qu'un homme quelconque ait pu vouloir être le Dieu d'une création aussi chaotique était difficilement compréhensible.

– Il croit qu'il est Dieu? Verkramp?

Le sergent Breitenbach avait déjà beaucoup réfléchi à la question.

– Je crois que c'est comme ça que tout a commencé, expliqua-t-il. Il a voulu montrer de quoi il était capable.

– En effet, dit le commandant en contemplant son bureau dévasté.

– Il est obsédé par le péché, mon commandant, et il a voulu empêcher les hommes de coucher avec des négresses.

– Oui, je suis au courant.

– Eh bien, il leur a fait subir un traitement de choc. Il leur a montré des photcs de noires à poil et...

Le commandant Van Heerden l'arrêta.

– Assez, dit-il, je ne crois pas que je pourrai le supporter.

Il se leva d'un bond, farfouilla dans son bureau à la recherche de la bouteille de brandy qu'il gardait en cas d'urgence, s'en versa un verre bien tassé et essaya de reprendre ses esprits.

– Bon. Reprenons du début. Qu'est-ce que Verkramp a fait exactement?

Le sergent Breitenbach le lui expliqua par le menu. A la fin, le commandant hocha la tête d'un air accablé.

– Alors ça n'a pas marché?

– Je ne dirais pas ça, mon commandant. Ça a très bien marché, mais pas comme c'était prévu. Aucun des policiers qui ont reçu le traitement ne couchera jamais plus avec une femme noire. On a essayé, et ils deviennent fous rien qu'à l'idée.

– Vous avez essayé de faire coucher des policiers avec des négresses? demanda le commandant qui se voyait déjà à la barre obligé de témoigner que des policiers placés sous son autorité avaient reçu l'ordre d'avoir des relations sexuelles avec des noires.

Le sergent Breitenbach fit oui de la tête.

– Mais ça n'a pas marché du tout, dit-il, je vous assure que pas un seul des deux cents dix policiers traités ne couchera avec une négresse sa vie durant.

– deux cents dix ? demanda le commandant stupéfait de l'ampleur des activités de Verkramp.

– C'est ça, mon commandant. La moitié des hommes sont pédés. Aucun ne couchera avec des négresses. C'est garanti.

– Voilà au moins un heureux changement, dit le commandant cherchant un réconfort.

– Oui, mais le problème c'est qu'ils ne veulent pas non plus coucher avec des blanches. Vous devriez lire les lettres que nous envoient leurs femmes.

Le commandant dit qu'il aimait mieux s'abstenir.

– Mais ces autruches alors? demanda-t-il. Quel rapport avec les problèmes religieux de Verkramp?

– Autant que je sache, il n'y en a pas, dit le sergent. Ça, c'est la faute des communistes.

Le commandant soupira.

– Ah ceux-là... dit-il d'un air las. Est-ce que vous avez une piste?

– Eh bien, nous avons fait des progrès en tout cas. Nous avons des descriptions précises de chacun des hommes qui donnait des capotes aux autruches...

Il s'arrêta net. Le commandant Van Heerden le regardait avec des yeux fous.

– Des capotes? demanda-t-il. Par la bouche?

– Les explosifs étaient emballés dans des capotes anglaises, mon commandant. Et nous avons aussi une très bonne description de l'homme qui en a acheté douze douzaines. Douze femmes se sont présentées spontanément, et disent se souvenir très bien de lui.

– Douze douzaines pour douze femmes? dit le commandant. Évidemment qu'elles se souviennent de lui. Il devait être inoubliable.

– Elles étaient dans la boutique lorsqu'il a essayé de les acheter, dit le sergent. Cinq pharmaciens nous ont aussi donné une description qui recoupe celle des femmes.

Le commandant essaya de se faire une idée d'un homme aux goûts si variés.

– En tout cas, il ne peut pas être loin, finit-il par dire. Il doit être épuisé.

– Plus que ça, mon commandant, dit le sergent Breitenbach. Un homme dont les empreintes digitales correspondent à celles relevées sur les capotes a été trouvé mort dans les toilettes du cinéma Majestic.

– Ça ne me surprend pas, dit le commandant.

– Malheureusement nous ne pouvons pas l'identifier. Il a été tué par la bombe qui a explosé devant le cinéma, expliqua le sergent.

– Est-ce que vous avez arrêté quelqu'un?

Le sergent fit signe que oui.

– Le lieutenant Verkramp a ordonné d'arrêter trente-six suspects dès que les attentats ont commencé.

– Bon, c'est déjà pas mal, dit le commandant un peu rassuré. Ils ont avoué quelque chose?

Le sergent Breitenbach n'avait pas l'air trop sûr de lui.

– Eh bien, le maire dit... commença-t-il.

– Qu'est-ce que le maire a à voir avec tout ça? demanda le commandant alarmé.

– C'est un des suspects, mon commandant, dut reconnaître Breitenbach d'un air gêné. Le lieutenant Verkramp a dit...

Mais le commandant Van Heerden s'était dressé de toute sa hauteur, blême de rage.

– Ne me dites pas que ce tas de merde ambulant a pu dégoiser, hurla-t-il. Je pars dix jours et pendant ce temps-là on fait sauter la moitié de la ville, la moitié des policiers tournent pédés, la moitié du stock de capotes anglaises est achetée par un maniaque, et Verkramp arrête le foutu bon Dieu de merde de maire! Qu'est-ce que ça peut me foutre ce que Verkramp a dit! Tout ce qui compte, c'est ce qu'il a fait!

Le commandant essaya de se calmer.

– Autre chose? demanda-t-il.

Le sergent Breitenbach se dandina d'un pied sur l'autre.

– Il y a trente-six autres suspects en prison, mon commandant. Le doyen de Piemburg, le conseiller Cecil, le directeur de la banque Barclay...

– Oh mon Dieu, ils sont tous passé à la casserole? s'étrangla le commandant.

– Oui, mon commandant, dit le sergent Breitenbach qui ne comprenait que trop bien à quoi le commandant faisait allusion. Ils sont restés debout pendant huit jours. Le maire a reconnu qu'il n'aime pas beaucoup le gouvernement, mais il continue à soutenir qu'il n'a pas fait sauter le central téléphonique. Les seuls aveux vraiment utiles sont ceux du directeur de la banque.

– Le directeur de la banque Barclay? demanda le commandant. Qu'est-ce qu'il a bien pu faire?

– Il a pissé sur le barrage de Hluwe. Il risque la peine de mort.

– La peine de mort pour avoir pissé sur le barrage de Hluwe? Comment ça?

– C'est dans la loi sur le terrorisme de 1962. Pollution des eaux, mon commandant, dit le sergent.

– Bon, enfin, dit le commandant pas très convaincu, d'accord. Mais si Verkramp s'imagine qu'il va faire pendre le directeur de la banque Barclay parce qu'il a pissé sur le barrage c'est qu'il est vraiment fou. Il faut absolument que j'aille à Fort Rapier le voir!

A l'hôpital de Fort Rapier, le lieutenant Verkramp souffrait toujours d'une forme d'anxiété aiguë due aux résultats totalement inattendus de ses efforts en matière de lutte contre le terrorisme. Mais il ne se prenait plus pour le Tout-Puissant, et s'était pris d'une nouvelle phobie: celle des oiseaux. Le docteur Von Blimenstein en tira des conclusions bien précises.

– Un cas banal de culpabilité sexuelle jointe à un complexe de castration, expliqua-t-elle à l'infirmière lorsque Verkramp refusa son dîner en expliquant qu'il ne supportait pas le poulet farci.

– Emportez-le! hurlait-il, je ne supporte pas ça! Il ne supportait pas non plus les édredons en plume, et d'une manière générale tout ce qui rappelait même vaguement ceux que le docteur Von Blimenstein s'obstinait à appeler nos amis à plumes.

– Ce ne sont pas mes amis, dit Verkramp, tout en lorgnant avec appréhension un pigeon qui roucoulait sur l'arbre en face de sa fenêtre.

– Il faut aller au fond de cette affaire, dit le docteur Von Blimenstein.

– Non, pas au fond, hurlait Verkramp.

Le docteur Von Blimenstein prit bonne note de ce symptôme nouveau. « Complexe anal », pensa-t-elle, et elle acheva d'affoler complètement le lieutenant en lui demandant s'il avait déjà eu des expériences homosexuelles.

– Oui, dit Verkramp désespérément lorsque la doctoresse insista pour avoir des précisions.

– Veux-tu me dire ce qui s'est passé?

– Non! dit Verkramp qui n'arrivait toujours pas à chasser de son esprit l'image du talonneur Botha et de sa perruque jaune. Non, je n'y arrive pas.

– Le docteur Von Blimenstein insista encore.

– On n'arrivera à rien si tu ne te réconcilies pas avec ton propre inconscient, lui dit-elle. Tu dois tout me dire.

– Bien sûr, dit Verkramp qui avait bien l'intention de ne rien dire à personne.

– Si, durant le jour, le docteur Von Blimenstein avait la nette impression que la dépression de Verkramp était due à des problèmes sexuels, la conduite nocturne de celui-ci semblait suggérer une autre explication. La doctoresse notait chaque nuit ce que Verkramp racontait dans son sommeil, et une piste nouvelle se dessinait. Verkramp passait le plus clair de ses nuits à hurler des propos incohérents où revenaient régulièrement les mots « bombe » et « agent secret ». D'autre part, il semblait obsédé par le chiffre douze. Comme la doctoresse se souvenait bien qu'elle avait compté douze explosions lors des attentats, elle ne pouvait guère s'étonner que le chef de la Sécurité de Piemburg fût obsédé par ce chiffre. Mais d'un autre côté, il lui semblait bien que Verkramp faisait allusion certaines nuits à une douzaine d'agents secrets. Elle se décida donc à l'interroger à propos de ces nouveaux symptômes.

– Qu'évoque pour toi le chiffre douze? demanda-t-elle lors de sa consultation du lendemain matin.

Verkramp devint tout pâle et se mit à trembler.

– Tu dois me le dire, c'est dans ton propre intérêt.

– Tu le diras pas! dit Verkramp qui savait parfaitement qu'il n'avait aucun intérêt à trop parler du chiffre douze.

– Je te rappelle que tout ce que tu me diras restera strictement entre nous.

Mais Verkramp n'était pas rassuré.

– Ça ne me dit rien du tout, continua-t-il. Je ne sais absolument rien sur le chiffre douze.

– Je vois, dit la doctoresse en prenant bonne note de son affolement. Alors peut-être aimeras-tu mieux me parler de ton voyage à Durban...

Cette fois, la doctoresse avait touché au cœur de la névrose de Verkramp. Sa réaction violente le montra bien. Une fois qu'on eût ramené le lieutenant tout bavant et écumant dans sa chambre, le docteur Von Blimenstein eut l'idée d'un traitement. Elle commençait à se dire qu'elle pourrait tirer quelque avantage de sa connaissance des problèmes psychologiques du lieutenant, et l'idée du mariage, qui ne la quittait jamais tout à fait, recommença à poindre.

– Dis-moi, commença-t-elle en administrant à Verkramp une piqûre de sédatif, est-il exact qu'une femme ne peut témoigner contre son mari?

Verkramp dit qu'en effet, et avec un sourire qui l'invitait clairement à méditer ce qu'il venait de dire, le docteur Von Blimenstein quitta la pièce. Lorsqu'elle revint, une heure plus tard, son patient essaya de lui expliquer pourquoi il était obsédé par le chiffre douze.

– Tu vois, il y avait douze terroristes, et...

– A d'autres, l'interrompit la doctoresse, on ne me la fait pas à moi. Il y avait douze agents secrets qui travaillaient pour toi, et tu les as conduits à Durban. Ce n'est pas vrai?

– Si. Enfin non. Non, ce n'est pas vrai!

– Alors écoute-moi. Balthazar Verkramp, si tu continues à mentir, je vais t'injecter du sérum de vérité et tu feras une confession complète avant de t'être rendu compte de rien.

Verkramp était au dernier degré de la panique.

– Tu ne ferais pas ça, coassa-t-il. Tu n'as pas le droit!

Le docteur Von Blimenstein fit des yeux le tour de la pièce en se léchant la lèvre inférieure d'un air entendu. La pièce ressemblait plus à une cellule qu'à une chambre d'hôpital.

– Ici, dit-elle, je peux faire tout ce que je veux. Tu es mon patient et si j'en ai envie je te fais mettre la camisole de force. Alors, tu es décidé à me parler de tes problèmes? Tout cela restera strictement entre nous, je te l'ai déjà dit. Personne ne peut me forcer à répéter ce que tu m'auras dit, à moins bien sûr que je ne sois appelée à témoigner. Dans ce cas, je serai sous serment.

La doctoresse fit une petite pause avant de continuer.

– Tu m'as bien dit qu'une femme ne pouvait pas témoigner contre son mari. Tu t'en souviens?

Verkramp voyait s'ouvrir devant lui des perspectives bien plus terrifiantes encore qu'un défilé d'autruches explosives ou de policiers en folie. Allongé sur son lit, les yeux au plafond, il se demandait ce qu'il pourrait bien faire. S'il refusait de reconnaître qu'il était responsable des attentats, la doctoresse utiliserait le sérum de vérité pour le lui faire avouer, et dans l'affaire il aurait perdu le bénéfice de ses bonnes dispositions envers lui. Mais s'il avouait, il n'échapperait aux conséquences légales de son excès de zèle que pour être traîné à l'autel. C'était l'un ou l'autre. Pas d'échappatoire. Il avala sa salive nerveusement, parcourut la pièce des yeux une dernière fois, et demanda un verre d'eau.

– Veux-tu m'épouser? demanda-t-il.

Le docteur Von Blimenstein eut un doux sourire.

– Bien sûr, mon chéri. Bien sûr que je veux et l'instant d'après la doctoresse écrasait ses lèvres sur les siennes.

Verkramp ferma les yeux et essaya d'imaginer sa vie auprès du docteur Von Blimenstein. A tout prendre, cela valait mieux que d'être pendu.

Lorsque le commandant Van Heerden arriva à Fort Rapier, il eut comme on peut s'y attendre les pires difficultés à entrer en contact avec le lieutenant Verkramp. Aux admissions, l'employé qui tenait le bureau d'accueil ne lui fut pas d'un grand secours. En effet, il s'agissait d'un schizophrène catatonique que le docteur Von Blimenstein avait désigné pour ce poste en considération de son immobilité parfaite et des restrictions budgétaires.

– J'exige de voir le lieutenant Verkramp, aboyait le commandant en tapant du poing sur le bureau.

Il allait se livrer à des voies de fait, lorsqu'un grand type au visage très pâle l'interrompit.

– Je crois qu'il est au bâtiment C, lui dit-il.

Le commandant le remercia chaleureusement, mais découvrit que le bâtiment C ne contenait que des maniaco-dépressives. Il retourna donc aux admissions et eut une nouvelle confrontation avec l'employé catatonique au terme de laquelle le grand type pâle repassa et affirma que Verkramp était certainement, mais certainement, au bâtiment H. Le commandant se rendit au bâtiment H et, incapable de diagnostiquer le mal des patients qui l'encombraient, il n'en fut pas moins heureux de constater que Verkramp n'en était pas atteint. Il retourna pour la troisième fois aux admissions et croisa le grand type pâle dans le couloir.

– Il n'est pas là? Alors c'est qu'il est au bâtiment E.

– Décidez-vous, dit le commandant très en colère. D'abord vous me dites qu'il est au bâtiment C, puis au H, et maintenant au E.

– C'est intéressant ce que vous dites.

– Comment ça intéressant?

– Vous avez dit « Décidez-vous ». Vous estimez donc que la maladie mentale est d'abord une maladie de la volonté. Paul Janet a beaucoup écrit sur ce sujet. Mais Charcot...

Le commandant ne voulut pas en entendre plus. Il dévala le couloir à la recherche du bâtiment E, mais apprit bien vite qu'il s'agissait là de la section des Bantous, et Verkramp avait peu de chances de s'y trouver. Le commandant revint une fois de plus aux admissions, jurant ses grands Dieux qu'il découperait en petits morceaux le grand type pâle si jamais il le rencontrait. A la place il fut violemment pris à partie par le docteur Von Blimenstein qui lui indiqua sans ménagements qu'il se trouvait dans un hôpital et non dans un commissariat, et qu'il serait souhaitable qu'il surveillât son langage. Quelque peu ébranlé par ce ton d'autorité, le commandant la suivit dans son bureau.

– Eh bien, qu'est-ce qui vous amène, demanda-t-elle en dévisageant le commandant d'un œil froid de gorgone.

– Je désire rendre visite au lieutenant Verkramp, dit le commandant.

– Êtes-vous de la famille? demanda la doctoresse.

– Je suis un officier de police qui enquête sur un meurtre, dit le commandant.

– Alors vous avez sûrement un mandat. Je voudrais le voir.

Le commandant dit qu'il n'avait pas de mandat.

Je suis le commandant de la police de Piemburg et Verkramp est sous mon commandement. Je n'ai pas besoin de mandat pour lui rendre visite!

Le docteur Von Blimenstein sourit d'un air supérieur.

– Je vois que vous ignorez les règles de fonctionnement d'un hôpital, dit-elle. Nous devons contrôler strictement les visites de nos malades. Nous ne pouvons pas les laisser harceler par de simples connaissances, ou par des collègues de travail. Après tout, les problèmes de Balthazar viennent de ce qu'il prend son travail trop à cœur, et vous n'êtes pas tout blanc dans cette affaire.

Le commandant était trop abasourdi d'entendre Verkramp appelé Balthazar pour trouver une réplique vraiment appropriée.

– Cela dit, si vous m'indiquez le genre de questions que vous souhaitez lui poser, je pourrais peut-être vous aider, continua la doctoresse, qui sentait qu'elle tenait le bon bout.

Le commandant avait des milliers de questions à l'esprit, mais il lui sembla plus sage de ne pas en faire état. Il se contenta de dire qu'il voulait simplement demander à Verkramp s'il avait quelque lumière à propos des récents attentats.

– Je vois, dit le docteur Von Blimenstein. Vous considérez donc, si je vous comprends bien, que le lieutenant Verkramp s'est acquitté de sa tâche à votre entière satisfaction.

Le commandant Van Heerden estima que seule une ligne conciliatrice lui permettrait de rencontrer Verkramp.

– En effet, dit-il, le lieutenant Verkramp a fait tout ce qu'il pouvait pour limiter les dégâts.

– Bien, dit le docteur Von Blimenstein, je suis heureuse de vous l'entendre dire. Voyez-vous, il est très important que le patient ne se sente pas coupable. Presque tous les problèmes que connaît Balthazar viennent d'un sentiment inné de culpabilité. Il ne faut surtout pas l'encourager.

– Évidemment, dit le commandant à qui il n'était pas besoin de démontrer que Verkramp avait des problèmes de culpabilité.

– On peut donc affirmer que vous êtes entièrement satisfait de son travail et que vous avez le sentiment qu'il a traité la situation avec un doigté et un dévouement à toute épreuve. C'est bien cela?

– Tout à fait, dit le commandant, il n'aurait pu faire mieux en aucune circonstance.

– En ce cas je pense que vous pouvez le voir, dit le docteur Von Blimenstein qui débrancha le magnétophone portatif qui tournait sur son bureau.

Le commandant se dit qu'il s'était peut-être laissé berner. A la suite de la doctoresse, il gravit plusieurs escaliers et arriva dans un autre couloir.

– Voulez-vous m'attendre, dit la doctoresse, je vais lui dire que vous désirez le voir.

– Nous avons de la visite! annonça-t-elle.

– Qui est-ce? demanda faiblement Verkramp.

– Un vieil ami, dit-elle. Il veut simplement vous poser quelques questions. C'est le commandant Van Heerden.

Verkramp franchit un degré de plus dans l'échelle de la pâleur.

– Mais il n'y a pas de raison de t'en faire, dit le docteur Von Blimenstein tout en lui prenant la main. Tu n'as à répondre à aucune de ses questions si tu n'en as pas envie.

– Eh bien, je n'en ai aucune envie, dit Verkramp.

– Alors tu n'y répondras pas, dit-elle en tirant de sa poche une petite bouteille et un morceau de sucre.

– Keksékça? demanda nerveusement Verkramp.

– Quelque chose qui t'aidera à ne pas répondre aux questions, mon chéri, dit la doctoresse en lui fourrant le morceau de sucre dans la bouche.

Verkramp le croqua docilement et se rallongea.

Dix minutes plus tard, le commandant, qui tentait de distraire son attente en lisant un magazine de sport automobile, fut horrifié par les cris qu'il entendit. Il semblait qu'un des patients endurait les tourments de l'enfer.

Le docteur Von Blimenstein apparut alors.

– Il est prêt à vous voir, mais il faut que je vous prévienne qu'il a besoin de beaucoup de calme. Il est dans un bon jour et il ne faut surtout pas le brusquer.

– Non, bien sûr, dit le commandant au milieu des cris du dément.

La doctoresse déverrouilla une porte, et le commandant jeta un coup d'œil inquisiteur à l'intérieur. Ce qu'il vit le fit revenir précipitamment dans le couloir.

– Ne vous effrayez pas, dit la doctoresse en le repoussant dans la pièce. Posez simplement vos questions bien calmement et ne l'excitez pas.

Elle verrouilla la porte derrière elle, et le commandant se retrouva seul dans une petite pièce avec en face de lui une créature hurlante et gesticulante où le commandant eut bien de la peine à reconnaître quelques traits du lieutenant Verkramp. Le nez et les yeux, l'allure générale était bien celle du lieutenant, mais la ressemblance s'arrêtait là. Verkramp ne criait jamais comme ça, ne marchait pas sur les mains, n'essayait pas de grimper aux murs, et ne s'accrochait pas aux barreaux des fenêtres comme un ouistiti.

Le commandant se terra dans un coin de la pièce et comprit qu'il avait fait un voyage pour rien. Une seule chose était sûre : le lieutenant Verkramp était bien fou au-delà de toute expression.

– Boum, boum, badaboum boum boum, je suis le grand boum-boum ! s'égosilla Verkramp en se carapatant sous le lit. L'instant d'après il réapparut et essaya de s'emparer de la jambe du commandant. Celui-ci réussit à s'en débarrasser et Verkramp retourna se pendre aux barreaux de la fenêtre.

– Laissez-moi sortir ! s'écria le commandant qui se mit à taper contre la porte dans un désespoir hystérique.

Un œil froid le contempla à travers le guichet.

– Vous êtes bien sûr de lui avoir posé toutes les questions qui vous intéressaient lui demanda le docteur Von Blimenstein.

– Oui, oui, cria le commandant.

– Et en aucun cas Balthazar ne pourra être tenu pour responsable de ce qui s'est passé?

– Responsable? Bien sûr qu'il était irresponsable.

Le docteur Von Blimenstein ouvrit la porte et le commandant sortit en titubant dans le couloir. Derrière lui Verkramp était toujours accroché à la fenêtre, les yeux brûlants d'une lueur maladive.

– Il est pourtant dans un bon jour, dit la doctoresse en refermant la porte.

– Qu'est-ce qu'il a exactement alors? demanda le commandant qui n'arrivait pas à imaginer ce que pouvaient bien être les mauvais jours.

– Une petite dépression due à un surcroît de travail.

– Dieu du ciel, dit le commandant, ça avait pourtant l'air grave.

– C'est que vous n'avez pas l'expérience des maladies mentales, dit la doctoresse, vous voyez cela de l'extérieur.

– Ne croyez pas ça, dit le commandant. Vous croyez qu'il va s'en sortir?

– J'en suis certaine, dit la doctoresse. Il sera frais comme un gardon dans quelques jours.

Le commandant Van Heerden prit bonne note de son verdict, et avec une politesse sincère, car il voyait bien qu'elle avait sur les bras un cas désespéré, il la remercia de son aide.

– Si je peux vous aider en quoi que ce soit, lui dit-elle n'hésitez pas à m'appeler.

Priant silencieusement pour qu'elle n'en fît jamais rien, le commandant quitta l'hôpital. Dans sa chambre, le lieutenant Verkramp était en plein trip. C'était la toute première fois qu'il prenait du LSD.

13

Si la visite du commandant Van Heerden à l'hôpital psychiatrique lui avait donné une image terrible des profondeurs insoupçonnables de l'âme humaine, son rendez-vous suivant ne fit rien pour lui enlever l'impression que tout un chacun était devenu plus ou moins fou en son absence. Certes, les trente-six pauvres hères qui se traînèrent hors de leur cellule pour recevoir les profonds regrets et les plates excuses du commandant n'avaient plus rien des personnages importants et pleins d'autorité qu'ils étaient encore quinze jours auparavant. Le maire, que le commandant avait décidé de voir en premier, ne pouvait pas en faire autant. Ses yeux étaient gonflés et noirs à la suite, avait expliqué le sergent de garde, d'une tentative de suicide. Le maire s'était précipité à plusieurs reprises contre la poignée de la porte de sa cellule. Étant donné que les cellules n'avaient pas de poignée, l'explication semblait un peu courte. D'ailleurs, les yeux mis à part, le maire était dans un état lamentable. Il était resté huit jours debout avec un sac sur la tête et n'avait pu remplir aucune de ses fonctions, privées ou publiques, d'une façon qui correspondît à sa dignité. En conséquence, il était sale comme un pou et croyait mordicus présider le grand banquet annuel de la mairie.

– Il s'est agi d'un incident déplorable, commença le commandant en portant vivement son mouchoir à son nez.

– C'est à la fois un honneur et un privilège de comparaître ce soir devant cette auguste assemblée, bredouilla le maire.

– Je désire vous offrir... dit le commandant.

– Mes plus sincères félicitations vont à..., l'interrompit le maire.

– Pour cette action regrettable, dit le commandant.

– Ils sont peu nombreux ceux qui ont l'honneur...

– En vous gardant prisonnier...

– De servir la communauté de leur mieux...

– Ne se renouvellera plus...

– Un avenir radieux s'ouvre...

– Et merde, dit le commandant, incapable de poursuivre la conversation.

Pour finir, trois gardiens aidèrent le maire à signer une déclaration qu'il ne pouvait voir, et encore moins comprendre, au terme de laquelle il déclarait n'avoir aucune plainte à formuler contre la police qu'il remerciait au contraire de sa protection. Puis une ambulance le ramena chez lui. Plusieurs des autres détenus se montrèrent moins raisonnables, un ou deux croyant même avoir affaire à quelque nouvel inquisiteur.

– Je sais ce que vous voulez me faire dire,

déclara tout de go le directeur de la banque Barclay lorsqu'il vit le commandant. D'accord, je crache le morceau. J'appartiens à l'Église anglicane et je suis communiste.

Le commandant regarda le directeur et se sentit gêné. Le visage du banquier était salement amoché et ses chevilles gonflées d'être resté si longtemps debout.

– Vraiment? dit le commandant.

– En fait non, dit le directeur qui se sentit encouragé. Pas du tout. Je ne vais quasiment jamais à l'église. Mais ma femme insiste et elle est baptiste.

– Je vois, dit le commandant, mais vous êtes bien communiste?

– Oh mon Dieu, pleurnicha le directeur, est-ce que je serais banquier si j'étais communiste?

Le commandant lui tendit le document innocentant la police.

– Je me fiche complètement de ce que vous êtes du moment que vous signez ce papier, dit-il d'un ton acide. Si vous refusez je vous inculpe pour sabotage.

– Sabotage? Mais je n'ai rien saboté du tout.

– Vous avez vous-même reconnu avoir pissé sur le barrage de Hluwe, ce qui constitue un acte de sabotage au terme de la loi sur le terrorisme de 1962.

– Pour avoir pissé sur un barrage?

– Vous avez pollué nos ressources aquatiques. Vous risquez la peine de mort.

Le banquier signa le document des deux mains et on l'aida à sortir de la pièce.

Lorsque le commandant en eut fini avec les

prévenus, il se faisait tard et il n'avait toujours reçu aucune explication satisfaisante de la vague d'attentats. Certes, aucune nouvelle explosion ne s'était produite depuis que les autruches avaient démoli la plupart des bâtiments publics de la ville, mais la confiance ne serait vraiment restaurée que le jour où les terroristes se trouveraient sous les verrous. Le commandant quitta la prison et ordonna à Els de le ramener au commissariat.

En passant devant la réception où le policier de garde caressait d'un air langoureux la main d'un automobiliste venu porter plainte pour vol de voiture, le commandant se rendit compte de l'énormité de la tâche qui l'attendait. C'était avec des policiers totalement démobilisés qu'il lui fallait défendre la ville contre des terroristes si bien organisés qu'ils se servaient de l'explosif de la police pour leurs attentats et qu'à part le mort du cinéma Majestic, ils restaient totalement non identifiables. C'était une tâche surhumaine, et le commandant Van Heerden ne se faisait aucune illusion. Il n'était pas un surhomme.

Il se commanda un hamburger au bar d'en face et fit appeler le sergent Breitenbach.

– Ces agents secrets dont Verkramp parlait tout le temps, dit-il, qu'est-ce qui leur est arrivé?

– Je crois que Verkramp a perdu le contact avec eux, dit le sergent.

– Et pas qu'avec eux, ça je peux vous le dire, dit le commandant qui avait encore en tête les traits convulsés d'un Verkramp en pleine transe. Est-ce que quelqu'un sait de qui il s'agit?

– Non, mon commandant.

– Il doit bien exister des dossiers, dit le commandant.

– Ils ont été brûlés, mon commandant.

– Brûlés? Et qui les a brûlés?

– C'est Verkramp quand il est devenu fou, mon commandant.

– Comment! Tous les dossiers?

– Il avait un dossier qui s'appelait OPÉRATION DÉSASTRE ROUGE. Je ne l'ai jamais eu entre les mains, mais je sais qu'il l'a brûlé le soir où les autruches ont explosé. Elles l'ont beaucoup affecté ces autruches, mon commandant. Il n'était plus lui-même après qu'elles eurent explosé.

– Oui, bon, enfin ça ne nous avance pas beaucoup, dit le commandant tout en s'essuyant le menton tout dégoulinant de Worcester sauce. Vous savez, je me suis toujours demandé pourquoi les communistes avaient mis des micros chez moi. Verkramp avait l'air de penser qu'ils cherchaient à découvrir de quoi me faire chanter. Vraiment je ne comprends pas. Je n'ai rien à cacher...

– Évidemment, mon commandant, dit le sergent. Vous croyez que le lieutenant Verkramp guérira un jour, mon commandant?

Le commandant n'avait là-dessus pas le moindre doute.

– Il n'a pas une chance sur un million de s'en tirer, dit-il.

Le sergent Breitenbach parut délivré d'un grand poids.

– En ce cas, je pense que vous avez le droit de savoir que ces micros n'avaient pas été placés chez vous par les communistes, mon commandant.

Et il s'arrêta un instant pour laisser son supérieur hiérarchique comprendre tout ce qu'impliquait cette petite phrase.

– Vous voulez dire..., dit le commandant au bord de l'apoplexie.

– C'est Verkramp, mon commandant, se hâta de préciser le sergent.

– Vous voulez dire que cet enfant de salaud a mis des micros chez moi?

Le sergent Breitenbach fit signe que oui et attendit que l'orage se passe.

– Il a dit qu'il avait des ordres du BOSS, mon commandant, dit-il lorsque le commandant se fut quelque peu rasséréné.

– Du BOSS? dit le commandant. Des ordres du BOSS?

Il y avait comme un tremblement dans sa voix.

– Comme je vous le dis, mon commandant.

– Je vois, dit le commandant qui se demandait ce que diable les services de Sécurité pouvaient trouver comme intérêt à sa vie privée.

Mais ce doute ne le rassurait pas. Les gens auxquels le BOSS s'intéressait se suicidaient souvent en se jetant des fenêtres du quartier général du BOSS à Johannesburg.

– Je crois que ça faisait partie de sa folie, mon commandant, continua le sergent, de cette campagne pour la pureté morale.

Le commandant était accablé.

– Mon Dieu, dit-il. Alors toute cette histoire d'agents communistes n'était qu'une couverture? Verkramp voulait juste savoir si j'avais une liaison?

– Oui, mon commandant, dit le sergent Breitenbach bien décidé à ne jamais avouer avec qui Verkramp pensait que le commandant avait une liaison.

– Tout ce que je peux dire c'est que Verkramp a de la chance d'être à l'hosto. Sans ça je le ferais mettre aux arrêts.

– Oui mon commandant, dit le sergent. Heureusement, il n'y a pas eu d'attentats aujourd'hui.

Il désirait changer de conversation au plus vite et ne plus s'occuper de la vie privée du commandant. Celui-ci, les yeux perdus dans le vague, soupira longuement.

– Pas d'attentat aujourd'hui. Pas d'attentat hier. Pas d'attentat depuis que Verkramp est chez les dingues. Plutôt bizarre, non?

– Très bizarre mon commandant.

– Tous les attentats ont eu lieu pendant que Verkramp me remplaçait, continua le commandant. Et tous les explosifs sortaient de notre armurerie. Très, très, très bizarre...

– Est-ce que vous pensez ce que je pense? demanda le sergent.

Le commandant Van Heerden le dévisagea pathétiquement.

– Je ne pense pas à ce que je pense et je vous conseille de faire la même chose, dit-il. Ça ne sert à rien de penser ce qu'on pense!

Après cette forte déclaration, il resta silencieux un long moment. Si ce n'étaient pas des agents communistes qui avaient posé des micros dans sa maison... Alors... Mais il s'arrêta bien vite en si périlleux chemin. Si le BOSS était impliqué là-dedans, mieux valait ne pas y fourrer son nez.

– Eh bien, moi tout ce que je sais c'est que je dois mettre la main sur ces terroristes et les faire passer en jugement. Sans ça je peux dire adieu à mon commandement. Cette histoire va faire un foin du diable, et je ne veux pas porter le chapeau. Là-dessus, je vais me coucher. J'ai eu assez d'émotions pour aujourd'hui.

– Juste une dernière remarque, mon commandant, dit le sergent. J'ai établi quelques statistiques à propos des attentats.

Et il mit un bout de papier sous les yeux du commandant.

– Comme ce graphique l'indique, douze explosions ont eu lieu chaque soir d'attentat. D'accord? Eh bien la veille de votre départ, le lieutenant Verkramp avait commandé douze nouvelles clefs de l'armurerie.

Le commandant se prit la tête entre les mains.

– Allez-y, finit-il par demander. Dites-moi tout.

– Eh bien, mon commandant, continua le sergent, il semble que les agents de Verkramp étaient également douze.

– Vous voulez dire que c'est Verkramp qui a organisé ces attentats? demanda le commandant, mais c'était pure rhétorique.

Le sergent Breitenbach en était évidemment convaincu.

– En tout cas cela en a tout l'air, mon commandant, dit-il.

– Mais pourquoi diable? Ça n'a pas de sens commun, répétait le commandant frénétiquement.

– Oui, je crois qu'il avait complètement perdu la raison, mon commandant.

– Perdu la raison! Mais il ne l'avait pas perdue! Il lui avait tordu le cou une bonne fois pour toutes!

Lorsque le commandant Van Heerden alla se coucher ce soir-là, il avait lui aussi presque complètement perdu la tête. Les événements extraordinaires qui s'étaient succédé pendant la journée l'avaient durement éprouvé. Toute la nuit il se tourna et se retourna dans son lit, la tête pleine d'images hallucinantes où les autruches explosives et les policiers en goguette entouraient Mrs. Heatchcote-Kilkoon vêtue de ses seules bottes et d'un haut-de-forme qui chevauchait un énorme cheval noir au milieu d'un paysage ravagé par les explosions tandis que Els souriait diaboliquement à l'arrière-plan.

A Fort Rapier, le responsable des malheurs du commandant passait une bien mauvaise nuit lui aussi. Certes, son état s'était un peu amélioré depuis l'après-midi, mais le docteur Von Blimenstein commençait à se dire qu'elle avait sans doute un peu forcé sur le LSD.

Els, lui, faisait de beaux rêves. On lui avait demandé de garder l'appartement de Verkramp, et il y avait trouvé une impressionnante collection de magazines pornos. De quoi alimenter une belle songerie. Le lendemain matin, il alla chercher le commandant chez lui, et lorsqu'il s'approcha de la maison une bordée de jurons étouffés én provenance de la cuisine lui indiqua bien clairement que le commandant ne trouvait guère à son goût l'éditorial du *Zoulouland Chronicle*.

– Je le savais, je le savais! s'exclamait-il en brandissant l'article infâmant qui stigmatisait la police de la ville pour son incompétence, les tortures qu'elle avait fait subir à des innocents, et plus généralement son incapacité à faire respecter la loi et l'ordre. Ils vont nommer une commission d'enquête, c'est sûr. Le pays va à vau-l'eau. Tout est fichu. Comment veulent-ils que je fasse respecter la loi et l'ordre quand la moitié de mes hommes sont passés à la jaquette flottante?

Mrs. Roussouw était scandalisée par ce qu'elle entendait.

– Surveillez votre langage, lui dit-elle sévèrement, les murs ont des oreilles.

– Ah, parlons-en! hurla le commandant, vous vous rendez compte que j'ai vécu dans un véritable studio d'enregistrement depuis plusieurs mois? Il y a plus de micros dans cette maison que de trous à rats, et ce n'est pas peu dire...

Mrs. Roussouw blêmit sous l'injure.

– Vous n'avez pas le droit de dire ça, s'exclama-t-elle.

Els entendit avec un vif plaisi la discussion se poursuivre et s'envenimer. Lorsque le commandant Van Heerden quitta la maison, Mrs. Roussouw avait fini par déclarer qu'elle consentait à rester à son service mais à la condition que le commandant retirât sa phrase sur les trous à rats. Ce qu'il fit.

Devant le commissariat, un autre groupe de femmes en colère attendait le commandant.

– C'est une délégation de femmes de policiers, mon commandant, dit le sergent Breitenbach lorsque le commandant l'eut rejoint.

– Qu'est-ce qu'elles veulent?

– C'est à cause de leurs maris pédés, expliqua le sergent. Elles veulent qu'on les remette dans le droit chemin.

– Le droit chemin? Elles veulent qu'ils retournent batifoler avec des négresses?

– Non, elles veulent qu'ils batifolent avec elles.

– Bon, faites-les entrer, dit le commandant d'un air las.

Le sergent Breitenbach quitta la pièce et le commandant dut subir un feu roulant d'invectives de la part de douze femelles de grand gabarit qui avaient touché le fond de la frustration sexuelle.

– Nous sommes venues porter plainte, dit la plus imposante des dames.

– Bien sûr, dit le commandant, je comprends tout à fait.

– Non vous ne comprenez pas! dit la femme.

– J'ai cru comprendre qu'il s'agissait de vos maris en tout cas, dit le commandant.

– Exactement, dit la grosse dame. Nos maris ont été soumis à des expériences qui les ont privés de leur virilité.

Le commandant prit bonne note de la plainte.

– Je vois, mais que voulez-vous que j'y fasse?

La grosse dame l'accabla de son mépris.

– Il faut les remettre en état de marche et sans délai! déclara-t-elle.

Le commandant se tortilla sur son fauteuil.

– En état de marche?

– C'est cela, dit la grosse dame.

– Le commandant ne savait quoi répondre. Il décida d'essayer de la flatterie.

– Je crois, Mesdames que le remède est entre vos mains, énonça-t-il avec un pénible sourire égrillard.

– Mais c'est révoltant, se mit à hurler la dame, absolument dégoûtant.

Le commandant Van Heerden tourna au rouge brique.

– Mesdames, dit-il, je vous en prie, Mesdames...

Mais les femmes étaient déchaînées.

– Pourquoi pas des carottes et des bougies pendant qu'il y est! s'écriait l'une.

– Mesdames, vous m'avez mal compris, dit le commandant dans une tentative désespérée pour rétablir le calme. J'ai juste voulu dire qu'en vous remuant un peu...

Dans la mêlée qui s'ensuivit on put entendre le commandant affirmer que si elles voulaient bien y mettre du leur, alors...

– Pour l'amour du ciel retenez-vous... se défendait-il au milieu d'un cercle de femelles vociférantes.

Le sergent Breitenbach, aidée de deux policiers encore hétérosexuels, finit par venir rétablir l'ordre.

Pour finir, un commandant tout dépenaillé déclara aux dames qu'il ferait ce qu'il pourrait.

– Soyez assurées en tout cas que je ferai tout ce qui est en mon pouvoir pour que vos maris reprennent le chemin du lit conjugal, dit-il, et les dames consentirent à quitter le bureau.

Dans l'escalier, Els proposa ses services à plusieurs d'entre elles et eut vite trois rendez-vous pour le soir même. Lorsqu'elles furent toutes parties, le commandant demanda au sergent Breitenbach de faire prendre des photos d'hommes nus.

– Il va falloir tout refaire à l'envers, expliqua-t-il.

– Vous voulez des noirs ou des blancs, mon commandant?

– Des deux, dit le commandant, on ne saurait être trop prudent.

– Ne croyez-vous pas que nous devrions demander l'avis d'un psychiatre? s'enquit le sergent.

Le commandant Van Heerden réfléchit un instant.

– Où Verkramp a-t-il été dénicher ce traitement?

– Dans un livre écrit par un professeur nommé Absinthe je crois.

– Drôle de nom pour un professeur, dit le commandant.

– Drôle de professeur si vous voulez mon avis, dit le sergent, et je crois que nous devrions vraiment demander l'avis d'un psychiatre.

– D'accord, répondit le commandant l'air dubitatif.

Il ne connaissait pas d'autre psychiatre que le docteur Von Blimenstein, et n'était pas très chaud pour lui demander de l'aide. Mais à la fin de la matinée, la situation lui parut trop désespérée pour ne pas hurler à l'aide. Une délégation d'hommes d'affaires était venue lui proposer de former un groupe de vigiles pour aider la police dans ses efforts jusque-là infructueux pour protéger les personnes et les biens, et le commandant avait reçu plusieurs plaintes des meilleurs avocats de Piemburg pour séquestration arbitraire et torture du maire et de trente-cinq notabilités de la ville. Pour couronner le tout il avait reçu un coup de téléphone du haut-commissaire au Zoulouland exigeant l'arrestation immédiate de tous les terroristes impliqués dans les récents attentats.

– Je vous tiens personnellement responsable de tout ce qui s'est passé, Van Heerden, s'était écrié le commissaire qui cherchait depuis des années un prétexte pour dégommer le commandant. Mettez-le vous bien en tête. Ou vous m'apportez des résultats ou j'exige votre démission. Compris?

Le commandant avait compris. Il reposa l'appareil avec le regard d'un gros rat pris dans un piège trop étroit. Au cours de la demi-heure qui suivit, les conséquences des menaces du commissaire commencèrent à se faire sentir.

– Je me fiche de savoir de qui il s'agit, expliqua le commandant au sergent Breitenbach, tout ce que je veux c'est que vous arrêtiez sur-le-champ tout participant à un rassemblement de onze personnes.

– Même le maire et les conseillers? demanda le sergent.

– Non, pas le maire et les conseillers! Mais tous les autres oui, et que ça saute!

Comme à son habitude, le sergent Breitenbach commença à couper les cheveux en quatre.

– Vous ne croyez pas que ça va nous attirer des ennuis, mon commandant?

– Des ennuis? hurla le commandant. Et qu'est-ce que nous avons sur les bras? Des bouquets de roses peut-être? J'ai la tête en plein sur le billot et je ne vais pas laisser ce foutu commissaire me la faire sauter.

– C'est au BOSS que je pense, mon commandant, dit le sergent.

– Pourquoi au BOSS?

– Parce que les agents de Verkramp en faisaient probablement partie, mon commandant. Si nous les arrêtons je ne crois pas que Pretoria appréciera beaucoup.

– Alors qu'est-ce que je dois faire? demanda la commandant d'un air lamentable. Le commissaire veut que j'arrête les terroristes. Vous, vous me dites que je vais avoir le BOSS sur les bras. Qu'est-ce que je dois faire?

Le sergent Breitenbach n'en avait pas la moindre idée. Lorsqu'il fut parti, le commandant se mit le cerveau à la torture pour essayer de trouver une porte de sortie honorable.

Dix minutes plus tard il l'avait trouvée. Ou plutôt croyait l'avoir trouvée. Il s'apprêtait à envoyer Els chercher onze prisonniers noirs qui se feraient sauter la caisse dans une voiture volée avec des explosifs venus de l'armurerie de la police lorsqu'il se rendit compte que son beau plan avait un défaut. Tous les témoins avaient juré que les entreprenants amis des autruches étaient tous blancs. Étouffant un juron, le commandant reprit le problème à la base.

– Verkramp est fou à lier, marmonna-t-il pour la nième fois, et alors qu'il s'interrogeait sur la nature exacte de la maladie du lieutenant, il découvrit une brillante solution à son problème.

L'instant d'après, le commandant appelait le docteur Von Blimenstein et se faisait donner un rendez-vous pour l'heure du déjeuner.

– Je n'en crois pas mes oreilles, s'écria le docteur Von Blimenstein lorsque le commandant lui fit sa proposition.

Elle allait mettre en marche son magnétophone mais le commandant se hâta de le débrancher.

– Vous n'avez pas l'air de comprendre, dit le commandant avec une froide détermination. Ou vous coopérez avec moi, ou je fais passer Verkramp en jugement pour destruction de bâtiments publics et actes terroristes. Je ne donne pas cher de sa peau.

– Mais vous ne croyez quand même pas que je... dit la doctoresse en se dirigeant vivement vers la porte.

Mais devant cette porte se tenait roide comme la justice le *konstabel* Els. Elle se hâta donc de refermer la porte et revint vers le commandant.

– Comment osez-vous? protesta-t-elle.

Le commandant Van Heerden eut un horrible sourire.

– Vous ne pouvez pas arrêter mon Balthazar, continua la doctoresse décontenancée par ce sourire. Hier encore vous me disiez qu'il avait traité toute cette affaire avec un doigté et une conscience professionnelle exemplaires.

– Du doigté? Je vais vous en donner moi du doigté... s'écria le commandant. Vous savez ce qu'il a fait votre rigolo? Eh bien l'aimable Balthazar est le principal responsable de la pire campagne terroriste que le pays ait jamais connue. A côté de lui, les guérilleros du Zambèze jouent à la guéguerre. Il a personnellement ordonné la destruction de quatre ponts routiers, de deux lignes de chemin de fer, d'un transformateur électrique, d'un central téléphonique, de quatre réservoirs d'essence, d'un gazomètre, de cinq mille acres de canne à sucre et d'une antenne radio. Alors ne venez pas me parler de son doigté.

Le docteur Von Blimenstein s'effondra plus encore dans sa chaise.

– De toute façon vous n'avez aucune preuve, murmura-t-elle. Et puis il ne se sent pas bien.

Le commandant Van Heerden se pencha au-dessus du bureau et la regarda droit dans les yeux.

– Alors comme ça il ne se sent pas bien? demanda-t-il. Pas bien! Mais ma chère dame je vous fiche mon billet que lorsque le bourreau aura pris soin de lui il aura l'air beaucoup moins bien, croyez-moi.

Le docteur Von Blimenstein était bien forcée de le croire. Elle ferma les yeux et secoua la tête plusieurs fois comme pour se débarrasser de l'horrible vision de son fiancé montant sur l'échafaud. Heureux d'avoir marqué un point, le commandant prit une attitude plus conciliante.

– Après tout, il s'agit seulement de faire réussir à ces pauvres garçons ce qu'ils ont raté, expliqua-t-il. Ce n'est pas comme si nous allions contre leurs penchants naturels.

Le docteur Von Blimenstein rouvrit les yeux et lui lança un regard d'imploration.

– Mais Balthazar et moi sommes fiancés!

Ce fut au tour du commandant Van Heerden d'être choqué. L'idée d'un mariage entre la doctoresse aux gros tétons et la créature simiesque qu'il avait vue s'agiter dans sa cellule la veille lui paraissait le comble de l'abomination. Il commençait à comprendre le regard de terreur qu'il avait lu dans les yeux de Verkramp.

– Mes félicitations, bredouilla-t-il. En ce cas, vous comprendrez encore mieux la nécessité de suivre mes avis.

Le docteur Von Blimenstein dut reconnaître que oui.

– Bon, alors passons aux détails, dit le commandant. Vous allez donc vous débrouiller pour trouver onze suicidaires, que vous isolerez soigneusement. Ensuite vous utiliserez votre fameux traitement pour les transformer en parfaits marxistes-léninistes...

– Mais c'est impossible, dit la doctoresse, on ne peut pas se servir du traitement pour donner des idées aux gens. On peut simplement les faire changer d'habitudes.

– Ça, c'est ce que vous croyez, lui dit le commandant. Venez donc voir quelles idées votre Balthazar a réussi à donner à mes policiers.

Le docteur Von Blimenstein vit qu'elle faisait fausse route.

– Je ne connais rien au marxisme-léninisme, dit-elle.

– C'est bien dommage, dit le commandant qui se creusa la tête à la recherche d'un spécialiste.

Le seul qu'il connût purgeait une peine de vingt-cinq ans de prison.

– Ne vous tracassez pas, finit-il par dire. Je vous trouverai quelqu'un.

– Et après? demanda la doctoresse.

Le commandant Van Heerden sourit.

– Fiez-vous à moi, dit-il en prenant congé. Souvenez-vous que c'est pour Balthazar qu'on fait tout ça?

Lorsqu'il fut parti, le docteur Von Blimenstein réfléchit à la terrible mission que lui avait confié le commandant. « Au fond c'est une sorte d'euthanasie », songea-t-elle en jetant sur le papier une première liste de patients à tendance suicidaire. Le docteur Von Blimenstein s'était toujours senti une grande affinité avec les méthodes psychiatriques du IIIe Reich.

On ne pouvait pas en dire autant du prisonnier que le commandant alla visiter cet après-midi-là. Condamné à vingt-cinq ans de prison pour conspiration contre l'État, Aaron Geisenheimer venait de passer six ans dans un quartier de haute sécurité avec pour seule consolation l'idée qu'une révolution était sur le point d'advenir – la Révolution, et aussi une Bible, seul livre que les autorités pénitentiaires permettaient aux prisonniers de lire. Comme Aaron Geisenheimer avait passé toute sa jeunesse à étudier de façon obsessionnelle les œuvres complètes de Marx, Engels et Lénine, et comme par ailleurs il descendait d'une longue lignée de savants rabbins, on ne doit pas s'étonner qu'après six ans de fréquentation forcée des Saintes Écritures, il fût devenu une véritable mine d'informations bibliques. De plus il avait oublié d'être bête, comme le chapelain de la prison l'apprit à ses dépens. Après une heure d'entretien spirituel avec Geisenheimer, le chapelain commençait à douter de la divinité du Christ et se demandait sérieusement si *Le Capital* appartenait plutôt aux livres poétiques, historiques, ou sapientiaux, s'il fallait le mettre après le *Livre de Samuel*, ou la *Sagesse* de Salomon. Pour compliquer encore les choses, Aaron Geisenheimer assistait à tous les offices, ce qui obligeait le chapelain à hausser le niveau intellectuel de ses sermons à tel point qu'ils en étaient devenus totalement inintelligibles pour le reste de sa congrégation. Aussi le gouverneur de la prison fut-il absolument ravi d'entendre que le commandant Van Heerden souhaitait faire transférer Geisenheimer à Fort Rapier.

– Faites-en tout ce que vous voulez, dit le gouverneur Schnapps au commandant, je serai vraiment soulagé de ne plus l'avoir sur les bras. Il a réussi à faire porter des badges maoïstes à certains de mes gardiens.

Le commandant le remercia et alla rendre visite au prisonnier qu'il trouva plongé dans la lecture du prophète Amos.

– Car il est dit « Les hommes prudents garderont le silence lorsque ce temps viendra,car c'est le temps du mal »; lui déclara tout de go Geisenheimer lorsque le commandant lui demanda s'il avait des plaintes à formuler.

Le commandant Van Heerden parcourut des yeux la cellule.

– C'est un peu petit chez vous, dit-il. Même pas de quoi fouetter un chat.

– En effet, c'est fort bien observé.

– Vous n'auriez pas envie de vous installer plus au large?

– *Timeo Danaos et dona ferentes*, dit Geisenheimer.

– Je vous en prie, ne commencez pas à parler petit-nègre! aboya le commandant. Je vous ai demandé si vous voulez une plus grande cellule.

– Non, dit Geisenheimer.

– Et comment cela?

– Il est dit dans le Livre : « L'homme qui fuit le lion rencontrera les ours; s'il pose la main sur le mur de sa maison, un serpent le mordra. » C'est bien observé également.

Le commandant Van Heerden ne se sentait pas de taille en face d'Amos, mais il était quand même abasourdi.

– Vous devez vous sentir plutôt seul de temps en temps, dit-il.

– Ça c'est le propre d'un quartier de haute sécurité, dit-il philosophiquement.

Le commandant retourna voir le gouverneur Schnapps et lui expliqua qu'après un interrogatoire serré il était absolument certain que Geisenheimer était devenu inoffensif. L'après-midi même le redoutable marxiste fut transféré à Fort Rapier dans un pavillon isolé où il découvrit onze autres lits et les œuvres complètes de Marx et de Lénine obligeamment fournies par le commissariat de Piemburg.

– Oh, encore une chose, dit le commandant lorsque la doctoresse lui expliqua qu'elle avait réussi à dénicher onze très vraisemblables suicidés, pourriez-vous passer au commissariat cet après-midi? Je voudrais avoir votre avis sur la meilleure manière de faire revenir toutes ces tantes dans le droit chemin.

14

Lorsque le commandant arriva au terrain de manœuvres où le sergent Breitenbach avait rassemblé à grand peine deux cent dix policiers en colère, il n'était plus si mécontent de la tournure des événements. Bien sûr certaines difficultés l'attendaient encore, mais la normalisation avait bien commencé. Il faudrait encore un jour ou deux pour que les suicidaires soient tout à fait prêts à être arrêtés, et le commandant ne savait pas encore trop bien comment il s'y prendrait. Pourtant, la vue de la nuque du *konstabel* Els lui apporta quelque consolation. Faire disparaître les preuves et les témoins gênants était chez Els comme une seconde nature, et le commandant avait souvent caressé l'espoir qu'Els se ferait un jour disparaître lui-même. Mais c'était peu vraisemblable. Els avait une chance de pendu. Ceux qui avaient affaire à lui en manquaient toujours cruellement, et le commandant ne doutait pas qu'il procèderait à l'arrestation des onze malades de telle façon qu'il serait à jamais impossible de prouver leur innocence.

Lorsqu'ils arrivèrent au terrain de manœuvres, le commandant Van Heerden se sentait beaucoup mieux. Ce n'était pas le cas des deux cent dix policiers qui tremblaient à l'idée de subir le traitement pour la deuxième fois.

– Tu ne sais pas ce qui va nous arriver ce coup-ci, mon grand fou, dit l'un d'entre eux au sergent Breitenbach. Dieu sait ce qu'on va devenir!

Le sergent Breitenbach dut reconnaître qu'étant donné ce qui s'était passé la fois précédente, il ne pouvait donner aucune garantie.

– En tout cas, ça ne pourrait pas être pire, dit-il d'un ton convaincu.

– Parce que tu sais, minauda le policier, on pourrait devenir des vraies bêtes...

– Ça c'est un risque que je suis tout prêt à courir, dit le sergent.

– Et nous alors mon chéri? Et nous? C'est pas drôle de pas savoir ce qu'on va devenir! C'est dérangeant tu sais...

– Et tous les frais qu'on a faits, hein? fit un autre policier. Ça coûte une fortune les soutifs, les panties et tout le tra la la. On ne va pas nous les reprendre!

Le sergent Breitenbach en était à se demander comment il arriverait à les faire simplement rentrer au commissariat lorsque le commandant arriva à point pour lui enlever cette responsabilité.

– Je vais faire appel à leur patriotisme, expliqua-t-il en fixant d'un air dégoûté la perruque du policier Botha.

S'étant emparé d'un haut-parleur, il s'adressa

aux pédalo-flics en termes délicatement choisis :

– Messieurs! hurla-t-il, et sa voix chevrota très au-delà du terrain de manœuvres, jusqu'en pleine ville. Messieurs vous êtes l'élite de la police sud-africaine, et je sais que les traitements que vous avez subis récemment ne sont pas de ceux que vous voudriez voir répétés. Mais au nom des intérêts supérieurs du pays tout entier, j'ai donné l'ordre de vous appliquer ce traitement qui vous permettra de redevenir les hommes que vous étiez. Cette fois, une psychiatre professionnelle contrôlera tout l'opération et personne ne l'aura dans le baba.

Des rires tonitruants interrompirent le commandant à ce point de son discours, et un policier aux faux cils particulièrement épais entreprit de lancer des œillades. Le commandant Van Heerden, déjà porté au dernier degré de l'énervement par la tournure générale des événements, perdit complètement son sang-froid.

– Écoutez-moi, vous les roulures, s'exclama-t-il et on put enfin entendre l'opinion véritable qu'il avait de sa troupe à plus de trois kilomètres à la ronde. Des trous du cul j'en ai vu beaucoup dans ma vie, mais jamais des comme vous. Jamais je n'ai rencontré un pareil lot de mauviettes, de lopettes, de tapettes et j'en passe. Lorsque vous serez passés à la casserole, vous baiserez dans le sens de la marche et sans rouspétance.

C'est alors que survint le docteur Von Blimenstein. La doctoresse marcha d'un air décidé au-devant des policiers rebelles, et les plus exaltés se turent. Sa large carrure commandait le respect.

– Avec votre permission, commandant, dit-elle

alors que la tension artérielle du commandant redevenait à peu près normale, j'essaierai une méthode un peu différente.

Le commandant Van Heerden lui passa le haut-parleur et l'instant d'après sa doucereuse cantilène commença de se faire entendre.

– Les garçons... dit la doctoresse en suçotant les syllabes comme des bonbons, je veux que vous pensiez à moi comme à une amie, quelqu'un dont on n'a pas à avoir peur.

Une vague d'hésitation nerveuse parcourut les rangs. L'idée d'avoir pour amie un personnage au refoulement sexuel visible à l'œil nu séduisait visiblement les policiers, quel que fût le sexe précis du personnage. Le docteur Von Blimenstein continua sa harangue et le commandant s'en retourna, heureux de constater que l'hermaphrodisme de la doctoresse produisait sur sa troupe les effets désirés. Il retrouva le sergent Breitenbach au gymnase, où celui-ci vérifiait l'état du transformateur.

– Quelle femme abominable, dit le sergent.

Le docteur Von Blimenstein décrivait avec force détails les plaisirs de la copulation hétérosexuelle.

– Vous savez que c'est la future épouse de Verkramp, dit le commandant d'un air lugubre. Il l'a demandée en mariage.

Et il quitta le sergent sur cette nouvelle preuve de la folie furieuse de Verkramp pour affronter un nouveau et délicat problème. Une délégation de pasteurs de l'Église Hollandaise Réformée venait d'arriver et s'apprêtait à joindre ses remontrances à celles des policiers.

Le commandant les pilota jusqu'à un bureau

derrière le gymnase et attendit que le docteur Von Blimenstein ait fait asseoir ses patients avant de discuter du problème avec les pasteurs tout de noir vêtus.

– Vous n'avez pas le droit de changer la nature de l'homme, dit le révérend Schlachbals lorsque la doctoresse arriva. Dieu nous a fait ce que nous sommes et vous ne craignez pas d'aller contre ses desseins.

– Dieu n'a jamais décidé de faire de ces hommes des pédales, dit la doctoresse, ce qui confirma le pasteur dans son idée qu'il s'agissait d'un instrument du diable. C'est une œuvre tout humaine qui doit être humainement défaite.

Le commandant Van Heerden l'approuva du bonnet. Il trouvait qu'elle avait fort bien résumé la situation. Le révérend Schlachbals ne l'entendait pas de cette oreille.

– Si l'homme peut transformer de jeunes chrétiens en homosexuels par des moyens scientifiques, insista-t-il, il changera bientôt les noirs en blancs. Et vous savez ce que ça veut dire? C'est tout l'avenir de la civilisation occidentale et de la chrétienté en Afrique du Sud qui est en jeu!

Le commandant Van Heerden l'approuva lui aussi. Le pasteur avait évidemment raison. C'était très grave tout ça! Mais le docteur Von Blimenstein ne se laissa pas démonter.

– Vous n'avez pas compris ce qu'est la psychologie comportemantale, expliqua-t-elle. Nous ne faisons que rectifier des erreurs. Il n'est pas question d'altérer des caractères essentiels.

– Vous n'allez quand même pas me dire que ces jeunes gens sont par essence des... hom... homosexuels, dit l'ecclésiastique. Ou alors vous sapez les fondements moraux de la communauté sud-africaine.

Le docteur Von Blimenstein se refusa à l'admettre.

– Quelle stupidité! dit-elle. Je veux simplement dire que mon traitement peut exercer une pression morale qu'aucun autre moyen ne permet.

Le commandant Van Heerden, qui avait bien réfléchi à la manière de transformer les blancs en noirs par électrochocs, intervint tout à trac pour faire remarquer que si c'était le cas des milliers de noirs seraient déjà devenus blancs.

– On leur a toujours fait des électrochocs, dit-il. Ça fait partie de l'interrogatoire standard.

Le révérend Schlachbals ne se laissa pas impressionner.

– Mais ça c'est très différent, la punition est bonne pour leur âme, dit-il. Ce que fait la doctoresse altère l'œuvre de Dieu.

– Dieu n'a quand même pas ordonné que les policiers restent des tantes! s'écria le commandant.

– Évidemment non, dit le pasteur, mais cette femme n'a pas le droit de se servir de moyens scientifiques pour les transformer. Ce but si louable ne peut être atteint que par un effort moral. Par la prière. Aussi vais-je me rendre dans le gymnase où je m'agenouillerai, en missionnaire...

– Si vous faites ça, dit le commandant, je ne suis plus responsable de ce qui peut arriver!

Pour finir, on convint que les deux démarches pourraient être essayées en même temps. Le docteur Von Blimenstein commencerait son traitement pendant que le pasteur Schlachbals célèbrerait un service religieux en vue d'une conversion spirituelle. Leurs efforts combinés aboutirent à un succès complet, même si le pasteur Schlachbals mit quelque temps à s'accoutumer à l'idée d'entraîner sa congrégation à chanter « Plus près de toi mon Dieu » pendant que défilaient des diapos représentant des hommes nus appartenant aux deux races. Au début le chant manquait totalement de conviction, mais le docteur Von Blimenstein se mit bientôt au diapason et actionna rythmiquement la gégène chaque fois qu'une note particulièrement aiguë était nécessaire. Chaque fois, les deux cent dix policiers lancèrent leur note avec une ferveur que le pasteur trouva bien réconfortante.

– Il y a longtemps que je n'ai pas rencontré une congrégation aussi enthousiaste, dit-il au pasteur Diederichs qui vint le remplacer au bout de trois heures.

– Les voies du Seigneur sont impénétrables, répondit le dernier.

A fort Rapier, Aaron Geisenheimer pensait à peu près la même chose, si ce n'est que les voies du Seigneur étaient dans son cas remplacées par celles de l'histoire. L'arrivée à l'hôpital de onze patients assez intelligents pour tenter de se suicider à cause de la situation politique de l'Afrique du Sud, mais pas assez stupides pour y réussir, donnait à l'éminent marxiste matière à penser. Et l'attitude des autorités hospitalières, qui l'avaient vivement encouragé à leur exposer toutes les subtilités du matérialisme dialectique, ne le rassurait nullement. Il en vint à conclure que la police cherchait à obtenir de nouveaux indices en vue de refaire son procès, bien qu'il fût incapable de comprendre pourquoi elle voulait aggraver une condamnation à perpétuité. Quels que fussent leurs motifs, il décida de ne pas leur mâcher le travail, et il s'abstint soigneusement de parler du communisme à ses nouveaux compagnons. Tout au contraire, il donna libre cours à sa passion dialectique aiguisée par six années de réclusion, en exposant si bien les principaux épisodes de la Bible avec leurs multiples sens qu'en une semaine il les avait complètement débarrassés de leurs tendances suicidaires et en avait fait d'excellents chrétiens.

– Bon Dieu de mes deux, s'écria le commandant avec à-propos lorsque le docteur Von Blimenstein lui indiqua que Geisenheimer ne coopérait pas. Je croyais que ce salaud serait trop heureux de leur polluer la tête avec son marxisme. On ne peut pas mettre douze bons chrétiens dans le box des accusés.

– Oh, je ne sais pas, dit la doctoresse, après tout vous y avez mis l'évêque de Johannesburg.

– Mais c'était complètement différent, expliqua le commandant, lui c'était un communiste!

Il essaya de trouver une solution à l'épineux problème.

– Vous ne pouvez pas hypnotiser cet enfant de salaud, un truc comme ça?

Le docteur Von Blimenstein ne voyait pas en quoi cela arrangerait les choses.

– Vous leur diriez de se réveiller communistes!

dit le commandant. Un jour j'ai vu un hypnotiste transformer un homme en planche et s'asseoir dessus. Alors...

Le docteur Von Blimenstein dit que les idées ne pouvaient pas être traitées de la même façon.

– Vous ne pouvez pas faire faire aux gens des choses qu'ils ne feraient pas dans la vie courante. On ne peut pas les faire agir contre leur propre éthique.

– Je suis pourtant bien sûr que le pauvre type n'avait aucune envie d'être une planche, dit le commandant, pas dans la vie courante en tout cas, et pour ce qui est de l'éthique je trouve que vos suicidaires ont beaucoup de points communs avec les communistes. Tous les communistes que j'ai rencontrés veulent donner le droit de vote aux noirs et si ça n'est pas être suicidaire, alors qu'est-ce que c'est?

Il finit par la quitter en l'avertissant qu'une solution rapide était devenue absolument indispensable.

– Pretoria va nous envoyer une équipe d'enquêteurs sur le dos, et là on sera tous dans le merdier, dit-il.

Un peu plus tard dans la journée, il eut de nouveaux ennuis avec le pasteur Schlachbals, cette fois à propos de l'utilisation de femmes nues pour le traitement des pédalos.

– Cette doctoresse veut amener ici des filles venues des pires strip-teases de Durban, et les faire parader devant nos garçons, se plaignit le révérend Schlachbals. Elle dit qu'elle veut mesurer leurs réactions. Je vous promets que je ne laisserai pas faire ça!

– C'est pourtant une bonne idée, dit le commandant.

Le pasteur était scandalisé.

– Peut-être bien dit-il, mais c'en est trop pour moi. Passe d'avoir des hommes nus, mais les femmes... c'est une autre histoire!

– Comme vous préférez, dit le commandant.

Le pasteur rougit jusqu'aux oreilles.

– Je n'ai pas voulu dire..., dit-il en quittant les lieux.

Le commandant donna au docteur Von Blimenstein la permission de poursuivre l'expérience, et un peu plus tard une dizaine de filles venues des strips minables de Durban firent leur grand numéro devant les policiers tandis que le sergent Breitenbach passait dans les rangs avec une badine pour s'assurer que tout un chacun réagissait comme il fallait à ces pauvres stimuli.

– Au rapport! Tous présents, tous dressés! mon commandant, dit-il lorsqu'il eut terminé son inspection.

Le commandant Van Heerden remercia chaleureusement la doctoresse pour son aide et l'accompagna jusqu'à sa voiture.

– Ne me remerciez pas, dit la doctoresse, cette expérience m'a été extrêmement utile. Et puis c'était si agréable! Toutes les femmes n'ont pas la chance d'avoir un effet aussi stimulant sur deux cent dix hommes à la fois.

– Deux cent onze, Madame, dit le commandant avec une galanterie inhabituelle qui fit croire à la doctoresse qu'elle venait de faire une nouvelle conquête.

En fait, le commandant venait d'apercevoir Els

qui semblait sur le point de faire subir les derniers outrages à l'une des strip-teaseuses.

– Quelle femme! dit le sergent Breitenbach, Verkramp n'aura pas une chance avec elle.

– Voilà en tout cas un mariage qui n'a pas été fait au Ciel, dit le commandant.

Pendant ce temps, Mrs. Heathcote-Kilkoon en était arrivée à peu près à la même conclusion à propos de son propre mariage avec le colonel. Depuis son bref moment de bonheur dans la clairière, toutes ses pensées la ramenaient au commandant. Le colonel aussi en était obsédé.

– On avait bien besoin de lui! Il a écrasé mes plus belles roses, cravaché à mort un cheval de race, pollué l'aquarium d'un poisson tropical, empoisonné le pauvre Willie et le voilà qui s'en va avec le meilleur piqueux que j'ai jamais eu, dit-il au comble de l'irritation.

– C'est vrai, moi j'aimais bien Jolicœur, dit la marquise d'un air tendre.

Mais pour la plupart des membres du club, la visite du commandant fut bientôt oubliée et le bref éclair d'inquiétante réalité que sa présence avait apportée donna une sorte de frénétique gaîté à leurs efforts pour évoquer le passé. Ils allèrent en voiture jusqu'au Swaziland jouer au casino de Piggs Peak en souvenir du grand épisode de Berry à San Sebastian dans *Jonah & Co.*, lorsque celui-ci avait gagné quatre mille neuf cent quatre-vingt-quinze livres. Le colonel Heathcote-Kilkoon en perdit quarante avant d'abandonner, et de rentrer chez lui au milieu d'une tempête, en feignant une indifférence qu'il était loin d'éprouver. Ils se rendirent aux courses, mais n'eurent pas plus de chance. Le colonel pariait systématiquement sur les chevaux noirs en souvenir de Chaka.

– Foutu enfant de salaud, murmura-t-il, le naturel reprenant le dessus. Son jockey l'a retenu!

– Nous devrions organiser nos propres courses, Berry, dit le grassouillet. Il y a une course de voitures dans *Jonah & co.*

– Par Jupiter, mais il a raison! dit la larquise.

– Oui, les voitures s'appelaient Ping et Pong, expliqua le major Bloxham. Et la course se déroulait d'Angoulême à Pau. Deux cent vingt miles.

Le lendemain, les poussiéreuses routes du Zoulouland virent se dérouler une grande course de Weezen à Dagga et retour, et la nuit tombée le Colonel avait repris toute son assurance. Certes, Weezen avait peu de points communs avec Angoulême, et la ressemblance de Dagga avec Pau se limitait à la présence lointaine des montagnes, mais le Club ne s'arrêtait pas à ces menus détails et conduisait à tombeau ouvert avec un mépris parfait pour les autres usagers de la route. Le Colonel gagna entre autres trophées deux chèvres et une perdrix. Sur le siège arrière de la Rolls Mrs. Heathcote-Kilkoon faisait de son mieux pour jouer le rôle de Daphné mais le cœur n'y était pas. la marquise n'était pas très convaincante non plus dans le rôle du duc de Padoue, et elle insista pour que le grassouillet s'arrête à Sjambok lui acheter une bouée. Ce soir-là, Mrs. Heathcote-Kilkoon dit au colonel qu'elle se rendrait à Piemburg le lendemain matin.

– Une vraie permission alors? dit le colonel. Ne

reste pas trop longtemps en tout cas. Tu sais que demain on fait « Berry Déguise Sa Virilité ».

– Oui chéri, dit Mrs. Heathcote-Kilkoon.

Le lendemain elle se leva tôt et partit pour Piemburg. Lorsque l'immense voiture passa le col de Rooi Nek, Mrs. Heathcote-Kilkoon se sentit étrangement libre et juvénile. Le menton en l'air, les sourcils froncés, les cils rêveurs, un très léger sourire flottant sur sa petite bouche rouge, elle se renversa sur son siège avec un petit air décidé des plus séduisants. Seules ses lèvres entr'ouvertes trahissaient son avidité...

Elle était toujours d'humeur joueuse lorsqu'on l'introduisit dans le bureau du commandant.

– Mon chéri, dit-elle aussitôt que la porte se fut refermée, répandant à travers la pièce une vision d'élégance mauve et soyeuse.

– Pour l'amour du ciel! balbutia le commandant dans une tentative malhabile pour repousser le bras qui déjà se serraient autour de son cou.

– Il fallait que je vienne, je ne pouvais pas attendre! dit Mrs. Heathcote-Kilkoon.

Le commandant Van Heerden parcourut son bureau d'un regard de biche effarouchée. Il dut tourner sa langue sept fois dans sa bouche pour ne pas dire qu'il n'avait jamais demandé qu'elle vienne foutre la merde chez lui, mais réussit à se contenir. A la place, il demanda des nouvelles du colonel. Mrs. Heathcote-Kilkoon prit un siège et respira un bon coup avant de répondre :

– Il est absolument furieux contre vous, dit-elle.

Le commandant Van Heerden devint tout pâle.

– Vous ne pouvez pas lui en vouloir n'est-ce

pas? continua-t-elle. Je veux dire, songez à ce que vous penseriez si vous étiez à sa place.

Le commandant n'avait pas besoin d'y penser. C'était tout vu.

– Qu'est-ce qu'il va faire alors? demanda-t-il anxieusement, l'image du cocu colonel le tirant comme un lapin s'imposant peu à peu dans son esprit. Est-ce qu'il a un fusil?

Mrs. Heathcote-Kilkoon partit d'un bon rire.

– Un fusil? Mais mon chéri, il en a tout un arsenal, dit-elle. Vous n'avez pas vu son armurerie?

Le commandant s'assit et se releva aussitôt d'un bond. C'en était trop. Non seulement il devait faire le ménage derrière Verkramp, mais voilà qu'on en voulait à sa vie maintenant Mrs. Heathcote-Kilkoon ne comprenait que trop ce sentiment.

– Je n'aurais pas dû venir, dit-elle, avant que le commandant ait pu le dire lui-même. Mais il fallait que je vous prévienne...

– Comme si je n'avais pas assez d'emmerdements comme ça, s'écria le commandant, abandonnant toute prétention à l'élégance.

Mrs. Heathcote-Kilkoon changea de registre elle aussi.

– Doudou n'aime plus sa maman? minauda-t-elle.

Le commandant trembla d'indignation.

– Bien sûr qu'il l'aime, avoua-t-il, se réfugiant dans l'usage de la troisième personne.

Il était sur le point de dire qu'il avait trop de chats à fouetter pour se soucier des maris jaloux lorsque le sergent Breitenbach frappa à la porte.

– C'est un télégramme urgent pour Verkramp, mon commandant, dit-il. Du BOSS. J'ai pensé que vous voudriez le voir.

Le commandant arracha le message.

– EXPLICATION IMMEDIATE SAB SLASH SUBV PIEMBURG STOP URGENT ARR SLASH INTERRO COM LIBS STOP DETAIL ACTION STOP SAB SLASH L'EQUIPE SUBV BOSS SUIT, lut-il sans rien y comprendre.

– Qu'est-ce que ça veut dire? demanda-t-il.

Le sergent Breitenbach jeta un regard dubitatif vers Mrs. Heathcote-Kilkoon.

– Ne vous occupez pas d'elle, dites-moi ce que ce truc veut dire.

Le sergent Breitenbach regarda le télégramme à son tour.

– *Explication immédiate sabotage subversion Piemburg stop urgent arrestation interrogation communistes et libéraux stop détails action entreprise stop équipe sabotage subversion du BOSS suit.*

– Oh mon Dieu, soupira le commandant. Qu'est-ce qu'on va faire maintenant?

Sur sa chaise, Mrs. Heathcote-Kilkoon tremblait délicieusement de se trouver au cœur de l'action, là où des décisions d'importance étaient prises par des hommes en chair et en os en vue d'actions bien réelles. C'était une expérience aussi nouvelle qu'excitante. L'abîme qui séparait la réalité de la fiction au cours de toutes ces années où elle avait lu passionnément Dornfod Yates et joué le rôle de Daphné à travers tout le continent noir, avait soudain disparu. C'était ça, oui ça, tout à fait ça, et quoi que ce fût, Mrs. Heathcote-Kilkoon voulait en être. Faire partie de ça!

– Si seulement je pouvais vous aider, dit-elle

d'un ton mélodramatique lorsque la porte se referma derrière le sergent Breitenbach qui venait de reconnaître qu'il ne pouvait plus rien pour le commandant.

– Mais comment? dit le commandant qui ne désirait rien tant que d'être seul afin de penser aux quelques arrestations absolument nécessaires avant l'arrivée de l'équipe du BOSS.

– Je pourrais être votre Mata Hari, dit-elle.

– De celles-là, nous n'en avons que trop, dit le commandant, ce qu'il nous faut, c'est des suspects!

– Quelle sorte de suspects?

– Onze fêlés sachant se servir d'explosifs et détestant assez les Afrikanders pour vouloir revenir mille ans en arrière, dit le commandant d'un air morose.

Il ne fut pas peu surpris de voir Mrs. Heathcote-Kilkoon renverser sa jolie tête et se mettre à rire.

– Qu'est-ce qu'il y a maintenant? demanda-t-il au bord de l'hystérie.

– Vous êtes vraiment impayable, dit Mrs. Heathcote-Kilkoon. Vous rendez-vous compte de ce que vous venez de dire?

– Absolument pas, dit le commandant, tandis que les bouclettes s'agitaient délicieusement sous son nez.

– Mais vous ne comprenez pas? Le Club! Onze fêlés. Boy, Berry, Jonah... Mais c'est trop beau!

Le commandant Van Heerden se rassit bien vite, une lueur de compréhension injectant soudain ses yeux de sang. Le rire de Mrs. Heathcote-Kilkoon avait glacé le sergent Breitenbach dans la pièce à côté, et réveillé chez Els le souvenir d'autres temps et d'autres lieux, mais le commandant Van Heerden savait qu'enfin ses ennuis étaient terminés.

– D'une pierre deux coups, murmura-t-il en appelant le sergent Breitenbach.

Vingt minutes plus tard Mrs. Heathcote-Kilkoon, un peu interloquée par la façon cavalière dont elle avait été renvoyée du bureau du commandant mais riant encore de la bonne plaisanterie qu'elle venait de mettre au point, entra chez un coiffeur.

– Je crois que j'aimerais un rinçage noir pour une fois, déclara-t-elle avec cette intuition qui est, dit-on, le propre des femmes.

15

Dans le gymnase, où s'étaient récemment déroulées tant d'acrobaties involontaires, le commandant Van Heerden réunit ses officiers.

– Les terroristes sont basés dans une grande maison près de Weezen. Leur chef est un ancien colonel des services secrets britanniques, un de leurs meilleurs agents. Son second est le major Bloxham, et le groupe se sert comme couverture d'un club à prétentions littéraires, semble-t-il. Ils possèdent une grande quantité d'armes et de munitions, et nous devons nous attendre à une résistance acharnée lorsque nous donnerons l'assaut.

– Nous sommes bien sûrs que ce sont les terroristes que nous recherchons? demanda le sergent Schepers, qui appartenait à la Sécurité.

– Je comprends que cela surprenne, sergent, répondit le commandant en souriant, mais nous autres de la police en tenue nous avons nos propres agents. Vous n'êtes pas les seuls à avoir pénétré les milieux terroristes. Depuis un an notre camarade Els se fait passer pour un forçat afin de mieux infiltrer les terroristes de Weezen.

Aux côtés du commandant, Els rougit modestement.

– Grâce à ses efforts, nous avons obtenu des renseignements de première main sur l'organisation terroriste, ajouta-t-il avant que quiconque ait pu faire remarquer qu'Els n'était pas un témoin bien fiable. J'ajoute qu'au cours des deux dernières semaines je me suis rendu moi-même à Weezen. Mes observations confirment en tout point celles qu'avaient faites Els. Nous avons affaire à des ennemis déclarés de la République, qui se considèrent toujours comme citoyens britanniques, et sont extrêmement dangereux. On a essayé de me tuer au cours d'une chasse à courre.

– Avons-nous des preuves de leur implication dans les attentats de Piemburg? demanda le sergent Breitenbach.

– Très bonne question, sergent, dit le commandant. D'abord, Els témoignera qu'il a entendu souvent le colonel et ses complices évoquer la nécessité d'un changement de gouvernement en Afrique du sud. Ensuite Els jurera que pendant les nuits où ont eu lieu les attentats toute la troupe avait quitté la maison de bonne heure et n'était pas rentrée avant le lendemain matin. Enfin, et j'y insiste, un terroriste repenti viendra confirmer son témoignage. Cela vous satisfait-il, sergent?

– Sans doute, mais ce ne sont que des témoignages, dit le sergent Breitenbach encore dubitatif. Il nous faudrait des preuves tangibles.

– Vous avez entièrement raison, dit pompeusement le commandant en farfouillant dans sa poche d'où il finit par extraire un petit objet. Vous connaissez ça?

A l'évidence tous ceux qui se trouvaient dans la pièce avaient déjà vu des détonateurs appartenant à la police.

– Très bien, continua le commandant. Ce détonateur, messieurs, a été trouvé dans les écuries des Dames Blanches.

– Par Els? s'enquit le sergent Breitenbach.

– Par moi, dit le commandant tout en faisant mentalement un nœud à son mouchoir – il ne fallait pas oublier d'envoyer Els en avant-garde avec un camion plein à ras bord de détonateurs, de plastic et de capotes anglaises pour être tout à fait sûr que les preuves seraient en place avant l'arrivée du sergent Breitenbach sur les lieux.

En attendant, il détailla l'aspect de la maison et du jardin à ses officiers et donna l'ordre de mettre sur le pied de guerre les auto mitrailleuses, deux cents policiers avec leurs mitraillettes, les bergers allemands et les dobermans.

– Souvenons-nous que ce sont des tueurs! Ces gars-là ne sont pas des amateurs.

Lorsque Mrs. Heathcote-Kilkoon sortit toute pomponnée et permanentée de chez le coiffeur, le convoi en tête duquel roulaient les cinq automitrailleuses remontait la grand-rue. A la vue des policiers, son admiration pour l'esprit de décision du commandant ne connut plus de bornes. Quand le dernier camion contenant les bergers allemands disparut au coin de la rue, elle revint au commissariat bien décidée à lui dire une fois encore les yeux dans les yeux combien il lui manquait. Le sergent de garde était de cet avis lui aussi.

– Mais où est-il parti? demanda-t-elle d'un ton plaintif.

– Désolé, m'dam, dit le sergent je n'ai pas le droit de vous le dire.

– Mais vous pouvez me le laisser entendre, n'est-ce pas?

– Eh bien, si vous suivez ce convoi, je peux vous dire que vous le trouverez, dit le sergent.

Et Mrs. Heathcote-Kilkoon ressortit du commissariat toute déconfite avec, en plus, un grand creux à l'estomac. Pour se consoler, elle se rendit CHEZ LORNAA, sous Dirk's Arcade, et se fit servir une bonne tasse de thé et des gâteaux.

« J'essaierai de le trouver plus tard », songea-t-elle. Il ne pouvait pas être allé bien loin. Mais lorsqu'une heure plus tard, elle retourna au commissariat et apprit que le commandant ne reviendrait pas avant le lendemain, elle se rebella.

– Il me dit tout pourtant, expliqua-t-elle en déployant des charmes petits-bourgeois qui avaient affolé de plus fortes natures que le sergent de garde.

– Je ne peux pas vous en dire plus, lui souffla-t-il, mais ils sont allés à Weezen.

– En manœuvres? demanda Mrs. Heathcote-Kilkoon pleine d'espérance.

– Non, pour arrêter les terroristes, dit le sergent.

– A Weezen?

– C'est ça, dit le sergent, mais ne le répétez pas surtout.

Mrs. Heathcote-Kilkoon dit qu'elle n'en ferait rien et quitta le commissariat sans avoir encore une idée bien claire de ce qui se passait. Soudain, les conséquences des révélations qu'elle avait faites au commandant lui apparurent en pleine lumière.

– Oh! mon Dieu, murmura-t-elle en se tordant les mains.

Elle se précipita vers sa Rolls, mais fut incapable de retrouver les clés. Elle fouilla son sac de fond en comble. Les maudites clés n'étaient plus là! Elle retourna chez le coiffeur et en sortit cinq minutes plus tard les mains vides. Plantée au milieu de la rue, on aurait dit la personnification du désespoir lorsqu'un taxi se montra à l'horizon.

Mrs. Heathcote-Kilkoon s'en empara.

– A Weezen, et vivement, dit-elle.

Le chauffeur fit énergiquement signe que c'était impossible.

– Je ne fais pas de courses de 70 miles, dit-il.

– Mais je vous paierai le retour, dit Mrs. Heathcote-Kilkoon hors d'haleine.

– Alors à la bonne heure, dit le chauffeur.

– Et dépêchez-vous! C'est une question de vie ou de mort.

Le taxi s'arracha. Bientôt, on put le voir tressauter sur la route montagneuse. A l'horizon de lointains éclairs annonçaient l'approche d'un orage.

Les éclairs crépitaient déjà autour du camion conduit par Els, et des grêlons gros comme le poing mitraillaient le toit du véhicule. Toujours aussi peu attentif à la circulation générale, et aussi peu soucieux de sa vie propre que de celle de tout être vivant dans un rayon de 500 mètres à la ronde (au cas où le camion viendrait à exploser) Els se léchait les babines rien qu'à imaginer ce qui allait se passer le soir. Le colonel Heathcote-Kilkoon allait en prendre pour son grade. « Il va sentir sa douleur », songea-t-il avec délectation. Lorsqu'il atteignit Weezen, la nuit était tombée. Dans un crissement de pneus suraigu, il prit en dérapant le tournant vers les Dames Blanches, et avec une témérité que justifiait sa connaissance des habitudes très alcoolisées de la maisonnée, alla garer le camion juste derrière la maison. Une figure noire se montra au carreau. C'était Renard, celui de la chasse à l'anisette.

– Jolicœur, dit-il. Vous êtes revenu?

– Eh oui, dit Els, je suis revenu!

Els descendit du camion et alla ouvrir la porte arrière. Lorsqu'il revint, Renard avait disparu. Il appela, appela encore mais sans succès. Obéissant à un très sain instinct de conservation, Renard s'était enfui dans les bois et s'efforçait de mettre la plus grande distance possible entre lui et cet homme en uniforme de la police sud-africaine qu'il connaissait jusque-là sous le nom de Jolicœur. Renard avait lu la mort dans ses yeux, et son instinct ne le trompait jamais.

A l'intérieur de la maison, le colonel Heathcote-Kilkoon et ses invités montraient moins de discernement.

« Je me demande ce qui est arrivé à Daphné », se répétait le colonel en s'habillant pour la soirée, « c'est bien d'elle d'être en retard juste ce soir ». L'image que lui renvoyait le miroir l'émouvait aux larmes. Sa blouse rose, avec les longues manches ballon et la ceinture de velours noir nouée sur le côté, lui allait comme un gant. Un coquin petit chapeau noué sous le menton, que surmontait une lourde rose lui retombant sur l'œil, dissimulait tant bien que mal ses épis rebelles. Des bas de soie blancs et une paire de souliers vernis complétaient son accoutrement. A qui aurait pu douter de son identité, les mots « la Rose d'Angleterre » brodés sur un petit tablier, indiquaient clairement qu'il était bien Berry, au chapitre XI de *Jonah & Co.* Après avoir rapidement consulté le livre pour être sûr de n'avoir oublié aucun détail, le colonel descendit au salon afin de donner le signal de la fête.

– Je suis en Incroyable, dit le major Bloxham à la marquise.

– Tout à fait, tout à fait, pépia-t-elle sur tous les tons.

L'entrée du colonel Heathcote-Kilkoon déguisé en Berry déguisé en Rose d'Angleterre fut accueillie par des applaudissements enthousiastes. Le colonel attendit que les rires se fussent tus avant de prononcer son petit discours.

– Comme vous le savez, dit-il, nous nous réunissons chaque année pour représenter en une suite de tableaux vivants un des épisodes marquants de l'épopée de *Berry & Co.* Cette nuit, nous avons choisi le chapitre XI de *Jonah & Co.* « Où Berry Déguise Sa Virilité. » Tout s'annonce sous les meilleurs auspices!

Après quelques phrases senties sur la nécessité de faire flotter le drapeau sur la terre entière, le colonel dit au major Bloxham de brancher l'électrophone et entraîna ce dernier dans un tango.

– Ces culottes de Daphné sont fichtrement serrées, dit-il au moment où son partenaire le renversait.

– Et la marquise est complètement bourrée.

Dans l'obscurité, Els contemplait les événements avec un intérêt renouvelé. « Je me suis toujours demandé pourquoi il aimait tant les roses », songea-t-il, en regardant le colonel d'un œil nouveau.

Il revint au camion et commença à décharger les preuves flagrantes de l'implication du colonel dans une vaste conspiration destinée à renverser le gouvernement d'Afrique du Sud. Lorsqu'il eut terminé de ranger plusieurs dizaines de kilos de plastic sur les étagères de la sellerie, il commença à regretter d'avoir laissé Renard lui échapper. Et lorsque le dernier carton de capotes eût été mis en place, Els alluma une cigarette et réfléchit au moyen d'occuper le temps qui lui restait avant l'arrivée de ses collègues.

– Ça barde ce soir, entendit-il le grassouillet dire au major Bloxham sur la terrasse où les deux hommes urinaient de façon intermittente sur un parterre de bégonias.

Els éteignit vivement sa cigarette, mais ce qu'il venait d'entendre lui donna une nouvelle idée. Il sortit de la sellerie, alla chercher plusieurs seaux de kérosène au réservoir de l'autre côté de la cour et déversa ceux-ci dans la cave du colonel où ils vinrent napper visqueusement ses excellents bourgognes australiens. Pour rendre la mixture plus inflammable encore, Els jeta quelques pains de plastic supplémentaires dans la cave. Et pour empêcher quiconque de quitter la maison sans qu'on s'en aperçût. il répandit de l'huile de graine d'anis sur les paillassons avant de remonter dans son camion et de descendre jusqu'au portail attendre le reste du convoi. Après dix minutes d'attente, Els fut tenté d'aller voir comment se déroulait la soirée.

– Il faut bien tuer le temps, murmura-t-il en traversant le verger.

Devant lui, les Dames Blanches brillamment illuminées pour l'occasion, donnaient une impression d'abandon langoureux. Le tango avait été remplacé par des danses nègres, et le colonel s'était lancé dans un black-bottom endiablé avec la marquise pendant que le major Bloxham et le grassouillet débattaient gravement des ingrédients entrant dans la composition d'un cocktail intitulé, prétendait-il, « Couilles de Singe ». Sans aucun égard pour les pelouses du colonel, Els choisit avec soin une fenêtre d'où il jouissait d'une vue parfaite et détaillait la Rose d'Angleterre d'un air gourmand lorsque la marquise leva les yeux et poussa un grand cri.

Dans la deuxième auto mitrailleuse, le commandant Van Heerden se demandait s'il avait bien eu raison de confier autant de pains de plastic à Els. Certes, Els était la seule personne à connaître les lieux, et puis il aurait déjà entendu la détonation si tout avait sauté. De toute façon, ce ne serait pas forcément une mauvaise chose qu'Els en fît un peu trop. S'il déchaînait l'apocalypse, il n'y avait plus d'arrestation à faire, plus d'aveux à extorquer, et surtout plus de Els! Une fois de plus le commandant se demanda s'il avait eu raison de prêter l'oreille à Mrs. Heathcote-Kilkoon. Mais après tout, il n'avait pas vraiment le choix. Si elle était assez bête pour susurrer à son mari qu'elle le faisait cocu et que le colonel menaçait de descendre un membre de la police sud-africaine, que dis-je, un officier, il ne fallait pas s'étonner de ce qui allait s'ensuivre. Le commandant ne se souvenait pas que Mrs. Heathcote-Kilkoon eût positivement affirmé que son mari avait menacé de lui tirer dessus, mais dans un cas pareil de simples soupçons suffisaient amplement. Et si le colonel voulait se plaindre au BOSS, il serait bien reçu. Après les millionnaires juifs dont les parents avaient émigré de Petrograd, les Anglais de la vieille école étaient les suspects préférés du BOSS, surtout s'ils avaient des liens avec l'Église anglicane. Le mépris affiché du colonel pour les Afrikanders rendrait son innocence tout à fait impossible à soutenir, tandis que sa connaissance du maniement des explosifs ferait de lui le parfait suspect. Le commandant se souvint alors que l'Union Jack flottait sur les Dames Blanches. Aux yeux du BOSS, cela seul devait suffire à faire considérer le colonel et son club comme des traîtres redoutables. Pour apaiser ses derniers remords de conscience, le commandant évoqua rapidement et silencieusement la mémoire de son grand-père assassiné par les Anglais après la bataille de Paardeurg.

Œil pour œil dent pour dent. Arrivé devant le commissariat de Weezen, il fit arrêter l'automitrailleuse et demanda à voir le sergent de garde.

– Le colonel Heathcote-Kilkoon, un communiste? demanda le sergent lorsqu'il finit par apparaître en pyjama et l'air échevelé. Il doit y avoir une erreur.

– Selon nos informations il s'agit d'un terroriste entraîné par les services secrets anglais, dit le commandant. Avez-vous un dossier complet sur ses activités pendant la guerre dans vos rapports à la Sécurité?

– Quelle Séc... commença le sergent avant de comprendre son erreur. Non.

– Je garde toujours un exemplaire de mes rapports au cas où le QG de la Sécurité perdrait celui que je leur envoie, dit le commandant. C'est incroyable le nombre de fois où ils ont perdu mes rapports.

Le commandant sortit, et le sergent fut stupéfait par les moyens déployés en vue de l'arrestation du colonel Heathcote-Kilkoon. Comme pour étayer les accusations de terrorisme portées contre le colonel, une langue de feu s'échappa des Dames Blanches. Le commandant Van Heerden sauta dans son automitrailleuse, et le sergent revint à son bureau où il entreprit un rapport accablant pour le colonel. Ce n'était pas bien difficile puisque le commandant avait oublié de reprendre son propre rapport et l'avait laissé sur le bureau.

Lorsque le convoi s'ébranla, le sergent tapa bien proprement une liste impressionnante de chefs d'accusation qu'il data de six mois plus tôt. « Mieux vaut tard que jamais », se consola-t-il.

C'était exactement ce que pensait le chauffeur de Mrs. Heathcote-Kilkoon.

– Il y a de la glace sur la route, lui dit-il lorsqu'elle lui demanda pourquoi il s'était arrêté.

– Mais c'est absurde, dit Mrs. Heathcote-Kilkoon, la nuit est chaude.

– Il y a eu un orage de grêle, Madame, et si ce n'est pas de la glace c'est une mince couche de boue qui glisse tout autant.

Sur le siège arrière, Mrs. Heathcote-Kilkoon se rongeait les sangs. La journée qui avait commencé par les agréables tourments de son dialogue mensuel avec son coiffeur tournait au cauchemar. Faire des aveux pathétiques était une chose. Cela ajoutait un peu de piment à son existence morose. Mais quel rapport avec ce convoi de voitures blindées, de policiers armés jusqu'aux dents et de dobermans aux dents menaçantes? « C'était juste une plaisanterie », se répétait-elle pour se consoler. Ce qui ne la consola pas, ce fut la remarque du chauffeur :

– J'ai l'impression que l'armée est passée par ici, dit-il lorsque la voiture fit une embardée sur une portion de route défoncée par les automitrailleuses. M'étonnerait pas qu'ils soillent en manœuvres...

– Qu'ils soient, dit Mrs. Heathcote-Kilkoon plus correctement en scrutant l'horizon obscur.

Dans le salon des Dames Blanches, son mari faisait exactement la même chose, mais avec plus de craintes encore. Le cri de peur de la larquise avait fourni à la Rose d'Angleterre l'occasion de faire preuve de sentiments chevaleresques propres à restaurer la confiance du colonel en son appartenance sexuelle, confiance que les avances de la marquise avaient quelque peu mis à mal.

– Je vais lui apprendre à vivre! hurla-t-il en se précipitant dans son bureau aussi vite que le lui permettaient les culottes de sa femme.

Un instant plus tard, il en ressortait avec un fusil à éléphants.

– C'est de la légitime défense, répétait-il convulsivement en tirant au petit hasard dans le jardin.

Els, qui détalait à travers la pelouse, fut surpris par la précision inattendue du tir du colonel. Celui-ci visait semblait-il un petit buisson bien taillé à vingt mètres sur la droite du policier, mais la balle ricocha sur un rocher et vint siffler désagréablement aux oreilles d'Els. Celui-ci se mit à couvert dans un petit jardin en contrebas et sortit son pistolet. Il pouvait voir le colonel se détacher bien clairement dans l'embrasure d'une fenêtre. Els visa juste au-dessus de l'épaule du colonel et fut absolument ravi par la panique que déclencha son tir. Toutes les lumières s'éteignirent et le colonel ordonna à tout un chacun de se coucher par terre. Els put alors tout tranquillement ramper jusqu'à un massif d'azalées d'où il contrôlait la porte de service. La bataille des Dames Blanches venait de commencer.

– Dieu tout-puissant, s'écria la Rose d'Angleterre lorsqu'une troisième balle, tirée cette fois depuis une tout autre partie du jardin déchira l'air et vint mettre en pièces un vase sur le manteau de la cheminée. Mais c'est une émeute! Les nègres se sont soulevés!

Indigné de constater que les sous-hommes étaient armés d'autre chose que de sagaies et de casse-têtes, il se prépara à défendre son petit coin de civilisation occidentale contre la vague de barbarie dont il attendait depuis longtemps la venue. Derrière lui les membres du Dorford Yates

Club, dégrisés par la perspective d'un bain de sang, s'agglutinèrent dans le bureau où le major Bloxham leur distribuait des fusils et des munitions. Avec un air d'autorité militaire, dont il n'avait jamais fait montre jusque-là, le colonel déploya ses troupes.

– Boy, couvre la pièce de devant. Toby, la cuisine! Vous autres égaillez-vous dans la bibliothèque et commencez à tirer.

– Qu'est-ce que je dois faire moi? demanda la marquise.

– Passez les munitions et gardez votre poudre sèche, lui lança le colonel d'un ton peu amène.

La marquise rampa jusqu'au bureau et entreprit de se déshabiller. Si les hordes noires devaient arriver bientôt, inutile de continuer à prétendre qu'elle était un homme.

– Plutôt violée que morte, ou mort, murmura-t-elle dans l'obscurité.

– Qu'est-ce que vous dites? murmura le major Bloxham.

– J'ai dit que la nuit tous les chats sont gris, même les noirs, dit la larquise.

Dans les massifs d'azalées, Els se laissait bercer par les coups de feu en provenance de la maison. Ça allait être une bonne nuit...

Dans la deuxième automitrailleuse le commandant Van Heerden était moins enthousiaste. Il ne se souvenait que trop bien des conséquences des guerres entreprises par Els pour son propre compte [1].

1. Voir *Mêlée ouverte en Zoulouland.*

– Le con, il va nous tirer dessus à tous les coups, marmonna-t-il lorsque le sergent Breitenbach vint au rapport.

– Ouvrez le feu du plus loin possible, dit-il au sergent, surtout ne vous approchez pas trop près.

Les deux cents policiers étaient maintenant descendus des transports de troupes et, dissimulés par les fourrés qui entouraient le domaine des Dames Blanches, ajoutaient leur feu nourri à celui d'Els et du Dornford Yates Club.

– Pourquoi ne pas envoyer les automitrailleuses? demanda le sergent Breitenbach.

– Il n'en est pas question, dit le commandant qui ne tenait nullement à s'approcher d'Els, des stocks d'explosifs, et du colonel irascible avec tout son arsenal. On va les fatiguer un moment avant d'y aller.

Excités par la fusillade, les chiens de l'équipage donnaient de la voix à qui mieux mieux, bientôt rejoints par leurs camarades bergers allemands et dobermans.

Dans la maison assiégée, les défenseurs venaient de comprendre tout ce qu'impliquait la possession des derniers modèles d'armes automatiques par les hordes noires. La marquise avait déjà déserté son poste pour aller dans sa chambre changer de sous-vêtements dans l'attente de son sort pitoyable. Au beau milieu de cette opération elle fut touchée par une rafale de mitrailleuse. Ce fut la première victime de ce grand combat.

Le majordome zoulou, plus avisé, quitta la maison en catimini et réussit à gagner une cabine téléphonique. Il appela fébrilement l'opératrice.

– Passez-moi le commissariat, dit-il.

L'opératrice ne l'entendait pas de cette oreille.

– Ne me parle pas comme ça, sale nègre! aboya-t-elle. Demande-moi gentiment.

– Oui, maîtresse, dit le majordome, reprenant le ton de servilité nécessaire. Ambulance s'il te plaît, maîtresse.

– Une ambulance noire ou blanche?

Le majordome réfléchit.

– Blanche, maîtresse, finit-il par déclarer.

– Ce n'est pas pour toi au moins? s'enquit la demoiselle. Les nègres n'ont pas le droit d'emprunter les ambulances blanches. Après il faudrait les désinfecter.

– Pas pour moi, maîtresse. Pour maître blanc.

– A quelle adresse?

– Dames Blanches, dit le majordome.

– Quelles Dames Blanches?

– La maison des Dames Blanches, dit le majordome d'un ton pressant.

– Je sais, mal blanchi, éructa l'opératrice. Je sais que les dames blanches vivent dans des maisons. Je sais qu'elles ne vivent pas dans des cabanes de branchages comme toi. Je te demande qui est la dame blanche!

– Mrs. Heathcote-Kilkoon, dit le majordome.

– Tu pouvais pas le dire tout de suite? s'écria l'opératrice.

Le majordome reposa le combiné et reprit son chemin dans la nuit inhospitalière où les maîtres blancs se tuaient les uns les autres avec une férocité qu'il trouvait difficilement compréhensible.

– Pas la peine de nous en mêler, murmura-t-il en marchant de plus en plus vite vers Weezen.

Une balle perdue sifflait de temps en temps au-dessus de lui. Le majordome baissait alors vivement la tête. Dans la grand-rue un policier le hêla et lui demanda ses papiers.

– Vous êtes en état d'arrestation, dit le policier lorsque le majordome reconnut qu'il n'avait pas de papiers sur lui. On ne va quand même pas laisser les sauvages se promener la nuit sans papiers.

– Oui, Bwana, dit le majordome en grimpant dans le panier à salade.

Els n'avait pas été positivement ravi de l'arrivée de ses camarades. Se trouver pris en sandwich entre deux équipes de fusillots prétendant les uns et les autres défendre la civilisation occidentale n'était pas vraiment une sinécure. Els songea donc qu'il était temps de faire savoir qu'il était là et un peu là. Il rampa à travers les azalées jusqu'à l'angle de la maison, piqua un sprint à travers la cour, et allait mettre feu au kérosène qu'il avait versé dans la cave lorsqu'il se rendit compte qu'il allait faire ainsi malencontreusement disparaître les preuves de la culpabilité du colonel, sans parler de sa précieuse personne. S'étant emparé d'un tuyau d'arrosage il déversa donc des litres d'eau sur les pains de plastic entreposés dans la sellerie. Il était si occupé qu'il ne se rendit pas compte qu'un personnage de haute taille s'enfuyait dans l'obscurité à travers les chenils. Sûr d'avoir pris toutes les précautions possibles, Els referma la porte de la sellerie et se faufila de nouveau dans la cour.

– Ça, ça va vous faire sortir, mes petits amis, annonça-t-il en jetant une allumette dans le kérosène avant de se planquer. L'instant d'après une longue flamme illumina la nuit, et une explosion secoua les fondations des Dames Blanches. Els contempla son œuvre avec satisfaction, tandis que derrière lui la police cessait de tirer. A l'exception de quelques bouteilles de Bourgogne australien, faisant sauter son bouchon, les Dames Blanches n'offraient aucune résistance. La grande nuit de « Berry Déguise Sa Virilité » était bien terminée.

Le colonel Heathcorte-Kilkoon fut bien le seul à ne pas voir sa maison brûler. Il était trop occupé à chercher un abri. Il ne cessait de maudire sa femme en qui il voyait la responsable de tous ses malheurs.

– Tout ça ne serait pas arrivé si elle avait été là, répétait-il rageusement, ce qui était moins un hommage au charisme de sa femme qu'à la pression douloureuse exercée sur son estomac par le porte-jarretelles.

Aiguillonné par les cris qui saluaient la destruction de sa maison, et par le désir d'apprendre à ceux de ses voisins que n'avait pas encore éveillés le bruit de la bataille la nouvelle du soulèvement des indigènes, la Rose d'Angleterre se précipita dans un petit bois où elle essaya de se débarrasser du porte-jarretelles.

– Il faut que j'enlève ça avant d'éclater, marmonna-t-il avant de décider dix minutes plus tard que tous ses efforts seraient vains.

Un peu de sommeil peut-être réussirait à le désenfler, et il se coucha à l'ombre d'un fourré.

Depuis la tourelle de son automitrailleuse, le commandant Van Heerden contempla ce qui restait des Dames Blanches avec un mélange de satisfaction et de regret.

– Vous ne doutez plus que c'étaient des terroristes, sergent? demanda-t-il au sergent Breitenbach.

– Plus maintenant, dit le sergent. Il y a là assez de plastic pour faire sauter la moitié de Piemburg.

Le commandant Van Heerden disparut aussitôt dans l'automitrailleuse. On put entendre sa voix étouffée enjoindre au conducteur de se tirer d'ici vite fait. Le sergent Breitenbach alla donner un coup d'œil par la porte de service.

– Tout va bien, dit-il au commandant, ça ne peut pas sauter. Quelqu'un a arrosé le plastic!

– Vous en êtes sûr?

Le sergent Breitenbach dit que s'il n'en était pas sûr, il ne serait plus là, et le commandant accepta finalement de sortir de son trou.

– Il vaudrait mieux quand même appeler les pompiers, dit-il. J'en ai ma claque de toutes ces explosions, et je tiens à avoir un état précis des victimes aussi vite que possible.

– A combien de suspects vous attendiez-vous? demanda le sergent.

– Onze m'iraient très bien, dit le commandant en redescendant dans l'automitrailleuse où il tenta de prendre un peu de repos.

A l'entrée de ce qui avait été sa maison, Mrs. Heathcote-Kilkoon fut arrêtée par un sergent et plusieurs policiers armés de mitraillettes.

– Désolé, Madame, dit le sergent, mais les ordres sont les ordres. Personne ne peut entrer.

– Mais j'habite ici, monsieur l'officier, dit Mrs. Heathcote-Kilkoon extrayant un sourire enjôleur du plus profond de son désespoir.

– Non, vous n'habitez pas ici, dit le sergent. En tout cas vous n'y habitez plus.

A l'arrière du taxi, Mrs. Heathcote-Kilkoon serra son manteau autour de ses épaules et frissonna. Pour ajouter à son malheur, le chauffeur de taxi exigea d'être payé avant de la conduire ailleurs.

– Comment voulez-vous que je vous paie? Tout ce que j'avais était ici, dit-elle en désignant la colonne de fumée qui obscurcissait le ciel nocturne.

– Vous avez dit que vous paieriez double course quand nous serions arrivés, insista le chauffeur, je n'a pas fait tout ce chemin pour rien.

– Je n'ai rien à vous donner, dit Mrs. Heathcote-Kilkoon tristement.

– Là ma petite dame, vous vous trompez dit le chauffeur en reprenant la route.

Quelques centaines de mètres plus loin, il arrêta la voiture et grimpa sur le siège arrière.

– Je suppose que ça paiera la course, murmura Mrs. Heathcote-Kilkoon tandis que de grosses mains batifolaient dans ses panties.

16

La chute des Dames Blanches déclencha chez Els des sentiments non moins ambigus que ceux du commandant. Son seul regret était d'avoir trop bien réussi dans son entreprise pyromanique. Il avait espéré que l'incendie ferait sortir du bois quelques-uns au moins des survivants du Dornford Yates Club, et qu'il aurait pu alors les tirer tout à loisir. Els regrettait particulièrement la défection de son ancien employeur. Il y avait longtemps qu'il espérait faire subir à la Rose d'Angleterre quelques-uns des outrages qu'elle lui paraissait mériter.

Bien avant que les cendres aient eu le temps de refroidir, Els s'était précipité dans les décombres pour faire le décompte des corps et s'assurer que personne n'avait été oublié. Lorsqu'il eut terminé, il avait entre les mains les restes agglutinés des joyaux de Mrs. Heathcote-Kilkoon et commençait à penser que quelque chose manquait.

Trébuchant dans les cendres, il compta de nouveau les cadavres.

– Il n'y en a que onze, dit-il au sergent Breitenbach, qui le regardait avec dégoût.

– Qui s'en soucie? demanda rhétoriquement le sergent.

– Moi, dit Els, ils devraient être treize.

Il refit mentalement ses calculs.

– Ça cloche toujours, annonça-t-il. Il y en a un qui manque.

– Combien de domestiques? demanda le sergent.

– Je ne compte pas les nègres, dit Els, je parle des gens.

– Alors, c'est qui?

– Sans doute le colonel, fit Els amèrement. L'enfant de salaud! Ça lui ressemble bien de filer comme un lapin.

Le sergent Breitenbach dit que vu les circonstances cela lui paraissait compréhensible, puis alla frapper à la porte de l'automitrailleuse.

– Qu'est-ce que c'est? demanda le commandant encore assoupi.

– Els dit que le colonel s'est échappé, dit le sergent.

La rapidité avec laquelle le commandant réagit stupéfia le sous-officier.

– Allez chercher les chiens! hurla-t-il comme un dément, les chiens! Il faut retrouver ce cochon...

Aussitôt le sergent Breitenbach alla libérer les dobermans, tandis que Els se rendait au chenil. La grande cour gravillonnée était maintenant remplie de chiens policiers grondant et grinçant, et d'une meute de fox-hounds bien gorgés qui taïautaient à qui mieux mieux. En plein centre de cette masse mouvante et menaçante, le commandant Van

Heerden, effondré à l'idée que le mari colérique de Mrs. Heathcote-Kilkoon était encore en liberté, essayait de ne pas se faire mordre.

– Au pied Jason, au pied Maraudeur, répétait-il, essayant de retrouver la formule magique qui avait si bien marché dans la clairière.

Mais si près du chenil, la formule était inopérante. Trop occupés d'eux-mêmes, les chiens jappaient et grondaient de façon de plus en plus inquiétante. Le commandant commençait à croire qu'il allait bientôt être haché menu lorsque Els apparut sur son petit cheval tenant en laisse la jument baie de Mrs. Heathcote-Kilkoon. Le commandant sauta en selle en poussant un sourire de soulagement.

– Est-ce que je ne fais pas un beau maître d'équipage? Chiens de garde et chiens courants même combat! s'écria-t-il orgueilleusement.

Els sonna de la trompe et la chasse s'ébranla.

– Pourquoi même combat? demanda Els.

Le commandant fronça les sourcils.

– Le bon combat! dit-il en éperonnant son cheval bai pour rejoindre les chiens qui venaient de retrouver la voie de la Rose d'Angleterre.

Le mélange de Chanel N° 5 et de graine d'anis était vraiment immanquable. Même les dobermans l'avaient senti. Aux petites lueurs de l'aube, on les vit soudain accélérer le pas.

Le colonel Heathcote-Kilkoon, que le sommeil n'avait pas suffit à libérer tout à fait des sous-vêtements de sa femme, accéléra le pas lui aussi. Le son de trompes qu'il avait entendu tandis qu'il essayait de se débarrasser de tout son attirail au beau milieu d'un bosquet, avait sonné lugubrement à ses oreilles. Lorsque les premiers chiens courants apparurent à l'horizon, le colonel quitta son abri et se dirigea vers la rivière. Tout en détalant, il se débarrassa des accessoires les moins solidement accrochés de la Rose d'Angleterre. Tour à tour sa jolie robe rose, ses manches ballon, son chapeau et son tablier miniature s'en vinrent joncher la prairie, comme les pathétiques reliques d'un rêve impérial. Au bord de la rivière, le colonel hésita à plonger. « Il faut que je me débarrasse de cette odeur », se disait-il en refaisant surface. Puis il laissa le courant l'emporter.

– Il nous a filé entre les doigts! hurla Els en voyant les chiens tourner frénétiquement autour des vêtements en lambeaux.

– Je vois, dit le commandant, tout en contemplant d'un air dégoûté les lambeaux d'accoutrement roses. Vous êtes bien sûr que ce n'est pas le major Bloxham? Il a dit qu'il portait toujours du rose.

Mais Els était déjà descendu au bord de la rivière à la suite des chiens et reniflait l'air du matin.

– Il est passé par là, finit-il par déclarer en désignant du doigt l'aval de la rivière.

L'instant d'après, il était parti au grand galop sur le sentier qui la bordait. Le commandant Van Heerden le suivit avec moins d'enthousiasme.

Le soleil s'était maintenant levé, et le commandant commençait à éprouver quelques regrets. Plus besoin de se presser maintenant. Els était lancé sur sa piste. Le commandant savait d'expérience que nul ne pourrait l'arrêtcr. Et puis maintenant il n'avait plus rien à craindre du BOSS. Les erreurs de jugement de Verkramp étaient maintenant enterrées dans les décombres des Dames Blanches. Plus personne ne viendrait mettre en question l'efficacité de l'action du commandant maintenant qu'il disposait de onze cadavres et cent cinquante kilos de plastic pour confirmer ses dires. Pour la première fois depuis longtemps, il se sentait en sécurité, et cette sécurité retrouvée l'induisait à tenter de se conduire en gentleman. Chasser des colonels sur le retour d'âge, et déguisés en femmes, n'était évidemment pas une occupation de gentleman. Ça avait quelque chose de vaguement sordide. Après un dernier regard sur les croupes luisantes des dobermans, le commandant fit faire demi-tour à son cheval bai, et revint au petit trot jusqu'à la maison. En chemin il rencontra le sergent Breitenbach dans une voiture blindée, et avec un esprit chevaleresque tout nouveau pour lui, lui indiqua la mauvaise direction.

– Ils sont partis par là, déclara-t-il posément, et il regarda avec satisfaction le sergent disparaître sur la colline.

Au bord de la rivière, Els sonnait de la trompe. Le commandant crut entendre au loin un cri comme : « s'est terré ! » suivi de jappements furieux.

A l'arrière du taxi, Mrs. Heathcote-Kilkoon avait passé la nuit à contempler le ciel nocturne s'empourprer par-dessus l'épaule du chauffeur et avait réagi à l'apparition de l'aube avec des trémoussements qui renforcèrent ledit chauffeur dans sa conviction qu'au fond elle adorait ça. Lorsque l'astre du jour fut tout à fait visible les soupirs de Mrs. Heathcote-Kilkoon cessèrent et le chauffeur s'endormit. Tandis qu'elle se détachait lentement de lui, il lui vint à l'idée de fouiller ses poches, mais elle y renonça bien vite. A quoi bon, alors que son magot était toujours dans la maison. Lorsque les voitures blindées partirent à la poursuite de son mari, Mrs. Heathcote-Kilkoon rajusta sa robe et pénétra dans la maison. Enfin ce qui en restait. Mais Mrs. Heathcote-Kilkoon se préoccupait beaucoup plus de son avenir que de son passé. Elle n'avait quand même pas quitté la banlieue sud de Londres et n'était pas venue s'enterrer en Afrique pour des clopinettes. Elle grimpa l'escalier qui avait été le théâtre de tant de réceptions chaleureuses et inspecta les décombres. Puis, sautant adroitement par-dessus les cadavres de ses vieux amis, elle rejoignit sa chambre et commença à fouiller les cendres.

Dès qu'il entendit le son de la trompe, le colonel Heathcote-Kilkoon s'ébroua hors de la rivière et disparut sous les arbres. Il traversa péniblement un sous-bois. Cinq minutes plus tard, il se trouvait au pied d'une haute falaise. Impossible d'aller plus loin. Derrière lui les chiens donnaient de la voix à qui mieux mieux, et la fanfare se rapprochait. Le colonel resta un instant à les écouter tout en reprenant son souffle, puis chercha des yeux un endroit où se cacher. Il finit par le trouver dans une fissure de la roche. En s'y faufilant il découvrit une sorte de caverne, obscure et profonde, à l'entrée extrêmement étroite. Avec une présence d'esprit dont il n'avait guère fait preuve jusque-là, il se dit qu'il pourrait peut-être bloquer cette entrée. Il se précipita dehors, essaya de toutes ses forces d'arracher un buisson de ronces qui résista tant qu'il put. Mais l'approche de la meute décupla les forces du colonel et il arracha le buisson en un effort suprême. Il se glissa vivement dans la caverne et installa le buisson devant l'entrée. « Cela devrait les tenir à distance », songea-t-il sans se rendre compte que les murs de la caverne étaient précisément couverts de fresques représentant des scènes de chasse.

Au bord de la rivière, Els et les chiens semblaient avoir perdu la trace de leur proie. Els se demanda ce qu'il aurait fait à la place du colonel et parvint à la conclusion qu'il serait allé se cacher dans le gros fourré qu'il apercevait de l'autre côté de la rivière. Il poussa donc son cheval dans le courant, et passa la rivière à la tête de la meute. Quelques minutes plus tard les chiens de tête avaient retrouvé la voie et filaient à travers les arbres. Els se précipita sur leurs talons et déboucha bien vite dans une clairière au pied d'une falaise. Toute la meute hurlait à la mort devant un buisson de ronces qui semblait très étrangement sortir de l'intérieur d'une caverne. Els descendit de cheval et examina la situation au milieu des grognements et des grondements des dobermans et des chiens courants qui faisaient à leur ancien maître une fête dont il se serait bien passé. Insouciant du danger, Els s'aventura à travers la meute et jeta un coup d'œil sur le buisson de ronces. Un instant après, il faisait retentir son « s'est terré ! » De sa tanière le colonel Heathcote-

Kilkoon reconnut facilement une voix familière. L'espoir renaquit. Si Jolicœur était dehors, il était sauvé. Le colonel essaya de repousser le buisson pour sortir, mais en fut aussitôt dissuadé par trois dobermans qui se précipitèrent sur lui en grinçant des dents. Le colonel se hâta de remettre le buisson en place et essaya d'appeler à l'aide, mais ses mots furent couverts par le bruit de la meute.

Els, lui, s'assit sur un rocher et alluma une cigarette. Il n'était pas pressé. « Je ne peux pas le tirer », se disait-il en se rappelant l'horreur du maître d'équipage pour les fusillots. « Ce qu'il me faut c'est un fox-terrier. » N'en ayant pas sous la main, Els essaya de lui trouver un substitut. Après une demi-heure de recherches sous le soleil brûlant, il finit par trouver ce qu'il cherchait : un grand serpent qui prenait paresseusement le soleil et qu'il attrapa adroitement par la queue. Les chiens reculèrent d'effroi lorsqu'Els lança le serpent sur le buisson et le regarda s'enfoncer dans l'obscurité par petites secousses. A peine une fraction de seconde plus tard, le buisson parut exploser, on entendit un cri déchirant et le colonel corseté s'élança hors de sa tanière pour gagner l'abri des arbres aussi vite qu'il le pouvait.

– Laissez courre! hurla Els heureux de voir les chiens se précipiter si ardemment après leur proie.

« L'imbécile », songea-t-il, « il aurait dû savoir que les serpents de brousse sont inoffensifs ». Les cris et les grognements qui provenaient des fourrés montraient assez clairement que la chasse était finie. Els alla rejoindre à pas lents ses bons chiens et sortit son couteau.

Quand le commandant Van Heerden arriva aux Dames Blanches, le spectacle qui l'accueillit lui serra le cœur. On se serait cru en plein milieu d'un des livres de l'auteur dont le portrait ornait autrefois le mur de la salle à manger. Certes, Mrs. Heathcote-Kilkoon n'était plus une jeune fille, et la magie qui s'attachait à elle était plutôt de la magie noire, mais cela comptait bien peu à côté du spectacle déchirant qu'elle offrait à présent. Le commandant laissa son cheval au portail et traversa la cour pour la rejoindre. Alors seulement Mrs. Heathcote-Kilkoon releva vers lui sa tête aux bouclettes bleutées.

– Il est enterré là..., commença-t-elle les yeux pleins de larmes.

Le commandant Van Heerden jeta un coup d'œil aux cadavres qui jonchaient le sol et hocha gravement la tête.

– Mon précieux trésor..., sanglota-t-elle en se jetant au milieu des cendres.

Le commandant s'agenouilla auprès d'elle et secoua tristement la tête.

– Ma chérie, vous devez vous faire à l'idée qu'ils sont partis pour de bon, murmura-t-il, stupéfait par le paroxysme de douleur qui secoua tout d'un coup le corps de sa bien-aimée.

Se maudissant pour la manque de tact qui lui avait fait user d'un terme d'affection dans un moment pareil, il lui prit la main.

– Ils sont partis pour un monde meilleur, dit-il en la regardant droit dans les yeux.

Mrs. Heathcote-Kilkoon le repoussa rudement.

– Menteur, menteur, menteur! s'écria-t-elle.

C'est impossible! C'était tout ce que j'avais au monde.

Et elle se remit à fouiller les cendres encore tièdes.

Derrière elle, le commandant était trop bouleversé pour ajouter quoi que ce fût.

Sans respect aucun pour ces grandes douleurs muettes, Els arriva au triple galop en agitant joyeusement un objet sanguinolent.

– Je l'ai eu, je l'ai eu! ne cessait-il de répéter sur tous les tons.

Le commandant Van Heerden le regarda mauvaisement à travers ses yeux embués par les larmes et lui fit signe de s'éloigner. Mais Els n'avait aucunement le sens des convenances. Il grimpa quatre à quatre les marches du perron, et se planta devant le commandant.

– Regardez-moi ça. C'est-il pas joli?

Le commandant Van Heerden ferma les yeux, horrifié.

– Pour l'amour du Ciel, Els, ne voyez-vous pas que cette femme est en deuil... hurla-t-il comme un dément, mais Els lui barbouillait déjà de sang les joues et le front.

– On l'a eu, brâmait-il, on l'a eu! On a gagné, on a ga-gné!

Le commandant se dressa d'un bond.

– Ordure, espèce de fumier!

– Je croyais que ça vous amuserait, dit Els tout étonné.

Il ne comprenait vraiment pas les répugnances du commandant.

Mrs. Heathcote-Kilkoon ne semblait pas les partager non plus. Alors que le commandant se tournait vers elle pour la prier d'excuser le manque de tact de son subordonné, la veuve du colonel se dressa sur ses ergots.

– C'est à moi, sale voleur! s'écria-t-elle en se précipitant sur Els. Vous n'aviez pas le droit de me le prendre, pas ça! Rendez-le-moi!

Le commandant devait reconnaître qu'elle en avait bien le droit, bien qu'il fût un peu triste que Mrs. Heathcote-Kilkoon mît tant d'ardeur à récupérer les génitoires de son mari.

– Donne-lui! cria-t-il à Els, c'est à elle!

Mais avant que Els ait pu rendre à sa légitime propriétaire l'horrible dépouille, Mrs. Heathcote-Kilkoon, apparemment désireuse d'obtenir une réparation plus immédiate de la perte de ses droits conjugaux, Mrs. Heathcote-Kilkoon, donc, s'était emparée du malheureux policier et s'attaquait sauvagement à son pantalon.

– Dieu du Ciel, murmura le commandant lorsque Els tomba à la renverse dans la cendre.

– Au secours! s'égosillait Els qui, à l'évidence, prêtait à la dame les mêmes intentions.

– C'est à moi, c'est à moi! répétait Mrs. Heathcote-Kilkoon en s'accrochant au pantalon de Els.

Le commandant Van Heerden ferma les yeux et s'efforça de ne pas entendre les cris de Els.

– Comment a-t-on pu en arriver là, bredouilla-t-il.

Il essayait de faire coïncider l'image nouvelle que lui donnait Mrs. Heathcote-Kilkoon et celle qu'il avait chérie si longtemps lorsque la veuve du colonel se dressa sur ses pieds en poussant un cri de triomphe. le commandant ouvrit les yeux et regarda l'étrange objet qu'elle avait dans sa main.

Ce n'était pas, nota-t-il avec soulagement, celui auquel il s'attendait. Mrs. Heathcote-Kilkoon tenait dans sa main un bloc de métal sombre à la surface duquel brillaient ici et là de grosses pierres brillantes. Même dans cet état, le commandant put reconnaître les chers bijoux de Mrs. Heathcote-Kilkoon. Serrant sur son cœur le précieux lingot, elle était redevenue celle qu'il avait aimée.

– Mes chéris, pépiait-elle, de sa petite voix d'autrefois, mes petits chéris à moi.

Le commandant se tourna vers Els, encore tout étourdi de ce qui venait de lui arriver.

– Combien de fois ne vous ai-je pas dit de vous abstenir de chaparder? demanda-t-il.

Els eut un faible sourire en se redressant.

– Je les avais pris pour empêcher qu'on les vole, réussit-il à bafouiller.

Le commandant accompagna Mrs. Heathcote-Kilkoon jusqu'en bas des marches.

– Êtes-vous en voiture? demanda-t-il cérémonieusement.

Mrs. Heathcote-Kilkoon fit signe que non.

– Alors je vais appeler un taxi, dit le commandant.

– Si c'est une plaisanterie, elle est mauvaise, bredouilla Mrs. Heathcote-Kilkoon avant de s'effondrer dans les bras du commandant.

« Pauvre enfant », songea le commandant, « c'en est trop pour elle ». Il la souleva dans ses grands bras afin de l'installer confortablement dans l'automitrailleuse. Il ne put s'empêcher de remarquer qu'elle tenait toujours son lingot serré contre son cœur.

Lorsque la police quitta définitivement les Dames Blanches, Mrs. Heathcote-Kilkoon avait retrouvé assez de vitalité pour se tenir assise. Cependant, elle semblait encore sous le choc de son récent changement de fortune, et le commandant pensa que mieux valait ne rien dire. Il s'absorba donc dans la rédaction de son rapport, essayant de songer à ce qui lui restait à faire.

Il avait laissé le sergent Breitenbach avec quelques hommes pour garder la scène du crime, et avait fait prendre d'innombrables photographies des explosifs et des détonateurs cachés dans la sellerie. Bientôt, il pourrait annoncer à la presse qu'une nouvelle tentative de renverser le gouvernement légitime de la République Sud-Africaine avait été étouffée dans l'œuf. Peut-être même pourrait-il tenir une conférence de presse. Mais il finit par renoncer à cette idée. Les journalistes étaient une sale vengeance qui ne pensait qu'à compliquer la vie de la police. Il n'y avait aucune raison de leur faciliter le travail. De toute façon, il avait d'autres chats à fouetter. Que faire de la veuve du colonel? Certes elle avait toute sa sympathie, mais le commandant se disait que les mesures qu'il avait été forcé de prendre avaient dû sans doute changer quelque peu les sentiments qu'elle nourrissait à son égard. Lorsque le convoi s'approcha de Piemburg, le commandant lui demanda ce qu'elle comptait faire.

– Ce que je compte faire? demanda Mrs. Heathcote-Kilkoon soudain tirée de sa rêverie. Je ne sais pas.

– Vous avez des amis à Umtali, dit le commandant. Ils vous aideront, sûrement.

Mrs. Heathcote-Kilkoon fit signe que oui.

– Ce serait mieux que de rester en prison, dit le commandant en lui expliquant qu'il devait la garder comme témoin. Bien sûr vous devrez promettre de ne pas quitter le pays...

Ce soir-là, la Rolls s'arrêta au poste de douane de Beit-Bridge.

– Quelque chose à déclarer? demanda le douanier rhodésien.

– Oui, dit Mrs. Heathcote-Kilkoon avec gravité. C'est bon d'être à nouveau parmi les siens.

Mrs. Heathcote-Kilkoon se mit à chanter à tue-tête pour rester éveillée.

– *Rule Britannia, Britannia rule the waves!* martelait-elle lorsque la voiture heurta un Africain en vélo qui alla finir au fond d'un fossé.

Mrs. Heathcote-Kilkoon était bien trop fatiguée pour s'arrêter. « Ça lui apprendra à rouler sans lumière », songea-t-elle en écrasant l'accélérateur. Dans la boîte à gants gisait une petite fortune en diamants et en or.

Au cours de la semaine qui suivit, le commandant fut beaucoup trop occupé pour songer au sort de Mrs. Heathcote-Kilkoon. Des détectives d'élite venaient d'arriver de Pretoria pour enquêter sur les événements de Weezen.

– Allez voir l'épicier, suggéra le commandant. Il vous sera très utile.

Les enquêteurs allèrent donc le voir et furent scandalisés par son refus catégorique de parler afrikaans.

– J'en ai ma claque des flics, leur expliqua-t-il.

Vous savez ce que je leur fais aux flics, je les sors à grands coups de pied dans le cul! Ici c'est l'Angleterre, et vous pouvez aller vous faire foutre!

Lorsqu'ils furent revenus à Pretoria, ils n'avaient plus rien à reprocher à la conduite du commandant dans cette affaire. Le fait que les victimes masculines de la prompte action de la police aient été trouvées toutes en accoutrement féminin ajoutait du poids aux déclarations répétées du commandant selon lequel le salut de la République lui-même était en jeu. Le cabinet lui-même loua hautement la conduite du commandant dans cette affaire.

– Rien de tel que la peur du terrorisme pour faire voter les gens, dit le ministre de la Justice. Il nous faudrait un incident de ce genre avant chaque élection.

A Fort Rapier, le lieutenant Verkramp voyait les conclusions de l'affaire sous un jour tout différent. A présent que la cause immédiate de sa folie avait été éliminée, Verkramp avait regagné assez de bon sens pour considérer la proposition de mariage qu'il avait faite au docteur Von Blimenstein comme une aberration momentanée.

– J'étais fou, expliqua-t-il à la doctoresse lorsque celle-ci lui rappela son engagement.

Le docteur Von Blimenstein fronça le sourcil.

– Après tout ce que j'ai fait pour toi! J'ai organisé une merveilleuse lune de miel pour nous.

– Eh bien je n'irai pas, dit Verkramp, j'ai beaucoup trop voyagé dans ma tête ces derniers temps pour apprécier les voyages.

– C'est ton dernier mot?

– Parfaitement, dit Verkramp.

Le docteur Von Blimenstein quitta la pièce et ordonna à l'infirmière de service de passer à Verkramp la camisole de force. Dix minutes plus tard Verkramp était sanglé et corseté, tandis que le docteur Von Blimenstein allait s'entretenir avec le chapelain de l'hôpital.

Cet après-midi-là, le commandant Van Heerden allait justement visiter Fort Rapier pour s'enquérir du sort d'Aaron Geisenheimer. Il se trouva nez à nez avec le docteur Von Blimenstein qu'il trouva vêtu, un peu audacieusement à son avis, d'un chapeau à larges bords et d'un costume en peau de requin.

– Vous sortez? demanda-t-il.

Avec les derniers événements il avait totalement oublié le prochain mariage de Verkramp.

– Nous partons en lune de miel à Muizenberg, dit la doctoresse.

Le commandant Van Heerden sursauta.

– Et Verkramp va bien? demanda-t-il.

Se souvenant des galanteries du commandant lors de leur dernière rencontre, le docteur Von Blimenstein ne releva même pas ce que sa remarque pouvait avoir de désobligeant.

– Un peu de nervosité de dernière minute, dit-elle, mais je pense que tout ira comme sur des roulettes.

Elle hésita un instant avant de continuer :

– Je sais que c'est beaucoup vous demander, mais voudriez-vous être notre témoin?

Le commandant Van Heerden ne savait que répondre. L'idée qu'il pourrait être de quelque façon l'instrument d'une union entre le responsable de tant de ses mésaventures et d'une femme aussi repoussante que le docteur Von Blimenstein n'était pas sans attraits. En revanche, imaginer la doctoresse en Mrs. Verkramp avait quelque chose d'effrayant.

– Sans doute Verkramp a-t-il abandonné l'idée de revenir travailler chez nous? demanda-t-il plein d'espoir.

Le docteur Von Blimenstein fut heureuse de le rassurer.

– Ne vous tracassez pas. Balthazar se présentera au rapport dès que notre lune de miel sera terminée.

– Je vois, dit le commandant. En ce cas je pense qu'il vaut mieux que je le voie maintenant.

– Il est en hypnothérapie, dit la doctoresse lorsque le commandant se leva. Dites-lui que ce sera pour bientôt.

Le commandant demanda son chemin à une infirmière. Dans la section d'hypnothérapie une autre infirmière lui ouvrit la porte en souriant.

– Le voici votre témoin, dit-elle en escortant le commandant jusqu'au lit où Verkramp était entouré d'un déferlement de chrisanthèmes.

– Vous aussi? grogna Verkramp lorsque le commandant s'assit à son chevet.

– Je suis juste passé en vitesse voir si vous n'aviez besoin de rien dit le commandant. Je ne savais pas que vous vous mariez.

– Je ne me marie pas, dit Verkramp, on me marie!

– Je vois qu'on vous a donné une jolie camisole pour ce grand jour dit le commandant désireux d'éviter les sujets scabreux.

– Il n'en aura plus besoin dans une minute, dit l'infirmière. N'est-ce pas? S'étant saisie d'une grande seringue, elle renversa Verkramp sur l'estomac.

– Je ne veux pas... commença Verkramp, mais l'infirmière avait déjà plongé l'aiguille dans son dos.

Lorsqu'elle l'en retira le commandant sentait l'agitation précédente de Verkramp le gagner, tandis que celui-ci était retombé dans une torpeur inhabituelle.

– Et voilà, dit l'infirmière en défaisant sa camisole de force. On n'a plus besoin de ce gros joujou, n'est-ce pas?

– Oui, dit Verkramp.

L'infirmière sourit au commandant et quitta la pièce.

– Écoutez, dit le commandant atterré par ce qu'il venait de voir, est-il vrai que vous ne vouliez pas épouser cette femme?

– Oui, dit Verkramp.

– Vous ne voulez pas l'épouser, répéta le commandant.

– Oui, dit Verkramp.

– Vous pouvez encore changer d'avis, dit le commandant.

– Oui, dit Verkramp.

– Je n'y comprends rien, bredouilla le commandant. Vous changez d'avis toutes les secondes.

– Oui, dit encore Verkramp.

C'est à cet instant que l'infirmière entra avec l'anneau nuptial.

– Ça lui prend souvent ces crises de « oui »? demanda le commandant lorsqu'elle glissa l'anneau dans sa poche.

– C'est un nouveau traitement que le docteur Von Blimenstein vient de mettre au point, expliqua l'infirmière. C'est le SRIC.

– Le Sric, qu'est-ce que c'est que ça? demanda le commandant.

– Le Syndrôme Répétitif Induit Chimiquement, expliqua l'infirmière.

– Oui, dit Verkramp.

– Par la queue des babouins du Cap! dit le commandant se rendant soudain compte des possibilités d'utilisation d'un pareil traitement.

Si le docteur Von Blimenstein était capable de traîner Verkramp à l'hôtel grâce à son hypnose chimique, elle était capable de tout. Le commandant Von Heerden se fit rapidement un tableau complet de la situation. Des centaines d'innocents et de citoyens respectables pourraient être conduits à avouer qu'ils étaient des terroristes, des membres du parti communiste, des guérilleros implacables ou n'importe quoi d'autre. Pire encore, le docteur Von Blimenstein n'était pas le genre de femme à hésiter sur les moyens de faire avancer la carrière de son mari. Le commandant était précisément en train de se demander comment il allait réussir à garder son poste de chef de la police lorsque la mariée arriva, flanquée du chapelain de l'hôpital et d'une troupe de malades chargés de faire les demoiselles d'honneur. Une marche nuptiale enregistrée se déclencha, et le commandant, après avoir glissé l'anneau dans la main de Verkramp quitta la pièce. Il n'avait aucune intention d'être témoin d'un mariage qui marquerait la fin de sa carrière. Il alla tristement se promener sur le terrain de manœuvres et y réfléchit, au milieu des patients qui se traînaient de-ci de-là, à l'ironie d'un destin qui l'avait sauvé des conséquences les plus graves des tentatives folles de Verkramp pour le faire succomber devant celles du docteur Von Blimenstein. Il aurait bien mieux valu que Verkramp porte le chapeau. N'importe quoi plutôt que d'épouser le docteur Von Blimenstein. Soudain, le commandant se rendit compte d'une certaine agitation qui régnait devant le bâtiment d'hypnothérapie. Le docteur Von Blimenstein, tout en larmes, était porté par des mains amies hors de la chapelle.

Le commandant Van Heerden se précipita.

– Quelque chose ne va pas? demanda-t-il les yeux brillants.

– Il a dit « oui », expliqua l'infirmière.

Le docteur Von Blimenstein se mit à pleurer sans retenue.

– Je croyais que c'était ce qu'il devait faire, dit le commandant.

– Pas lorsque le chapelain lui a demandé si l'une des personnes présentes connaissait quelque raison pour laquelle ce couple ne pouvait pas être uni par les liens du mariage, expliqua l'infirmière.

Un large sourire se répandit à travers toute la figure du commandant.

– Eh bien, dit-il d'un ton guilleret, Verkramp a fini par se décider.

Après une grande claque sur les fesses de la doctoresse inconsolée, il alla derechef féliciter l'ex-fiancé.

Els lui posait un problème tout différent. Le coup de téléphone que le commissariat avait reçu du taxidermiste du musée de Piemburg avait quelque chose d'hystérique.

– Il voulait que je l'empaille! dit le taxidermiste au sergent de garde.

– Qu'est-ce qu'il y a de mal à empailler une queue de renard? demanda le sergent qui ne comprenait pas la raison de toute cette agitation.

– Je vous dis que ce n'était pas une queue de renard. C'était un phallus! s'écria le taxidermiste.

– Un falot?

– Non. Un phallus!

– Écoutez mon vieux, expliquez-vous clairement, dit le sergent.

Le taxidermiste respira un bon coup et essaya de s'expliquer. Pour finir, le sergent lui passa le commandant qui ne savait que trop de quoi l'homme de science voulait parler.

– Ne vous tracassez pas, dit-il d'une voix apaisante, je vais prendre l'affaire en main.

Le taxidermiste s'éloigna du téléphone avec dégoût.

– Je vous souhaite bien du plaisir! dit-il en reposant le combiné.

Le commandant Van Heerden fit appeler Els.

– Je croyais qu'on en avait fini avec cette histoire, dit-il.

Els baissa les yeux.

– Je voulais le garder comme souvenir, expliqua-t-il, je pensais le faire monter en lampe.

– Monter en lampe? Vous êtes complètement cinglé. Il faut vous reposer, mon vieux!

Els dit qu'il essaierait.

– Et faites attention, l'avertit le commandant. Si je vous reprends à agiter ce grelot, je vous fiche au trou.

– Pour quel motif?

– Outrage à la pudeur!

Els alla, tristement, se débarrasser de son trophée.

Au fur et à mesure que les semaines passaient et que Piemburg reprenait son train-train quotidien, le souvenir des autruches explosives et des attentats récents entra dans la légende. Le commandant Van Heerden en fut fort satisfait. En repensant à ces jours, il se disait qu'il y avait une grande différence entre la vie et la littérature. Ce n'est pas bon de trop lire, songeait-il, se remémorant le destin tragiquc du colonel Heathcote-Kilkoon et des grands liseurs du Dornford Yates Club. A la place, le commandant choisit de défendre les valeurs fondamentales de l'aristocratie anglaise. Il accueillit les chiens courants de la meute du colonel dans le chenil de la police où des relations étroites se nouèrent rapidement avec les Dobermans, et chargea Els de veiller sur tout ce petit monde. Els, lui semblait-il, avait la main avec les chiens. Le commandant s'acheta un cheval, commanda une tenue de chasse écarlate, et s'en alla chasser deux fois par semaine. On pouvait le voir sur les collines poursuivre des forçats noirs qui couraient comme des dératés avec un petit sac de graines d'anis autour de la taille. Quelquefois, il invitait à ces chasses le docteur Von Blimenstein qui était une sacrée femme de cheval. C'était la moindre des choses qu'il pouvait faire pour elle depuis que Verkramp avait laissé tomber la pauvre femme, et puis il lui paraissait sage de l'avoir de son côté.

Au fond, tout le monde était content. En dépit de tout, les valeurs fondamentales de la civilisation occidentale étaient solidement défendues à Piemburg. Chacun se ralliait maintenant au cri de guerre du commandant Van Heerden : « Chiens de garde et chiens courants, même combat ! »

Imprimé en France par la Société Nouvelle Firmin-Didot
Dépôt légal : janvier 1990
N° d'édition : 1983 – N° d'impression : 42919
Nouveau tirage : mai 1998